刑事稼業 包囲網

南 英男

祥伝社文庫

目次

炎の代償 5
汚れた夜 92
隠された犯意 149
歪(ゆが)んだ野望 220
哀しい絆(きずな) 294

炎の代償

1

気持ちが和んだ。頬も緩みそうだった。ここしばらく殺伐とした凶悪事件がつづき、幾分、気が滅入っていた。

眼下に見える葉桜は瑞々しい。満開時のソメイヨシノとは異なる趣がある。芽吹きはじめた別の樹々も、生命力にあふれていた。四月中旬のある昼下がりだ。

加門昌也は警視庁本部庁舎の窓辺に立ち、日比谷公園を眺めていた。春の陽光は柔らかい。六階だった。

四十二歳の加門は、刑事部捜査一課第三強行犯捜査殺人犯捜査第五係の係長である。

職階は警部補だった。

殺人犯捜査は第一係から第十二係までである。第二強行犯捜査から第四強行犯捜査のいずれかに所属していた。第二強行犯捜査第一係から第四強行犯捜査殺人犯捜査第十二係の刑事が実働捜査を担っていた。課員は約四百五十人だ。

加門は数日前まで、四谷署に設置された捜査本部事件の捜査に携わっていた。事件は、いわゆる連続猟奇殺人だった。

被害者の三人は共通して二十代で、グラマラスな美女だ。彼女たちは鋭利な刃物で喉を真一文字に搔き切られ、乳房を抉り取られていた。それでいて、性的な暴行は受けていなかった。変質者の犯行臭い。

加門は十一人の部下と四谷署に出張り、所轄署の刑事たちと捜査に乗り出した。都内で事件が発生すると、まず警視庁機動捜査隊と地元署員たちが臨場する。当然、鑑識係員や検視官も事件現場に駆けつける。真っ先に鑑識作業が行なわれる。初動班の面々は事件の全容を把握すると、一両日、犯行現場周辺で聞き込み捜査に励む。しかし、それだけで犯人を割り出せることは稀だ。

たいてい捜査は所轄署に引き継がれる。窃盗や傷害事件などは地元署が処理することが多い。

だが、殺人事件が起こった場合は警視庁捜査一課が所轄署に捜査本部を設ける。他の道

府県警察本部も同様だ。所轄署に捜査本部を置くことを警察用語で、帳場が立つという。所轄署から開設を要請された警視庁は、捜査一課の管理官や強行犯捜査殺人犯捜査係を捜査本部に送り込む。彼らは所轄署の刑事と協力し合って、事件解明に当たる。犯罪の大きさにもよるが、本庁はまず十数人の捜査員を所轄署に出張らせる。

いかなる事件でも、捜査の基本手順は変わらない。

初動捜査の情報に基づいて、鑑取りや地取り捜査から開始する。被害者の交友関係などを洗うのが鑑取りだ。正しくは地鑑捜査と呼ぶ。地取りは、目撃証言などを事件現場周辺で集める聞き込みのことだ。現在、捜査本部事件は一カ月が第一期とされている。難事件になると、延べ動員数が千人を超える。

加門たちは、四谷署管内で起こった連続猟奇殺人事件の加害者を第一期内に捕まえた。

犯人は三十二歳のフリーターだった。

逮捕された男は資産家の息子で、名門私立大学を卒業していた。しかし、一度も定職に就いたことはなかった。父親に小遣いを貰いながら、若い女性を理由もなく嬲りつづけていた。

加害者は幼いころから継母に辛く当たられ、女性に対する憎しみを募らせていた。社交性に乏しく、容姿コンプレックスも強かった。そうした要因が犯行の引き金になったのだ

ろう。

その前の捜査本部事件も遣り切れなかった。

名門私立中学校の受験に失敗した少年がいたずらに劣等感にさいなまれ、五キロの鉄亜鈴でエリート官僚の父親を撲殺してしまったのだ。

その種の尊属殺人は年ごとに増加している。いつから家庭は安らぎの場ではなくなってしまったのか。犯人の少年は、競争社会の犠牲者だったのかもしれない。

加門は窓辺から離れた。

自席に戻り、送致手続きの書類に目を通しはじめる。テレビの刑事ドラマでは捜査員たちがいつも聞き込みや張り込みをしているように描かれているが、デスクワークに費やす時間も長い。

「係長、コーヒーを淹れましょうか？」

斜め前の席に坐った部下の向井雅志巡査部長が、すぐに声をかけてきた。

向井は三十四歳で、筋骨隆々としている。背も高い。大学時代はアメリカンフットボール部に所属していた。

「いや、いいよ」

「そうですか。このまま何日も大きな事件が起こらないといいですね？」

「ああ、そうだな。おれたちが暇を持て余すような世の中になってくれればいいんだが

「……」
「それを望むのは無理でしょう?」
「残念ながらな」
加門は小さく苦笑した。
「妙なことを訊いてもいいですか?」
「改まって、なんだい?」
「係長は、なぜ警察官(サッカン)になったんです?」
「ガキのころ、学校帰りに家の近くの交番に立ち寄ってたんだ。おれの両親は共働きだったんで、ひとりっ子のこっちは鍵っ子だったんだよ」
「地域課のお巡りさんが子供好きだったようですね?」
「そうなんだ。中年の交番警官は優しくて、よく話し相手になってくれたよ。自分のポケットマネーで、スナック菓子や缶ジュースも買ってくれたな」
「その方は、子供に恵まれなかったんですか?」
「いや、おれよりも十歳年上の息子がいたんだ。でもな、小二の夏休みに市営プールの吸水口に嵌(は)まって水死してしまったらしい。吸水口の蓋(ふた)がずれてたそうだ」
「かわいそうに。そんなわけで、係長に優しく接してくれたんですね?」
「そうなんだろうな。神林(かんばやし)という名だったんだが、おれが小五のときに殉職したんだ。

踏み切りの真ん中でレールに車輪を嵌めてしまった車椅子に乗ってた身障者の青年を救出しようとして、自分だけ電車に撥ねられたんだよ。享年四十八だった」
「偉い男性ですね」
「おれは命懸けで職務を全うした神林さんに胸を打たれて、同じ仕事を選ぶ気になったんだよ」

加門は言って、キャビンをくわえた。神奈川県鎌倉市生まれの彼は地元の県立高校を卒業すると、都内の中堅大学の法学部に入った。そして、卒業と同時に警視庁採用の警察官になったのである。一般警察官だ。

加門は警察学校を出ると、巣鴨署の生活安全課に配属になった。その当時は防犯課と呼ばれていた。数年後に神田署の刑事課に異動になり、さらに複数の所轄署を渡り歩いた。本庁勤務になったのは、およそ三年半前だ。

「自分、なんか恥ずかしくなりました。わたしの志望動機は実に不純なんですよ」
「不純?」
「ええ、そうです。自分、高一のときに渋谷の裏通りで同世代の三人組に因縁をつけられて、有り金と腕時計を巻き上げられちゃったんですよ」
「警察官になれば、他人になめられないだろうと考えたわけだ?」
「その通りです。不純ですよね?」

「動機はどうあれ、警察官は正義感を忘れてなきゃ、それでいいのさ」
「そう言ってもらえると、なんか気持ちが軽くなるな。ついでに、もう一つ教えてください」
「なんだい？」
「係長(ハンチョウ)は女嫌いなんですか？」
「女好きだよ、おれは。しかし、結婚したいと思うような女性と巡り逢えないんだ」
「世の中の女どもは、どうかしてますね。係長(ハンチョウ)は男前だし、俠気(おとこぎ)もある。どうして係長(ハンチョウ)になびかないんでしょう？」
「おまえに心配してもらわなくてもいいよ」
「ちょっと生意気(なまいき)でしたね。謝(あやま)ります」
「いいさ、気にするな。おれのことよりも、ジュニアの誕生はまだなのか？ 結婚して二年数カ月になるんだったよな？」
「ええ。それなりに子づくりには励んでるんですが、妻が妊娠する気配はないんですよ。ひょっとしたら、自分、種(たね)なしなのかもしれません。子供のころ、お多福風邪(たふく)に罹(かか)ってますからね」
「おれの従兄(いとこ)もお多福風邪になったんだが、四人の子持ちになってるぞ。あまり科学的な根拠はないんじゃないのか」

「そうなんですかね。それはそうと、女房の母方の叔母が三十八歳なんですが、なかなかの美人なんですよ。外資系の会社で役員秘書をやってて、語学力もあるんです。一度、紹介させてください」

向井が真顔(まがお)で言った。

「才色兼備の女性は、おれにはもったいないよ」

「係長(ハンチョウ)となら、お似合いだと思うな。わが家でホームパーティーを開きますんで、ぜひ妻の叔母に会ってみてください」

加門は目顔(めがお)で詫び、短くなった煙草(たばこ)の火を揉(も)み消した。向井が残念そうな顔で口を閉じた。

「せっかくだが、遠慮しておこう」

加門は三十二歳のとき、上司の勧めで見合いをしたことがある。相手は警察庁幹部の次女だった。五つ年下で、その美貌は目立った。頭もよかった。警察官僚の娘でありながら、上昇志向はなさそうだった。

加門は見合い相手とデートを重ねた。いつしか恋情が膨(ふく)らんでいた。いずれはプロポーズする気でいた。

しかし、八カ月後に思いがけない展開になった。相手が大物国会議員の二世政治家と電撃的に婚約してしまったのだ。加門は相手にからかわれていたような気がして、いたく傷

ついた。失望と幻滅も大きかった。

そんな苦い体験があって、その後、加門は恋愛に慎重になっていた。交際を申し込まれたことは一度や二度ではない。だが、興味をそそられる女性はひとりもいなかった。

そうこうしているうちに、四十男になってしまった。だが、別に焦りは覚えていない。当分、結婚する気はなかった。本庁勤めになってからは、下北沢の賃貸マンションで独り暮らしをしている。

間取りは1LDKだが、別段、狭いとは感じていない。もっぱら外食で、めったに自炊することはなかった。

鎌倉の実家には老いた両親が住んでいるが、ちょくちょく電話はしている。どちらかが亡くなったら、実家に戻ろうと考えていた。

卓上の警察電話が鳴った。

内線ランプが点滅している。加門は受話器を摑み上げた。

電話の主は、捜査一課長の勝又誉警視だった。五十二歳で、ノンキャリア組の出世頭だ。

捜査一課は現場捜査畑では花形セクションだが、出世コースではない。エリートコースは警備部と公安部だ。どちらの課も課長は若手の有資格者である。

彼らは行政官としては有能だ。警視総監や副総監まで昇りつめるのは、ほとんど警備部か公安部出身者と言っても過言ではない。

「昨夜、赤坂署管内で画廊の女社長が絞殺された事案は知ってるね？」

「ええ」

「赤坂署の要請で、明日の午前中に捜査本部を立てることになった。とりあえず、五係に出張ってもらいたいんだよ」

「わかりました」

「初動捜査資料がわたしの手許に届いてる。こちらに来てほしいんだ」

「いま、行きます」

加門は電話を切り、すぐに立ち上がった。

捜査一課の刑事部屋は広い。およそ四百五十人の課員が所属しているが、人影は疎らだ。昼間は、いつも空席だらけだった。

同じフロアに、捜査一課長室、刑事部長室、刑事総務課、組織犯罪対策第四課がある。組織犯罪対策第四課は二〇〇三年の組織改編まで、捜査四課と呼ばれていた。暴力団絡みの犯罪摘発に当たっているせいか、強面揃いだ。口の悪い警察回りの新聞記者は、組対第四課の刑事部屋を〝組事務所〟と冗談半分に呼んでいる。

加門は捜査一課長室に急ぎ、ノックをして入室した。課長の席の前にたたずむ。

「ご苦労さん！　これに目を通しといてくれないか」

勝又が水色のファイルを差し出した。

加門は軽く頭を下げ、ファイルを受け取った。

初動捜査関係の調書がひとまとめにされ、死体見分書や解剖所見書の写し、鑑識写真の束が挟み込んであった。だいぶ分厚い。

「被害者の折戸里佳、四十一歳は経営してるギャラリーの奥にある事務室で殺害されてたんだ」

「死亡推定時刻は？」

「きのうの晩の十時から十一時半の間とされた。凶器は黒い革紐だよ。死因は頸部圧迫による窒息だ」

「第一発見者は？」

「広瀬芳正、三十四歳だ。あまり売れてない洋画家だよ。広瀬は女社長に電話で呼び出されて、昨夜十時十五分ごろに事件現場のギャラリーを訪ねたと供述してる」

勝又課長が言って、緑茶をひと口啜った。

「事件通報者は、広瀬という画家なんですね？」

「そうだ。しかし、広瀬が一一〇番通報をしたのは十時四十分ごろなんだよ。死体を発見しても、なぜだかすぐには通報してない。それがちょっと気になるね。加門君、どういう

「広瀬と被害者は親密な間柄だったんではありませんかね？　女性の画商が夜の十時過ぎに画家と仕事の打ち合わせをするとは、ちょっと考えにくいですから」

「なるほど。きみの推測が正しければ、殺された女社長は年下の男と不倫してたことになるな。折戸里佳は人妻なんだよ」

「旦那のことを教えてください」

「亭主の折戸幸司は、ゴルフのレッスンプロだよ。四十五歳だったと思う。二十代の半ばに華々しくプロデビューしたんだが、三十代の後半に腰を傷めてしまった。それまでは賞金だけで喰えてたんだが、いまはゴルファー仲間が経営してるゴルフ練習所で雇われインストラクターをやってる」

「どのくらい稼いでるんです？」

加門は畳み込んだ。

「年収三百万程度らしいから、髪結いの亭主みたいなんだろうな」

「妻が経営してる画廊は儲かってたんですね？」

「ああ。国税庁から取り寄せたデータによると、折戸画廊の前年度の年商は約十六億円もあった。画商の取り分はおよそ三十パーセントとしても、粗利は四億八千万円前後だ。そこから諸経費を差し引いても、ギャラリーの純利益は二億四、五千万円にはなるだろう」

「でしょうね。被害者は贅沢な生活をしてたのかな?」
「衣食住のすべてに金をかけてたそうだ。女社長はポルシェ、ベンツ、BMWの三台を所有して、青山のセレクトショップで毎月数百万円の服やアクセサリーを買ってたらしい。夫もベントレーを乗り回し、高級クラブを飲み歩いてたって話だよ。女房の稼ぎがなきゃ、そんな真似はできないだろう」
「そうでしょうね」
「だから、髪結いの亭主に近かったんじゃないのかと言ったんだよ。犯人は不倫相手か旦那のどっちかじゃないかと睨んでるんだが、流しの物盗りという可能性もあるんだ」
「事務室から金が消えてたんですね?」
「それはまだはっきりしないんだが、初動捜査の報告によると、耐火金庫の扉が半開きになってたらしいんだ。株券や金の延べ棒は盗られてなかったそうだが、現金はまったく見つからなかったというんだよ」
「儲かってる画廊なら、一千万円前後の現金を常時、金庫に入れてありそうだな」
「だろうね。そのことを考えると、痴情の縺れと断定するのは……」
「ええ、予断は禁物ですよね。折戸画廊に防犯カメラは?」
「出入口に設置されてるんだが、犯人は事前に防犯カメラに白いスプレーを噴霧してるん
だよ」

「その直前の録画映像には、犯人の姿が映ってそうだな」
「初動班が映像をチェックしたら、犯人の右手しか映ってなかったらしいんだ。明らかに男の腕に見えたそうなんだが、革手袋を嵌めてたという話だったね」
「そうですか。課長、ギャラリーの出入口はロックされてたんでしょうか?」
「いや、ロックはされてなかったんだ。被害者は広瀬が来ることになってたんで、ロックしなかったんだろう」
「多分、そうなんだと思います。事務室のドアノブから、第一発見者の広瀬の指掌紋は出てるんですね?」
「ああ、それはな。しかし、事務室からは犯人のものと思われる指紋も掌紋も採れなかったそうだ。ただ、凶器の革紐から犯人の皮脂と汗が検出されたんで、DNA型を検べてるそうだよ」
「そうですか」
「犯人が被害者の背後に回り込んで、首に革紐を回したことは間違いないね。女社長が少しは抵抗しただろうから、加害者の毛髪や繊維片が現場に落ちてるはずだが、それだけで犯人を割り出すことは難しいかもしれない。ただね、被害者の右手の爪の間に皮膚片が付着してたというから、有力な手がかりにはなるだろう。もう間もなくDNA型鑑定の結果が出ると思う」

「課長、被害者と夫の関係はどうだったんです?」
「画廊の従業員や画家たちの証言によると、折戸夫婦は必ずパーティーには揃って出席してたようだが、どこか態度がよそよそしかったらしいんだよ」
勝又が言った。
「だったら、二人の仲はとうの昔に冷え込んでるんでしょう」
「おそらく、そうだったんだろうね。捜査資料をよく読み込んでくれないか」
「わかりました」
加門は課長室を出て、刑事部屋に戻った。
自席につき、ファイルから真っ先に死体写真を抜き出す。事件現場で撮られた鑑識写真だ。
絞殺された折戸里佳は、両袖机の近くで倒れている。仰向けだった。首を絞められた後、椅子から引きずり下ろされたのだろう。革紐は深く喰い込んでいる。尿失禁の痕跡だろう。スカートの一部には、染みができていた。里佳の顔立ちは整っているが、死顔はいかにも苦しげだ。
いかなる理由があっても、法治国家で殺人は許されない。
加門は死体写真を机の上に伏せ、捜査資料を読みはじめた。死体見分書や解剖所見書の写しにも目を通した。

しかし、犯人の見当はつかなかった。加門は低く唸って、煙草に火を点けた。

2

死体写真がホワイトボードに貼られた。
六葉だった。それぞれアングルは違っているが、被写体の表情には苦悶の色が貼りついていた。痛ましかった。
赤坂署の三階の会議室に設置された捜査本部である。午後一時過ぎだった。
加門は最前列に坐っていた。
ホワイトボードの左側の長いテーブルには、副捜査本部長を務めることになった赤坂署の署長と本庁捜査一課の管理官が並んでいた。管理官が捜査主任に就いたのである。
通常、捜査本部長には本庁の刑事部長か捜査一課長が選ばれる。しかし、それは名目だけだ。
署長の御木岳は四十三歳の有資格者だ。切れ者だが、現場捜査には疎い。管理官の杉江貴規は警視で、四十五歳である。捜査一課のナンバーツーの理事官の補佐役だ。管理官は杉江を含めて十人いる。
「お手許に初動捜査資料があるでしょうが、一応、事件のあらましをお話しします」

捜査副主任になった赤坂署刑事課課長の志賀紘一がそう前置きして、事件経過を述べはじめた。五十三歳の警部だ。

 加門の後方には、十一人の部下が縦列に腰かけている。刑事だけではなく、外勤の所轄署員たちも混じっている。窓側に坐っているのは、十三人の赤坂署員だった。

 志賀の話は冗漫だった。捜査資料に書かれていることをそのまま口にしている。体育会系の体質を持つ警察官は上下関係に気を配り、形式に拘るタイプが少なくない。加門は、そうした捜査員が苦手だった。スポーツは嫌いではなかったが、体育会系の体質には馴染めないものを感じていた。

「課長、もう少し話をはしょったほうがいいんじゃないの?」

 赤坂署のベテラン刑事が上司に遠慮なく言った。五十嵐紀男という名で、五十一歳だった。階級は警部補だ。

「わたしの話は回りくどいかね?」

「というより、時間の無駄だと思う。課長が説明してることは、捜査資料に載ってることばかりだから」

「おまえは、わたしをばかにしてるのかっ」

 志賀課長が気色ばんだ。

「別に軽く見てるわけじゃないですよ。時間を有効に使うべきだと言ってるんだ。おれた

「そんなことはわかってる。ちゃんと捜査資料を読もうとしない者もいるから、わたしちは国民の血税で喰わせてもらってるわけですからね」
「いまの発言、ちょっと問題だな。刑事課の誰が捜査資料をろくに読まなかったんです？」
「ここで、個人名を挙げるわけにはいかないだろうが！」
「ま、そうだろうな。とにかく、要点だけを喋ってほしいね」
　五十嵐が口を結んだ。
　加門は密かに五十嵐刑事に拍手を送った。捜査員の多くは同じ気持ちなのではないか。五十嵐は高卒の叩き上げである。数年の派出所勤務を経て、その後は一貫して所轄署の捜査畑を歩いてきた。柄はよくないが、敏腕刑事だ。
　これまでに加門は五十嵐とペアを組んで、四人の殺人犯を検挙している。五十嵐の筋読みは、たいがい的中する。並の刑事よりも勘が鋭い。加門は面と向かって誉めたことはなかったが、五十嵐に一目置いていた。
「志賀課長、省略できる部分はカットしてくれないか」
　署長の御木が困惑顔で言った。志賀捜査副主任は素直に聞き入れ、ほどなく説明を終えた。

「加門君、ちょっと来てくれ」

本庁の杉江管理官が手招きした。加門は腰を上げ、長いテーブルに歩み寄った。

「御木署長と相談して、きみと五十嵐警部補に予備班を任せることになった」

「荷が重いですね」

「きみなら、適任だろう。ひとつ頑張ってくれないか」

担当管理官の杉江が右手を差し出した。加門はうなずき、杉江の手を握り返した。

所轄署の会議室に机やホワイトボードを運び込み、専用の電話を引く。捜査員たちの食事の面倒を見て、泊まり込み用の貸蒲団の手配もする。捜査費用を割り当て、会計業務もこなす。刑事課員だけではなく、生活安全課の者が駆り出されることもある。

捜査班は、本庁と地元署の捜査員で構成される。捜査一課の若手刑事と所轄署の老練刑事がペアを組む。その逆の組み合わせもあった。どちらにしても、土地鑑のある地元署の刑事と本庁の捜査員を組ませるわけだ。

予備班というと、マイナーなイメージがあるが、最も重要な任務だ。捜査主任の懐刀として、キャリアのある中高年刑事が選ばれる。通常、特定の任務には携わらない。重要参考人や被疑者の取り調べを担当し、特命捜査として、聞き込み情報を集め、作戦を練る。

どの捜査本部も、庶務班、捜査班、予備班、鑑識班に分かれている。庶務班は捜査本部の設営が主な仕事だ。

活動も受け持つ。鑑識班は署の係官数名が任命されることが多い。必要なら、本庁の鑑識課員が加わる。

「相棒の五十嵐刑事はベテランだから、頼りになるだろう」

「そう思います」

「わたしは、これから本庁(カイシャ)に戻らなければならないんだ。明朝の捜査会議には必ず出席するよ」

杉江管理官が加門に言って、椅子から立ち上がった。管理官は署長と刑事課長に挨拶(あいさつ)をし、あたふたと捜査本部から出ていった。

所轄署の志賀課長が仏頂面(ぶっちょうづら)で、部下の五十嵐を呼んだ。五十嵐がホワイトボードの前まで歩いてくる。

「班分けは、おたくたちに任せたほうがいいだろう」

御木署長が加門にともなく言い、会議室から消えた。

志賀、加門、五十嵐の三人は相談して捜査班を地取り、敷鑑(しきかん)、遺留品の三班に分けた。各班とも、原則として二人一組で捜査活動に当たる。

加門は志賀と五十嵐の意見を参考にしながら、部下たちを各班に振り分けた。すぐに志賀刑事課長が大声で組み合わせを発表し、捜査員たちを聞き込みに回らせた。

捜査本部には庶務班と予備班の者しか残っていない。

「何か動きがあったら、すぐ教えてくれ。わたしは刑事課に戻る」

志賀課長が五十嵐に言って、捜査本部から消えた。

庶務班のメンバーが五十嵐に言って、机を中央に寄せ、警察電話を並べた。三基だった。若い制服警官が二人分の日本茶を運んできた。

加門は五十嵐と並んで中ほどのテーブルについた。

「出入口の横に掲げられてる捜査本部名は、署長が考えたのかな？」

五十嵐が言った。

「ドアの横に掲げられてる捜査本部名は、署長が考えたのかな？」

「いや、うちの課長だよ。女社長という表現は性差別に繋がりそうなんで、避けたいと言って、いまの戒名になったんだ」

「そうですか」

「ま、どっちでもいいやな。それより、加門の旦那はどう筋を読んでるんだい？」

「まだ捜査資料を読んだだけですから……」

「大卒は慎重だな」

「厭味に聞こえますよ。学歴や経験は関係ないってのが五十嵐さんの持論のはずでしょ？」

「そうなんだが、心のどこかに学歴コンプレックスがあるんだろうな。大卒の刑事に会うと、なんかいじめたくなるんだ」

「五十嵐さんには裏表がないから、おれ、信頼してるんですよ」

「ヨイショしても、モツ焼きぐらいしか奢れないぜ」

「酒は自分の金で飲むものでしょ？」

「学士様は言うことがカッコいいね。振る舞い酒じゃ、気持ちよく酔えねえ」

「ええ、そうですね。話を戻しますが、五十嵐さんの筋読みを聞かせてくれませんか」

加門は促した。

「おれは、売れない画家の広瀬芳正が臭いと思ってる。ただの直感だがね」

「広瀬は事件当夜、十時十五分ごろに赤坂四丁目にある折戸画廊を訪ねてます。初動捜査によると、被害者の里佳に電話で呼び出されたようですが、そんな時刻に画商と画家が仕事のことで会う必要があったとは考えにくいですよね？」

「折戸里佳と広瀬芳正は他人じゃなかったんだろうよ。遣り手の女画商は落ちぶれたプロゴルファーに愛想を尽かし、年下の広瀬に気を移したんじゃねえのか。事業で成功した女たちは、夢や野望を懐いてる野郎に魅せられる傾向があるからな」

「そうみたいですね」

「レッスンプロに甘んじてる亭主に見切りをつけてたんじゃねえの?」

五十嵐が言って、ハイライトをくわえた。

「広瀬のほうはどうだったんだろうか。本気で年上の女画商に惚れてたんですかね?」

「相手は七つも年上だったんだ。広瀬は遣り手の女社長と親密になって、自分の油彩画を高く売ってもえようとしてたんだと思うぜ。里佳と男女の関係になれば、自分の野望を叶えようとしてたんだと思うぜ。里佳と男女の関係になれば、自分の野望を叶えらえるだろうからな」

「ま、そうでしょうね。おれは、広瀬が被害者の死体を発見してから二十五分も経って一一〇番してることに引っかかってるんですよ。すぐに事件通報できない理由があったんじゃないのかな。それから半開きになってた耐火金庫には、まったく現金がなかった。繁昌してるギャラリーなら、一千万円程度のキャッシュは常に用意してると思うんですよ」

「だろうな。そっちは広瀬が里佳を絞殺して、金を奪ったと推測してるのかい?」

「そこまで疑う材料はないんですが、空白の二十五分が気になるんですよ。情を通じた相手の死体を見つけたら、気が動転するでしょう。しかし、通報するまでに二十分以上かかるなんて、なんか不自然です」

「売れない洋画家は、殺した女社長の死体を運び出して、どこかに遺棄しようと思ったんじゃねえのかな。けど、遺体は思いのほか重かった。とても単独じゃ運べない。あれこれ迷ってるうちに、たちまち二十五分が流れてしまった。そういうストーリーは成り立ちそ

「うだな」
「そうだったとしたら、広瀬と被害者の蜜月関係は終わってたんでしょうね」
「ああ、多分な。広瀬は熟女の相手に疲れて、若い女ともこっそり交際してたのかもしれないぜ」
「そのことが被害者にバレて、里佳は広瀬との関係を清算する気になった。しかし、広瀬は女性画商に見放されたら、たちまち生活が苦しくなる。そこで、折戸里佳に手切れ金を要求した。だが、まったく取り合ってもらえなかった。そういうことなのかな？」
「それで広瀬は女社長を殺って、事務室にある現金を奪う気になったかもしれないってわけか」
「おれの推測には、リアリティーがありませんかね？」
加門は問いかけた。
「あるよ。耐火金庫には、ふだん銭が入ってたのかどうか。金がいつも入ってたとしたら、広瀬がかめたのかもしれねえな」
「そのあたりのことは、ギャラリーの二人の従業員に当たってる係官が確かめてくれると思います」
「そうだな。初動捜査資料を読んだ限りでは、被害者の夫の折戸幸司が妻の不倫に気づかなかったのかね？ それとた様子はうかがえない。旦那は、本当に女房の浮気に気づかなかったのかね？ それと

「いま現在は、なんとも言えませんね。折戸夫婦の仲はだいぶ前から冷えてたようだから、夫は妻にほとんど無関心だったのかもしれませんよ」

「ちょっと待ってくれ。惰性で夫婦関係を保ってたとしても、てめえの女房が別の男に寝盗られたら、たいてい勘づくんじゃねえのか？ そして、男としてのプライドはずたずたになったはずだよ」

「そうか、そうでしょうね」

「激しやすい男だったら、背信行為をした妻に殺意を覚えるだろう。怪しいのは売れない洋画家だけじゃねえようだな」

「被害者の夫も臭い？」

「ああ。折戸が妻の里佳を亡き者にしてしまえば、ギャラリーと遺産はそっくり配偶者に入る。おそらく被害者はかなり溜め込んでただろうから、十億円以上の遺産が転がり込むだろうな。レッスンプロで冴えない暮らしをしてた折戸は、遊んでても楽に喰えるようになるわけだ」

「そうですね」

「折戸が年下の彼氏に入れ揚げてる女房に腹を立てて、密かに妻殺しの計画を練ってたとも考えられるな」

「刑事はあらゆることを疑ってみるのが鉄則ですが、あまり結論を急ぐのはよしましょうよ。初動捜査では女画商が同業者や画家と何かで揉めたことはないと報告されてますが、新事実が浮かび上がってくるかもしれませんからね」
「そうだな。捜査班の連中から報告が上がってきたら、改めて筋を読むか。それまで油売ってくるよ」
　五十嵐がおもむろに立ち上がり、捜査本部を後にした。近くのコーヒーショップで、しばし寛ぎたくなったのだろう。
　勝又捜査一課長から陣中見舞いの電話がかかってきたのは、午後三時過ぎだった。
「きみが予備班になったこと、担当の杉江管理官から聞いたよ」
「そうですか」
「いろいろ大変だろうが、よろしく頼む。少し前に赤坂署の署長には電話で挨拶しといた。それからね、女性画商の爪の間から検出された表皮のDNA型鑑定の結果も出た。皮膚片は男性のもので、血液型はO型Rhプラスだったよ」
「ありがたい情報です。そこまでわかれば、犯人の絞り込みが楽になります」
「それがね、楽観はできないんだよ」
「どういうことなんです?」
「三係の熊谷君に日赤の献血センターのデータベースを調べてもらったんだが、O型Rh

プラスの献血者リストの中に広瀬芳正と折戸幸司の二人の名が載ってたんだ」
「そうなんですか」
「O型Rhプラスはそれほど珍しい血液型じゃないんで、被害者と関わりの深い二人の男がリストに載ってても不思議じゃないんだが……」
「ええ、そうですね」
「血液型は同じでも、DNA型は各人異(こと)なってるわけだから、容疑者の唾液や汗をうまく採取してくれないか」
「わかりました。課長、凶器の革紐に付着してた皮脂や汗のDNAと被害者の爪の間から検出したDNAは……」
「合致したよ。流しの物盗りの犯行とは思えないな。初動捜査によると、事件当夜、被害者の夫は中目黒(なかめぐろ)の自宅で友人三人と午後九時ごろから十二時数分前まで麻雀をしてた。しかも折戸は十時十分ごろ、出前のピザを受け取ってる。アリバイは完璧(かんぺき)と言ってもいいだろう」
「しかし、それだけでシロと判断するのは早計でしょう」
加門は控え目に異論を唱(とな)えた。
「折戸が三人の友人とピザの配達人を抱き込んで、口裏を合わせてもらったかもしれない
と言いたいんだな?」

「意地の悪い見方をすれば、そう疑うこともできます」
「そうなんだが……」
「被害者は画家の広瀬と不倫関係にあったかもしれないんです。その裏付けが取れたら、折戸にも殺害動機はあることになります」
「しかし、被害者は遣り手の画商だったんだよ。ゴルフのレッスンプロをやってる旦那にしてみれば、女房にせっせと稼いでもらって楽に暮らしたいと思うんじゃないかね？」
「夫婦仲がうまくいってれば、そう考えるでしょう。しかし、女社長は年下の画家と深い関係だったかもしれないんです。それに、被害者は不倫相手には惜(お)しみなく金を注ぎ込んでも、亭主にはケチだったとも考えられます」
「そうだったら、折戸は自分を裏切った妻を亡き者にして、遺産を独り占めしたくなるかな」
「でしょうね。里佳が旦那と別れて、不倫相手と再婚する気になったら、折戸は金に不自由することになるかもしれませんから」
「加門君の筋読みはピント外れではなさそうだね。わたし個人は、広瀬のほうが怪しいと思ってるんだが、折戸を完全にシロと言い切れないことは確かだな」
「聞き込みの報告が上がってくれば、おのずと容疑者は絞り込めるでしょう」
「そうだな。とにかく、スピード解決に力を尽くしてくれないか」

勝又が通話を切り上げた。
加門は紫煙をくゆらせはじめた。一服し終えたとき、五十嵐警部補が捜査本部に戻ってきた。

「うまいコーヒーを飲んできたようですね？ 仮眠室で昼寝をしてきたんだよ。おかげで、頭の中がすっきりした」
「そうじゃないんだ。仮眠室で昼寝をしてきたんだよ。おかげで、頭の中がすっきりした」

「豪傑だな、五十嵐さんは」
「聞き込みの情報が集まらなきゃ、正確な筋読みはできねえ。おたくも少し横になれよ」
「おれは小心者だから、とても勤務中に昼寝なんかできません。誰かさんみたいに肝っ玉がでかくありませんのでね」

加門は雑ぜ返した。

五十嵐と雑談を交わしていると、夕闇が迫った。捜査班の面々が次々に捜査本部に戻ってきた。鑑取り班の報告で、被害者は同業者や画家と一度もトラブルを起こした事実がないことがわかった。ギャラリーと委託契約を結んでいる画家たちは、一様に支払い内容に満足していたという。

ただ、二人の女性従業員は女社長と広瀬が不倫関係にあるかどうかは言葉を濁したらしい。二人の仲をきっぱりと否定しなかったことは、浮気の証拠を摑んでいるからだろう。

加門は、そう判断した。地取り班の情報には新たな収穫はなかった。落胆していると、ディスプレイを見る。発信者は部下の向井だった。向井は赤坂署の刑事とペアを組んで、被害者の通夜に訪れる弔問客から聞き込みをすることになっていた。
「いま、中目黒のセレモニーホールにいるんだな？」
　加門は先に口を開いた。
「ええ、そうです。少し前に画家の広瀬がセレモニーホールに姿を見せたんですよ。しかし、喪主の折戸は亡妻の焼香をきっぱりと断りました」
「おそらく折戸は、殺された妻と広瀬が不倫関係にあることを知ってたんだろう」
「そうなんだと思います。ギャラリーに作品を預けてるだけの画家なら、当然、通夜の席に通すでしょうね」
「で、広瀬はすごすごと引き下がったのか？」
「いいえ。喪主にいろいろ悪態（あくたい）をついて、強引に通夜が営まれてるホールに入ろうとしました。興奮した広瀬は折戸んですよ。折戸は広瀬を押し返して、外に連れ出そうとしました。足払いをかけて、ぶっ倒したんですよ」
「広瀬は逃げたのか？」
「いいえ、セレモニーホールの駐車場にいます。折戸に被害届を出させれば、傷害容疑で

「別件逮捕は避けよう。広瀬が去ったら、いったん捜査本部に戻ってくれ」

広瀬を引っ張ることができます。係長、どうしましょう?」

「了解!」

向井が電話を切った。加門は終了キーを押し、部下の報告を五十嵐刑事に伝えた。

「そういうことなら、折戸は女房が画家の広瀬と不倫してたと気づいてたな」

「ええ、そうにちがいありません。なんかもどかしいな」

「おたくが現場捜査に出たくてうずうずしてるのはわかったよ。ここで二人が捜査班の交通整理をやることもねえだろう。おたく、捜査班も兼務しろや。なんだったら、おれが署長に掛け合って、そっちに特命を出させてやるよ。おたくは猟犬タイプなんだから、こんな所で茶ばかり飲んでたら、腐っちまうよな。というよりも、宝の持ち腐れだ。後のことはこっちがうまくやるから、動きたいときは自由に動けばいいさ」

「そうさせてもらうかもしれません」

「ああ、そうしろって」

五十嵐刑事が、ごっつい手で加門の肩を叩いた。少し痛みを感じたが、加門は笑顔を返した。

3

読経の声が重なった。

僧侶は三人だった。東急東横線の中目黒駅から六百メートルほど離れたセレモニーホールである。女性画商の通夜は終わりかけていた。あと数分で、午後九時になる。弔い客は数十人だった。

加門は香炉台に進んだ。

目礼して、故人の遺影を見つめる。折戸里佳は微笑していた。目にやや険はあるが、美人の部類に入るだろう。

祭壇は華やかだった。供物も多い。柩は花に囲まれている。

加門は香を手向け、両手を合わせた。

声明が一段と高くなった。合掌を解いたとき、喪主の折戸が椅子から立ち上がった。亡妻の名を呼びながら、柩に取り縋った。

ほとんど同時に、故人の夫は号泣しはじめた。子供のように声をあげて、ひとしきり泣いた。親族らしい年配の男性が折戸に駆け寄り、そっと肩を抱いた。

加門はホールを出て、受付に足を向けた。

受付席には、セレモニーホールの社員が立っていた。五十年配の細身の男だった。
「警視庁の者ですが、通夜が終わったら、喪主の折戸さんにお目にかかりたいんですよ。取り次いでいただけますか？」
加門は写真付きの警察手帳を呈示した。
「は、はい。あの、折戸さんが疑われてるんでしょうか？」
「単なる事情聴取です」
「そうですか。もう間もなく焼香は終了するはずですから、あちらでお待ちになってください」

受付の男がエレベーターホールの横にある休憩ロビーを手で示した。そこには、五卓のソファセットが置かれていた。無人だった。
加門は受付を離れ、ロビーのソファに腰かけた。煙草を喫いながら、折戸を待つ。
喪主が近寄ってきたのは、およそ十五分後だった。加門は立ち上がって、低く名乗った。
「別の刑事さんたちにもう事情聴取されましたがね」
折戸は明らかに迷惑顔だった。泣き腫らした目が痛々しい。
「お手間は取らせません。二、三、確認したいことがあるんですよ」
「そうですか」

「後れ馳せながら、お悔やみ申し上げます。ご愁傷さまです」

「心中お察しします。掛けましょうか」

「とてもショックでした」

加門は言った。

折戸が先に向かい合う位置に坐った。加門もソファに腰を戻した。

「里佳を殺したのは、画家の広瀬芳正にちがいありませんよ」

「何か根拠でもあるんですか?」

「広瀬は孤高の画家を気取っているようですが、なかなかの悪党なんです。あいつの目は、野心でぎらついてるじゃないですか」

「広瀬さんとは面識があるんですね?」

「ええ、三回ほど会ってます。最初に広瀬と会ったのは五年前だったかな。ある洋画家の個展のオープニング・パーティーに妻と出席したときに……」

「故人に紹介されたんですか?」

「ええ、そうです。その数カ月前に里佳は脇道から急に走り出てきた自転車と軽い接触事故を起こしたんですよ、ポルシェを運転中にね」

「その自転車に乗ってたのが広瀬さんだったんですね?」

「そうです。自転車ごと転倒した広瀬は右肘に擦り傷を負っただけだったんで、警察に事

故届は出さなかったんですよ。そんなことがあって、妻は広瀬が売れない洋画家と知ったわけです」
「それで奥さんは、広瀬さんの描いた油絵を見せてもらったんですね?」
「そうなんです。里佳は、妻は広瀬の作品から卓抜な才能が読み取れると興奮して、彼の絵を折戸画廊で扱うようになったわけです」
折戸が言って、溜息をついた。
「捜査資料によると、亡くなられた奥さんは美術大学を卒業されたんですよね?」
「ええ、そうです。油彩画を専攻したんですよ。独身のころは里佳もプロの洋画家をめざしてたんですが、自分の才能に限界を感じたんでしょう。父親の遺産とわたしの貯えを元手にして、十三年前に折戸画廊を開いたんです」
「そうですか。ギャラリーで何年か勉強されてから独立したんではなく、いきなり折戸画廊を開かれたわけですか」
「ええ、そうなんです。亡くなった里佳の父親は青山で古美術店を経営してましたし、岳父の弟は毎朝日報の文化部で長いこと美術記者をしてたんですよ。そんな関係で、妻は画壇関係者にコネがあったんです。それに、彼女自身もかなりの目利きでしたしね」
「それだから、画廊経営が軌道に乗って、その後、大きく発展したわけか」
「そうなんです。しかし、妻は広瀬の画才を過大評価してたようです。わたしは絵につい

「そうなんですかね」

「しかし、里佳は広瀬の作品にはどれも魂が吹き込まれていると言って、美術雑誌の記者を抱き込んで、広瀬の提灯記事を書かせたんです。そんな根回しがあって、彼の絵は少しずつ売れるようになったんです。いまでは、一号十万円の値がつくようになりました」

「たいしたもんだな」

「もっとも広瀬の作品の半数は、折戸画廊が贈答用に買い取ってるという形で、広瀬を金銭的に援助してたんですよ」

「画商がお抱えの画家にそこまで入れ揚げるケースは珍しいんじゃないのかな?」

「だと思います。死んだ妻は、広瀬に恋愛感情を懐いてたんでしょう。二人がいつから深い仲になったかははっきりしませんが、不倫の仲だったことは間違いありません」

「確信があるようですね?」

加門は折戸の顔を見据えた。

「みっともない話ですが、わたし、十カ月あまり前に興信所に妻の素行調査を依頼したことがあるんですよ。数年前に里佳が寝室を別にしたがるようになったんで、誰か好きな男ができたなと疑ってたんです」

「なぜ、そのときに素行調査を頼まなかったんです?」
「里佳を手放したくなかったからです。妻のほうは落ちぶれてしまったゴルファーには愛想を尽かしてたのかもしれませんが、こちらには未練がありました。だから、ちょっとした火遊びなら……」
「目をつぶってやろうと思われたんですね?」
「ええ。しかし、里佳はいっこうに広瀬と切れる様子がありませんでした。それだから、十カ月あまり前に妻の素行調査をしてもらったわけです」
「訊(き)きづらいことですが、調査結果を教えてください」
「妻は週に一度、都内の有名ホテルで広瀬と密会してました。二人は偽名で別々にホテルに入って、いつも三時間前後、睦み合ってたようです。里佳がホテルに泊まることは一度もありませんでしたが、広瀬は翌朝にチェックアウトしてたみたいですね。興信所の調査員は、部屋のドア近くで別れのキスをしてる二人の姿をビデオ撮影してるんです。妻と広瀬が不倫してたことは確かです」
「あなたは、奥さんに調査報告書を突きつけたんですか?」
「何度も、そうしようと思いましたよ。ですが、妻と離婚した後のことを考えると、どうしても咎(とが)めることはできなかったんです。ひどい裏切りには怒りを覚えましたが、わたしが先に里佳に夢中になって、粘って結婚して

「もらったんですよ。妻は、かけがえのない存在だったんです。心底、好きでした」

「それだけだったんでしょうか？」

「どういう意味なんだ？」

折戸が目を尖らせた。

「腰を傷めるまで、あなたはゴルファーとして活躍されてたし、収入も多かった。しかし、レッスンプロになってからは奥さんの収入の足許にも及ばなくなったんではありませんか？」

「その通りだが、わたしはこれまで損得を考えながら生きてきたことはない。確かにレッスンプロになってから、稼ぎはずっと少なくなりました。しかし、そのことは夫婦の障害にはなってなかったし、里佳の収入なんか当てにしてなかったんだ。わたしをヒモ扱いするなっ」

「言葉に配慮が足りなかったんですりはなかったんですよ。ただ、奥さんの収入は半端な額じゃなかったようだから、つい甘える気持ちが生まれても……」

「無礼だぞ。わたしはね、折戸画廊の経営にはノータッチだったし、年商もよく知らなかったんだ。贅沢はさせられないが、わたしの収入でも妻を養うことはできたんだよ」

「そうでしょうが、人気ゴルファー時代の生活レベルを極端に落としたら、ストレスが溜

「あんたは、わたしが妻を殺したとでも疑ってるのかっ。里佳が築いた財産を独り占めしたくなって、彼女を……」

「そこまでは言ってませんよ。ただですね、妻の浮気を知ってて黙認する男性がいることがわたしには理解できないんです。わたしが折戸さんなら、即刻、離婚するでしょうからね」

加門は揺さぶりをかけた。

「里佳と別れなかった理由は、さっき言ったじゃないか。それに、わたしにはれっきとしたアリバイがある。妻が殺された夜、わたしが自宅で知人三人と麻雀をやってたことの裏付けは取ったんでしょ？　それから、ピザ屋の出前係にも警察の人間が当たったはずだ」

「ええ、機捜と赤坂署の刑事が折戸さんのアリバイの裏付けは取ってます。しかし、また怒られそうですが、あなたが第三者に奥さんの殺害を依頼した可能性はゼロではありません」

「怒るぞ。大切な妻をどうして誰かに殺させなければならないんだっ。妻に浮気されたら、たいがいの男は赦せないと思うはずです」

「折戸さんの寛容さがどうしても理解できません。妻に浮気されたら、たいがいの男は赦せないと思うはずです」

「わたしは里佳を誰よりも愛してたんだ。わたしを疑うより、広瀬をマークするんだね」

折戸が憤然と立ち上がり、通夜の執り行なわれたホールに足を向けた。少し功を急ぎ過ぎたようだ。

セレモニーホールを出たとき、上着の内ポケットでポリスモードが身震いした。この建物に入る前に、マナーモードに切り替えておいたのだ。

発信者は赤坂署の五十嵐警部補だった。

「加門の旦那、犯人が割れそうだぜ」

「えっ!?」

「少し前に広瀬芳正のA号照会したんだよ」

「犯歴照会したんですか」

「そう。広瀬が女社長の死体を発見してから二十五分も経って事件通報してる事実が妙に引っかかってさ。で、一応、A号照会してみたんだよ」

「それで、結果は?」

加門は刑事用携帯電話を握り直した。

警察庁のデータベースには、全検挙者のリストが登録されている。警察官は専用端末を使って、誰でも犯歴照会ができる。調べたい人物の氏名、生年月日、本籍地などを入力し、リターンキーを押しておく。すると、わずか数分で照会センターから回答がある。

「ヒットしたよ。対象者は六年前に詐欺未遂容疑で世田谷署に検挙られてた。広瀬は所在不明のレンブラントの名画の贋作をベンチャー起業家に二千万円で売りつけようとしたんだ」

「広瀬は名画を摸写して、それを売りつけようとしたのか。そのことは予想してました？」

「まあね。赤坂署の若い奴が聞き込みで、広瀬は美大生のころに摸写の天才といわれてたらしいという話を摑んだんだ。おれはそのことを思い出してさ、広瀬が贋作で生活費を稼いでた時期があるのかもしれねえと……」

「さすがですね。で、広瀬は地検に送致されたんでしょ？」

「ああ。けど、不起訴処分になってる。買い手から十万円の手付金を貰っただけだったんでな」

「そうですか」

「もう一ついいニュースがあるんだ。事件現場の耐火金庫の内側から採取された複数の指紋の中に、広瀬のものも混じってたんだよ」

「ほんとですか？」

「警察庁に登録されてた野郎の指紋と耐火金庫の内側に付着してた右手の親指の指紋が、一致したんだ。殺された女社長がいつも金庫に一千万円前後の現金を入れてたことを

画廊の従業員のひとりが証言してくれたんだよ。その証言を取ったのは悪いが、おれの部下だったんだ。別にそっちと競い合う気はなかったんだけどさ、先に点数を稼いじまった」
「おれに張り合う気持ちはありませんから、五十嵐さん、おかしな気は遣わないでくださいよ」
「わかった。広瀬が耐火金庫の中にあった金を盗ったと考えてもいいだろう。その前に、折戸里佳を殺ったのかもしれねえぜ」
「そうなんだろうか」
「納得できないようだな?」
五十嵐が言った。
「仮に広瀬が加害者だとしたら、自分で一一〇番通報するだろうか。堅気がそこまで大胆になれますかね?」
「広瀬は下手に逃げたら、警察にかえって不審がられると判断したんだろう。かっぱらった金をいったんどこかに隠して、事務室に舞い戻ったんじゃねえのか。だから、通報が遅かったんだろうよ」
「そうだったとしたら、広瀬は耐火金庫の内側をハンカチで拭うでしょ? 自分の指紋をそのままにしておいたら、第一発見者は真っ先に疑われますからね」

「そうなんだが、それだけの心理的な余裕はなかったんだろう。動機はどうあれ、つき合ってる人妻を絞殺したんだったら、当然、沈着さは失うはずだ」

「そうでしょうが、自分の指掌紋ぐらいは消してから一一〇番しそうだがな」

「女社長を殺りそうな奴、ほかに考えられるかい？ そっちは、セレモニーホールに行ったんだったな。里佳の旦那には会えたの？」

「ええ。しかし、折戸幸司を怒らせてしまいました」

加門は経過をつぶさに伝え、自分の推測も付け加えた。

「そういう迫り方をしたら、相手は気分を害するだろうな。折戸のアリバイは成立してるんだからさ。けど、そっちが言ったように代理殺人をやらせた可能性はゼロじゃねえよな？」

「ええ。折戸は雀卓を囲みながら、わざわざピザの出前を頼んでます。考えようによっては、アリバイを確実にする目的でピザを出前させたとも受け取れませんか？」

「考え過ぎだよ。麻雀に熱中してたら、ちゃんと食事をする気になれない。しかも、自分がピザを出前してもらっても、サンドイッチやおにぎりを頬張りながら、牌を動かすことはよくあるぜ。ピザを出前しておかしくないんじゃねえの？」

「おれの部下の聞き込みだと、折戸は自宅でめったに麻雀はやってないらしいんですよ。

それなのに、彼は事件当夜、三人の知り合いを家に呼んで何時間か麻雀をしてる。久しぶりに雀卓を囲むなら、徹夜麻雀になりそうでしょ？」

「平日だったんで、面子たちは終電車があるうちにそれぞれ帰宅したんだろう。タクシー料金が値上がりしたからな」

「そうなのかな？」

「加門の旦那の筋読みにはうなずけねえけど、折戸が女房の不倫に気づいてて、離婚しようとしなかったって話はどうも解せないな。女房を誰かに寝盗られたら、たいてえの亭主はキレちまうもんだ」

「そうでしょう？　しかし、折戸は被害者に未練があるんで、離婚する気にはならなかったと言ったんですよ」

「女房が稼いだ金に執着してたら、別れる気にはならないだろうな」

五十嵐が言った。

「ええ。みすみす宝を捨てるようなものですからね」

「旦那、折戸の女性関係を洗い直してみようや。鑑取り班の報告だと、折戸に女の影はないってことだったが、こっそり愛人を作ってたのかもしれねえからな。そうだとしたら、浮気妻を殺し屋に葬らせて、女房の遺産で愛人とやり直す気になっても、別段、不思議じゃない」

「そうですね」

「そうなってくると、広瀬が真犯人(ホンボシ)と思い込むのは早計だな」

「ええ」

「けどさ、広瀬が耐火金庫の現金をかっぱらったことは、ほぼ間違いねえよ。とりあえず、画家を窃盗容疑(ガ)で身柄を押さえちまおうか」

「御木署長と志賀課長のオーケーが出たら、裁判所に逮捕令状を請求しましょう」

加門は終了キーを折り畳みかけた。

ポリスモードを折り畳みかけたとき、着信ランプが灯(とも)った。発信者は部下の向井だった。

向井は、赤坂署の四十代の刑事と一緒に浜田山(はまだやま)にある広瀬の自宅を張り込んでいるはずだ。広瀬が借りている家は、庭付きの戸建て住宅らしい。

「セレモニーホールから帰宅した対象者は、外出する様子はないのか?」

加門は訊いた。

「ええ、一度も外出してません。家の中で荷造りしてる気配がうかがえるんですよ」

「荷造り?」

「ええ、そうです。テラスに大量の段ボール箱があって、広瀬はそれを少しずつ家の中に取り込んでるんですよ。引っ越しの準備をしてるんだと思います」

向井が言った。

「画廊の女社長が殺された翌日に転居するってことは……」

「係長、折戸里佳を殺害したのは広瀬なんでしょうか？　多分、そうなんだろうな」

「広瀬が殺人犯かどうかはわからないが、ギャラリーの耐火金庫から現金を盗み出した疑いは濃くなった」

加門は経緯を語った。

「五十嵐さんの勘は冴えてますね。名画の贋作でひと儲けしようとしたことがあるなら、広瀬芳正が金庫の金をくすねたんでしょう」

「上の許可を得られたら、ひとまず広瀬を窃盗容疑で検挙することになりそうだ」

「そうですか」

「今夜中に広瀬が荷造りを終えるとは思えないから、張り込みを解除してくれ。ペアの岡刑事と軽く一杯飲って、子づくりにいそしむんだな」

「は、はい！」

向井は冗談を真に受けたようだ。

加門は微苦笑して、ポリスモードを懐に突っ込んだ。何気なく夜空を仰ぐと、満天の星だった。

4

広瀬宅の周囲は八人の捜査員が固めている。本庁の刑事が三人で、赤坂署の捜査員が五人だった。

逃走経路はことごとく封じた。

加門は捜査車輛の中で煙草を喫っていた。覆面パトカーは、オフブラックのスカイラインだ。広瀬宅の数十メートル手前の路上に駐めてある。

運転席には、部下の寺尾秀人巡査長が坐っている。

寺尾は二十八歳で、まだ独身だった。地味な風貌で、サラリーマンに見られることが多い。刑事には珍しく、柔和な目をしている。性格も温厚だった。

「このあたりは閑静な住宅街だな」

加門は言った。広瀬宅は、杉並区浜田山三丁目にある。井の頭通りから少し奥に入った地区だった。

広瀬が住んでいる借家は洋風住宅で、庭は広かった。家賃は安くないはずだ。

「このへんの一戸建て住宅に住めたら、最高ですよね」

「寺尾は団地っ子だったな?」

「ええ、そうです。多摩ニュータウンの豊が丘団地で育って、いまも住んでるんです。団地には団地のよさがあるんですけど、子供のころから戸建て住宅に憧れてたんですよ」

「結婚したら、一軒家を買えばいいじゃないか」

「それだけの甲斐性はありませんよ。われわれの俸給じゃ、東京郊外の中古マンションを二十数年のローンで買うのがやっとでしょ？」

「親からの資金援助がなければ、そうだろうな」

「ひとりっ子の係長が羨ましいですよ。鎌倉の実家は、敷地が三百坪近いんですってね？ すごいな」

「父方の祖父が安いときに土地を買ったんだよ。おれの父親は、祖父の家督をそっくり相続しただけさ。別に資産家ってわけじゃない」

「いずれは係長が鎌倉の実家を引き継ぐんでしょ？」

「そうなるだろうが、親父とおふくろが死んだら、実家は処分するつもりだよ」

「もったいないなあ」

「人間は物を所有すると、どうしても自由に生きられなくなる。おれは、それが厭なんだよ。一生、借家暮らしでいい」

「カッコいいな、係長の生き方は。わたしは俗っ気が抜けないから、洒落た家に住みたいし、高級外車にも乗ってみたいですね」

「そうした物欲はエネルギー源になるから、必ずしも悪いことじゃない」
「そうですかね。広瀬みたいに名画の贋作をやったり、女性画商に取り入らないと、高そうな借家には住めないんでしょうか?」
「かもしれないな。いっそ所轄の暴力団係刑事になって、裏社会から汚れた金を吸い上げてか?」
「それだけの悪徳警官になる度胸はありませんよ」
「なら、地道に生きるんだな」
加門は喫いさしのキャビンを灰皿の中に突っ込み、ダッシュボードの時計を見た。午前十一時七分過ぎだった。
そろそろ赤坂署の刑事が広瀬の逮捕令状を届けにくる時刻だ。令状がなければ、容疑者を連行することはできない。
「ちょっと様子をうかがってくる」
加門は寺尾に言って、スカイラインの助手席から出た。
通行人を装い、広瀬宅に歩を進める。
門扉に近づいたとき、内庭から男が姿を見せた。広瀬だった。黒いトレーナーの両袖を捲り上げている。下はブルージーンズだ。
一瞬、視線が合った。

加門はさりげなく広瀬宅の前を通り抜け、物陰に身を潜めた。広瀬は腕時計に目をやって、左右を見た。
　引っ越し業者が見積りにやってくることになっているのか、すぐに彼は洋風の建物の中に引っ込んだ。捜査車輌のナンバーの頭には、たいさ行かな行の平仮名が冠されている。広瀬はスカイラインをスカイラインに向けられた。広瀬には検挙歴がある。
　広瀬には検挙歴がある。広瀬はスカイラインを覆面パトカーと見抜いたかもしれない。
　加門は足音を殺しながら、広瀬の自宅に近づいた。白い柵越しに庭先をうかがう。
　広瀬はテラスにいた。まだ組み立てられていない段ボール箱の束を抱え持って、家の中に入った。昨夜に引きつづいて、荷造りをするのだろう。
　どうやら広瀬は、こちらの動きに気づいていない様子だ。加門は胸を撫で下ろし、覆面パトカーに戻った。
「対象者は誰かを待ってる様子でしたね？」
　寺尾が口を開いた。
「引っ越し業者が来ることになってるんだろう」
「そうなんでしょうか。広瀬は時間の問題で捜査の手が自分に迫ることを本能的に嗅ぎ取って、どこかに転居する気になったようですね？」

「多分、そうなんだろう」
「広瀬が折戸画廊の金庫から現金を盗ったことは間違いないんでしょうが、殺人もやってる気がするな」
「まだ、どちらとも言えない」
「そういえば、きょうは折戸里佳の告別式でしたね。昨夜、セレモニーホールで広瀬が焼香させろと騒いだって話でしたが、告別式には列席しなかったんだな」
「そうなんだろう。もう里佳の亡骸は、火葬場に運び込まれた時刻だ。喪主の折戸に追い返されると思って、広瀬は出席することを諦めたんだろうな」
「そうなんでしょうか。ひょっとしたら、広瀬は罪の意識に耐えられなくなって、告別式に出られなかったのかもしれませんよ。きのうの通夜には怪しまれたくなかったで、わざわざセレモニーホールに出向いて⋯⋯」
「おまえは、広瀬がギャラリーの女社長を殺害したと思ってるんだな?」
加門は確かめた。
「ええ、そうです。事務室の金をくすねただけでは、慌てて引っ越す気にならないと思うんですよ。おそらく本件の犯人は、広瀬なんでしょう」
「大半の殺人者は犯行後、そのまま高飛びする。広瀬が里佳を絞殺したんだとしたら、家財道具をそのままにして、すぐにも逃亡を図ると思うがな」

「広瀬は、高を括ってるんじゃないですか。捜査本部は当分、加害者を割り出せないだろうとなめてかかってね」

「おれは、そうは思わない。広瀬は詐欺未遂容疑で検挙されたことがあるんだ。警察を甘く見ることはできないと考えてるはずだよ」

「言われてみると、その通りなのかもしれませんね。広瀬が犯人じゃないとしたら、被害者の旦那の犯行とも考えられますが、折戸幸司のアリバイは完璧ですよ。崩しようがないでしょ？」

「アリバイがパーフェクトなのが、どうも引っかかるんだ。まるで自分はシロだとことさら訴えてるようで、なんか釈然としないんだよ」

「お言葉を返すようですが、折戸の犯行動機がちょっと弱いでしょ？ 妻に浮気されてたことは腹立たしかったでしょうが、被害者は画商として成功してたんです。奥さんがたくさん稼いでくれてたんで、亭主はのんびりとレッスンプロをやってられたわけでしょ？」

「いまの若い連中は、プライドよりも金を選ぶらしいな。四十過ぎの男なら、女房に浮気された場合、自尊心をずたずたにされたと感じるだろう」

「男の沽券にかかわることですが、妻の年収は三億円近かったんでしょうから、夫は楽できるじゃないですか。自分も適当に浮気をすれば、そのうち憤りは鎮まるような気がしますけどね」

「世代論は嫌いなんだが、おれたち中年と若い連中とはあらゆる価値観が違うようだな」
「誇りや自尊心も大事ですが、おれたち中年と若い連中とはあらゆる価値観が違うようだな。金の力はすごいですからね。人の心こそ買えませんけど、欲しい物品はたいてい手に入ります。やっぱり、捨てがたいですよ。折戸はもう若くないから、第一線に復帰できる可能性はないでしょ?」
「話題を変えよう。おまえの話をずっと聞いてると、そのうち怒鳴りそうだからな」
「すみません。係長に不快な思いをさせるつもりはなかったんですが……」

寺尾がうなだれた。

「謝ることはないさ。人には、それぞれの生き方や考えがある。おまえがドライに生きても、誰も文句はつけられない」
「そうなんですけどね」
「上司の機嫌を取ろうとする奴よりも、本音を言える部下のほうが増しだよ。寺尾とおれは単に生きる姿勢が違うだけさ。どっちが正しいかって話じゃない」

加門は口を閉じて、フロントガラス越しに広瀬宅に目を注いだ。

それから、七、八分後だった。

灰色のアリオンがスカイラインの前方に停まった。赤坂署の覆面パトカーだ。

「令状が届いた。着手に取りかかろう」

加門は先に車を降りた。すぐに寺尾が倣う。

アリオンから、赤坂署刑事課の鳥居哲生巡査部長が降り立った。三十七歳で、眼光が鋭い。ずんぐりとした体型だ。五十嵐警部補に目をかけられている刑事だった。

「令状、遅くなりました」

鳥居が薄茶の書類袋を差し出した。書類袋の下部には東京地方裁判所の名が刷り込まれている。

加門は鳥居を犒い、中身の逮捕令状を改めた。捜査差押許可状をざっと読み、書類袋に納める。

「すぐに踏み込むんですね?」

寺尾が加門に顔を向けてきた。

「そうだ。おまえは、待機してる本庁(ホンブ)の連中に伝達してくれ」

「はい」

「鳥居巡査部長は、おれと一緒に踏み込んでくれないか」

「わかりました」

鳥居が緊張した面持ちになった。加門は、広瀬宅には被疑者しかいないことを告げた。

「それでは、執行しましょうか」

「ああ」

二人は門の前まで進んだ。鳥居が深呼吸をした。緊張をほぐしたのだろう。
「インターフォンは鳴らさずに、ポーチまで進もう」
加門は先に足を踏み出した。じきに鳥居が肩を並べた。
広瀬宅の門扉は低い。内錠は掛かっていなかった。
加門たちは門の扉を細く開け、敷地内に入った。鳥居が、また深呼吸する。
「そう緊張するなって」
加門は鳥居に小声で言い、玄関のチャイムを鳴らした。
ややあって、ドアの向こうで男の声が響いた。
「どなた？」
「赤坂署の者です」
鳥居がドア越しに答えた。
加門はドアのノブにそっと手を掛けた。ロックされていた。
「いま、取り込んでるんだよ。日を改めてもらえないかな？」
「あなたは広瀬芳正さんですね？」
「そうだが……」

言によると、殺された折戸里佳さんはいつも一千万円程度の現金を入れてあったらしいん折戸画廊の事務室の耐火金庫の内側に、あなたの指紋が残ってたんですよ。従業員の証

「です。しかし、金庫の中に現金はまったくありませんでした」

「おれは金なんか盗ってない」

「そのあたりのことを署でうかがいたいんですがね」

「任意同行なんだろう？」

「いいえ、裁判所から令状が出てます」

「そんなばかな！　誤認逮捕だ。不当な捜査には屈しないぞ。おれは警察になんか行かない。行く必要がないわけだからな」

「とにかく、ドアを開けてください。そうしないと、踏み込むことになりますよ」

「帰れ！」

広瀬が喚いた。

加門は鳥居に話を引き延ばすようゼスチュアで指示し、抜き足で家屋の脇に回った。建物に沿って進むと、台所のドアが見つかった。

ドアを力まかせに蹴り、すぐさま外壁にへばりつく。ドアの位置からは死角になる場所だった。

一分ほど待つと、ドアが軋んだ。

加門は振り出し式の特殊警棒を握った。ゴルフクラブを手にした広瀬が、ぬっと顔を突き出した。クラブはアイアンだった。

「窃盗容疑で逮捕する」
 加門は告げて、書類袋から令状を抓み出した。
 広瀬がアイアンクラブを振り翳した。
 加門は前に踏み込み、特殊警棒のスイッチボタンを押した。先端が広瀬の鳩尾にめり込んだ。広瀬が呻いて、前屈みになる。加門は広瀬の右腕を肩まで捩上げ、大声で鳥居を呼んだ。
 鳥居と寺尾が駆け寄ってきた。鳥居が広瀬を引き倒す。寺尾が素早く広瀬に後ろ手錠を打った。
「よし、完了だ。ご苦労さん!」
 加門は鳥居たち二人に声をかけた。鳥居が、ほっとした顔つきになった。寺尾も安堵した表情になった。広瀬は不貞腐れた顔つきだった。
「そっちが耐火金庫の中にあった現金をくすねたんだな?」
 加門は広瀬の前に立った。
「黙秘権を行使する」
「疚しいから、だんまり戦術を決め込む気になったんだな。そうなんだろう?」
「………」
 広瀬は無言のまま瞼を閉じた。

「先に広瀬を連行してくれないか。おれたちは物証を捜す」
 加門は鳥居に言ってから、おれたちは物証を捜す広瀬の背後に回り込んだ。広瀬の肩を押しながら、道路に出る。

 捜査班のメンバーが広瀬宅の前に固まっていた。加門は部下の向井と所轄署の岡刑事を残して、ほかの者は引き揚げさせた。アトリエの隅にあった現金九百六十万円を発見したのは、赤坂署の岡刑事だった。

 札束はスーパーのビニール袋に無造作に突っ込まれていた。広瀬が折戸画廊から盗み出した金と思われる。

 加門たち三人が捜査本部に戻ったのは、小一時間後だった。

 五十嵐の姿は見当たらない。刑事課の取調室1にいるという。加門は広瀬宅で押収した大金を手にして、二階に降りた。

 取調室1を覗くと、広瀬と五十嵐警部補がスチールデスクを挟んで睨み合っていた。記録係の所轄署刑事は、ノートパソコンのキーボードの上に両手を翳している。だが、ディスプレイには文字は打たれていない。

「アトリエにあった九百六十万円を押収した。万札には、そっちの手の汗や皮脂が染み込んでるだろう。DNA型を検べりゃ、すぐに立件できる。シラを切っても、意味ないと思

加門は、札束の詰まったビニール袋を卓上にどさりと置いた。前手錠を打たれた広瀬が長嘆息して、がっくりと肩を落とした。
「うがな」
「おい、どうなんだっ」
　五十嵐が拳で机上を叩いた。
　半開きになってた耐火金庫から札束が覗いてたんで、つい出来心で……」
「かっぱらったのは、いくらなんだ？」
「ちょうど一千万円だよ。家賃とか光熱費の支払いで、四十万ほど遣ってしまった」
「銭を盗っただけじゃねえんだろ？　女社長も殺っちまったんじゃねえのか？」
「冗談じゃない。里佳は大事なスポンサーだったんだ。彼女を殺しても、こっちには何もメリットはないじゃないか。それどころか、デメリットばかりだよ。ギャラリーの経営者が里佳の旦那になったら、おれはお払い箱にされるに決まってる。そんなことが脳裏を掠めたんで、金庫の一千万を盗み出して、いったん自分の車のトランクに隠したんだ」
「死体発見から二十五分も経ってから、そっちは一一〇番もしてる。金をかっぱらう前に折戸里佳を殺っちまったんだろうが？　嘘じゃないよ。そうなら、タイムラグもわかる」
「おれは里佳を殺してない。彼女は七つ年上だったが、おれたちは惚れ合ってたんだ。それに、里佳は金銭的な援助もしてくれてた恩人でもあった。そんな女性を

「手にかけるわけないじゃないかっ」
広瀬が叫ぶように言った。
「年上女の深情(ふかなさ)けがうっとうしくなったんじゃねえのかい？」
「里佳の件では、おれは潔白だ！　嘘発見器にかけてくれーっ」
「自信たっぷりだな」
「心証はシロですね」
加門は五十嵐に言った。五十嵐が一拍置いて、小さくうなずいた。
「女性画商殺しの犯人に心当たりは？」
加門は広瀬に顔を向けた。広瀬が首を横に振って、子供のように泣きはじめた。加門は五十嵐と顔を見合わせ、肩を小さくすぼめた。

　　　　　5

折戸画廊は営業中だった。
里佳が亡くなって、六日目である。
していた。運転席には向井が坐っている。加門は捜査車輛の助手席から、ギャラリーを注視(ちゅうし)
広瀬は一昨日(おととい)の午前中、身柄を東京拘置所に移された。そのうち彼は、窃盗容疑で起訴

折戸幸司は画廊の経営を亡妻から引き継いだはずだが、赤坂の店にはまだ一度も顔を出していない。ギャラリーを仕切っているのは、吉見詩織という三十一、二歳の美人だった。彼女は二人の従業員にてきぱきと指示を与えている。何年か画廊に勤めたことがあるにちがいない。

「ギャラリーを任されてる美女、折戸の愛人とは考えられませんかね？」

向井が言った。

「その可能性はありそうだね。ただの雇われ店長なら、もう少し二人の従業員に気を遣うだろうからな」

「だと思います。吉見という彼女、まるでオーナーのように振る舞ってます。態度がでかいのは、折戸と特別な間柄だからなんでしょう」

「多分、そうなんだろうな」

加門は腕時計を見た。午後三時半を回っていた。

折戸は、きょうも画廊に姿を見せないのか。すでに彼はレッスンプロを辞めている。画廊の経営に専念するつもりなら、店のことが気がかりなはずだ。

妻が殺害された店に足を踏み込むことに何かためらいがあるのか。夫として、惨劇の現場を目にしたくない気持ちはわかる。それならば、店舗の移転を真っ先に考えるのではな

いか。それなのに、同じ場所で営業を再開している。しかも、まだ里佳が死んで一週間も経っていない。

折戸が自分のギャラリーに近づきたくないのは、別の理由があるからではないか。里佳の夫は予め自分のアリバイを用意しておいて、第三者に妻を始末させたのかもしれない。単なる推測だが、そういう疑惑が胸に居坐っている。

「係長、自分の筋読みを喋ってもいいですか?」

「ああ、遠慮するな」

「はい。地検送りになった広瀬のDNA型は凶器に付着してた皮脂のDNAと違ってたわけですから、本事案ではシロに間違いありませんよ」

「そうだな」

「被害者の夫には完璧なアリバイがあるから、折戸もシロでしょう。少なくとも、殺人の実行犯じゃないと思います」

「そうなんだろう」

「ギャラリーを任されてる吉見詩織が折戸の愛人だったとしたら、彼女が折戸里佳を殺害した可能性もあるんじゃないですか?」

「向井は、解剖所見書の写しをよく読まなかったな。被害者の頸骨は折れかけてたんだ

ぞ。女がそこまで強く革紐を引き絞れるとは思えない」

「あっ、そうでしたね。実行犯は男なんでしょう」

「そう考えるべきだろうな」

「まだ勉強が足りませんね、自分は」

向井が平手で自分の額を軽く叩いた。

それから間もなく、加門のポリスモードが上着の内ポケットで鳴った。電話をかけてきたのは、赤坂署の五十嵐刑事だった。

「旦那、吉見詩織の職歴がわかったぜ。詩織は大学で西洋美術史を専攻して、卒業後は銀座の一流画廊に就職した。そこで八年半ほど働いて、ギャラリー経営のノウハウを学んだんだろう」

「折戸との接点は？」

「あったよ。二人は二年ほど前に高名な洋画家の祝賀パーティーで出会って、その後、密かに会ってた」

「五十嵐さん、その裏付けは取ったんですか？」

「もちろんさ。赤坂署の若いのが詩織の元同僚たちから、二人が親密な関係だという証言を得てる。女は怖えよな。吉見詩織は折戸と不倫しながら、里佳にも有望な新鋭画家を紹介してたらしいんだ。女同士で、よくワインバーに行ってたんだってよ」

「不倫を覚（さと）られたくなかったんで、詩織は意図（いと）的に被害者とも親しくしてたんでしょう」

「そうなんだろうが、女は魔物だね。まさかおれの女房、こっちの友達か知り合いと密会してねえだろうな」

「心配になりました？」

「冗談だよ。三段腹のおばさんを誘う野郎なんかいないさ。与太（よた）はともかく、折戸と詩織が共謀して、誰かに画廊の女社長を消させたんじゃねえのかな？」

「そうなんでしょうか」

「殺人依頼の動機はあるぜ。折戸は広瀬に熱を上げてた女房をよくは思ってなかっただろうし、詩織は不倫相手と結婚したいと考えてた。折戸の後妻になれば、赤坂の画廊を切り盛りできる。八、九年ギャラリーに勤めてりゃ、いつか自分で画廊の経営をしたいと思うようになるだろうからな」

「そうかもしれませんね」

「きょうも折戸は、中目黒の豪邸に引き籠（こも）ってるそうだ。さっき捜査班の部下から報告があったんだよ。折戸は誰かに女房を殺らせてるんで、赤坂の店に近づく気になれないんじゃねえか？」

「そうなんですかね。おれと向井は、吉見詩織の動きをもう少し探（さぐ）ってみます」

加門は通話を切り上げ、キャビンをくわえた。

詩織が折戸画廊から出てきたのは、午後六時過ぎだった。彼女はギャラリーの専用駐車場に急ぎ、BMWのスポーツカーに乗り込んだ。車体の色はドルフィンカラーだった。スポーツカーは裏通りを走り、青山通りに出た。向井がアリオンで慎重に尾行しはじめた。詩織の車は青山学院大学の手前で左折し、広尾を抜けた。折戸の自宅に向かっているのか。

やがて、スポーツカーは恵比寿ガーデンプレイスに入った。

平成六年の秋にサッポロビール工場の跡地にできた〝複合都市〟だ。広大な敷地に四十階建てのオフィスビル、外資系ホテル、レストラン、老舗デパート、映画館、多目的ホールが連なっている。

詩織はスポーツカーを駐車場に入れると、古城を復元したシャトーレストランに足を踏み入れた。加門は向井とともに詩織を追った。

詩織は一階のカフェに落ち着いた。加門たち二人は隅のテーブル席に腰かけ、中ほどの席だ。カフェ・オ・レを注文したようだ。どちらもコーヒーを頼んだ。

「この二階には、三つ星レストランがあるんですよね。四年か五年前に友人とメインダイニングで一番安いランチを喰ったんですが、一人前七千八百円もしたんですよ。高いランチは二万円近かったな、確か」

向井が低い声で言った。

「おれは、このカフェと奥にあるバーに何度か入ったことがあるな。しかし、三つ星レストランはなんとなく気後れして、まだ入ったことがないんだ」

「盛りつけは綺麗でしたが、それほどランチはうまくありませんでした。それはそうと、対象者は誰かと待ち合わせをしてる感じですね？」

「折戸と落ち合うことになってるのかもしれないな」

加門は煙草に火を点けた。ふた口ほど喫ったとき、向井の視線が動いた。加門は、向井と同じ方向を見た。

背広姿の折戸幸司が片手を挙げ、詩織の席に歩み寄った。コーヒーをオーダーすると、彼はすぐに煙草をくわえた。

箱マッチを擦り、炎を見つめた。マッチを使うと、最初のひと口がうまい。

しかし、最近はマッチで煙草に火を点けるスモーカーはめっきり少なくなった。使い捨てライターを使う者が圧倒的に多い。

折戸はしみじみと炎を眺めてから、おもむろに煙草に火を点けた。それを見たとき、加門は小学五年生のときに病死した父方の祖父のことを思い出した。

同居していた祖父は、庭先でちょくちょく掃き集めた枯葉を燃やしていた。焚き火をしながら、じっと炎を凝視する。祖父は炎を眺めていると、心が落ち着くと語っていた。

だが、マッチの炎を見つめる折戸の表情に安らぎは感じられなかった。口許には歪んだ

笑みは、そのことが気になっている。

加門は、そのことが気になった。煙草を喫うとき、折戸はどうしてマッチを使いたがるのか。そうではなく、何か別の理由があるのだろうか。硫黄の香りが好きなのか。

二人分のコーヒーが運ばれてきた。

加門はブラックでコーヒーを啜りながら、さりげなくカフェを見回した。どうやら折戸に張り込んでいる二人の捜査員の姿は見当たらなかった。折戸邸を張っていた二人の捜査員の姿は見当たらなかった。どうやら折戸に張り込んでいることを見抜かれ、尾行を撒かれてしまったようだ。

「うちの秋月と所轄の陣内さんは、カフェの外で張り込んでるんでしょうか?」

向井が前屈みになって、小声で問いかけてきた。

「いや、そうじゃないだろう。対象者に尾行を撒かれたんだと思うよ」

「そうだったら、折戸は何か後ろ暗さを感じてるんでしょうね?」

「多分、そうなんだろう」

「あの二人が共謀して……」

「向井、声が高いぞ」

「あっ、すみません!」

向井が頭を搔いて、コーヒーカップを摑み上げた。

加門は横目で折戸たち二人を盗み見た。二人の間には、何か濃密な空気が漂っている。

男女の関係であることは間違いなさそうだ。

折戸がコーヒーをひと口飲んでから、また煙草をくわえた。マッチを擦り、膨らんだ炎をしばし凝視する。

折戸が目を細め、口の端をたわめた。瞳には何か残忍そうな光が宿っていた。

対象者には、放火癖があるのかもしれない。そんな直感が働いた。だが、加門は部下の向井には話さなかった。

科学捜査の時代である。第六感を口にすることは、さすがにはばかられた。しかし、直感を全面的に否定することはできなかった。一種の心の病気だ。

放火衝動に駆られるのは、一つや二つではない。NHKの記者が放火し、その火災映像をスクープしたこともあった。その放火犯は激しく燃え盛る炎を目にすると、異常なほど興奮すると供述している。

アメリカの連続放火魔は民家や車を燃やすと、性的な快感を覚えると告白した。炎に異常な関心を寄せるのは、歪(いびつ)な性癖の持ち主なのではないか。折戸は過去に放火したことがあるのかもしれない。刑事の勘だった。

折戸と詩織は三十分ほど談笑し、二階の三つ星レストランに移った。

捜査費で高いフランス料理を食べるわけにはいかない。加門たちはレストランの近くで張り込みはじめた。

折戸と詩織がレストランから現われたのは、午後九時数分前だった。二人は外資系ホテルに入り、高層用エレベーターに乗り込んだ。折戸は、ツインの部屋で詩織と肌を貪り合うのだろう。

函が停まったのは二十一階だった。

加門は向井とフロントに回った。

身分を明かし、フロントマンに折戸たち二人のことを訊く。二人は一年以上も前から月に三、四回、ホテルに泊まっているという話だった。

フロントを離れると、向井が耳打ちした。

「二人のいる部屋に上がって、吉見詩織を廊下に連れ出しましょうよ。女だから、少し追及すれば、口を割ると思うんです」

「妻帯者のくせに、野暮な男だな。二人はこれから情事に耽（ふけ）るつもりなんだろう。嫌疑があるからって、そこまでやったら、無粋（ぶすい）じゃないか」

「そうなんですが……」

「折戸が誰かに女房殺しを頼んだんだとしたら、必ずボロを出すさ。今夜は引き揚げよう」

二人は外資系ホテルを出て、覆面パトカーに足を向けた。赤坂署に戻る。捜査本部に入ると、五十嵐が部下の陣内と本庁の秋月刑事を叱りつけていた。やはり、二人は折戸に尾行を撒かれてしまったようだ。
「吉見詩織が折戸と接触したことを視認したんですから、もう勘弁してあげてくださいよ」
　加門は五十嵐に声をかけ、経過を報告した。
　五十嵐の顔が明るんだ。加門は、秋月と陣内に目配せした。
　二人は救われた表情で目礼し、そそくさと捜査本部から消えた。少し遅れて、向井も帰途についた。
　捜査本部事件の捜査だからといって、刑事たちは必ずしも署内の仮眠室や武道場に寝泊まりしているわけではない。捜査が順調に進んでいれば、捜査員たちはそれぞれ自宅や官舎に引き揚げる。
「陣内の野郎、失敗(ドジ)を踏みやがって。本庁(ホンブ)の秋月刑事よりも刑事歴が長いんだから、被疑者に張り込みや尾行を看破されたら、すぐに気配で気づきそうだがな」
　五十嵐が話を蒸し返した。
「部下が優秀すぎても、困るんじゃないですか?」
「ま、そうだな。少しはしくじってくれないと、かわいげがねえけどさ」

「そうですよ」

 加門は五十嵐のかたわらに腰を落とし、折戸がマッチで煙草に火を点けていたことを話した。さらに自分が直感したことも喋った。

「折戸がじっとマッチの炎を見つめて、妙な笑みを浮かべてたのか。そっちが言ったように昔、放火したことがあるのかもしれねえな。ちょいと犯歴を照会してみらあ」

 五十嵐が節くれ立った指で、端末のキーを操作した。むろん、リターンキーが押された。

 加門はディスプレイに目を向けた。一分そこそこで、照会センターから回答があった。

 折戸幸司に逮捕歴はなかった。

「勘が外れましたね」

「まだわからねえぜ。照会センターのデータベースにあるのは、成年後の検挙歴や起訴の有無だけだからな」

「ええ、そうですね。折戸は未成年のときに悪さをして、鑑別所か少年院送りになったことがあるかもしれないな」

「ああ。捜査資料によると、折戸は中学卒業まで福島県二本松市で育って、その後は一家で埼玉県の浦和に転居してる。何かよほどのことがない限り、家族で引っ越したりしねえよな?」

「でしょうね」
「明日にでも捜査班のペアを二本松に行かせて、折戸の少年時代のことを調べさせようや」
 五十嵐が言った。加門は相槌を打った。
「今夜はこのくらいにして、安酒でも引っかけねえか」
「そうしましょう」
 二人は相前後して椅子から立ち上がった。

6

 出前の天丼を平らげた。
 加門はハンカチで口許を拭って、緑茶を口に含んだ。翌日の昼食である。捜査本部だ。先にカツ丼を掻き込んだ五十嵐は、すぐ横で爪楊枝を使っていた。
 加門の部下の寺尾と赤坂署の岡刑事は、今朝早く東北新幹線で福島に向かった。とうに二本松市に着き、折戸幸司の過去を洗っているはずだ。
 しかし、まだ報告がない。のんびりと食事を摂ってから、聞き込みの結果を伝える気でいるのか。

「岡たちは何をしてやがるのかね?」

五十嵐が爪楊枝で歯をせせりながら、苛立たしげに言った。貧乏揺すりもしていた。

「相変わらず、せっかちですね」

「報告が遅えじゃねえか。こっちから、岡に連絡してみよう」

「それじゃ、岡刑事の立場がないですよ。もう少し待ってみましょう」

加門は五十嵐をなだめ、キャビンに火を点けた。釣られる恰好で、五十嵐がハイライトをくわえた。

志賀刑事課長は窓際のテーブルで、うつらうつらしている。捜査資料を読み返しているうちに眠くなってしまったのだろう。

志賀に限らず管理職の多くは、どこか緊張感が欠落している。いつも神経を張りつめているのは、現場捜査に携わっている刑事や鑑識係員だけだ。管理職の大半は、自分の出世にしか関心がないのかもしれない。

一服し終えたとき、加門の刑事用携帯電話が着信音を発した。電話をかけてきたのは、部下の寺尾だった。

「連絡が遅くなりました。予想外の収穫があったもんで、ご報告が……」

「先をつづけてくれ」

「はい。折戸幸司は、中三の夏休みに少年鑑別所に一カ月ほど入れられてました。一つ年

上の幼馴染みの高校生の自宅に放火したんですよ」
「やっぱりな。寺尾、詳しいことを教えてくれ」
「わかりました。折戸は子供のころ、とても内気で、女の子みたいにおとなしかったようです。そんなことで、小学生のころから近所の悪ガキどもにからかわれたり、いじめられてたらしいんです。学校の校庭でズボンをブリーフごと引きずり下ろされたり、ランドセルの中に生きてる縞蛇を入れられたりね」
「子供は残酷なことを平気でやるからな」
「ええ、そうですね。悪ガキのリーダー格の中沢勇って奴は折戸の家の五、六軒先に住んでたんですが、一つ年下の幼馴染みを使いっ走りにして、小遣いもそっくり巻き上げたというんです。それから折戸は、エロ雑誌やアダルトビデオも中沢に万引きさせられたようですね」
「そうか。で、折戸は中沢の家が火事になれば、一家はどこかに引っ越すだろうと考えたんだな?」
「そうみたいですね。折戸は真夜中に自宅を抜け出して、中沢宅の玄関脇の羽目板に火の点いた丸めた新聞を押しつけたというんですよ。火が羽目板に燃え移ったとき、中沢の父親が異変に気づいて、折戸を取り押さえたんだそうです。そのとき、折戸は自宅にあった徳用マッチを二箱も隠し持ってたらしいんですよ。幸い小火で済んだんですが、中沢家の

「世帯主は怒って一一〇番通報したというんです」
「で、折戸は県下の鑑別所に送られたんだな?」
「そうです。警察の調べで折戸が何年も前から中沢にいじめられてたことが明らかになったんで、保護観察処分になったらしいんですよ。当時の担当保護司にも会ってきました。放火騒ぎは夏休み中の出来事だったんで、学校の級友たちは折戸が鑑別所に入れられたこととは知らなかったようです。でも、近所の人たちの噂がだんだん広まって……」
「折戸一家は二本松市に居づらくなって、翌春、埼玉県の浦和市に転居したわけだな?」
「そうなんですよ。折戸は県下の公立高校に進んだんですが、その学校の部室が在学中に二度、不審火を出してるんです。そのことは岡刑事が電話で探り出してくれたんです、折戸が通ってた高校に問い合わせてね」
「折戸が部室に火を点けたのか?」
「複数の生徒が出火前に折戸を部室付近で目撃してたらしいんですが、物証がないんで、彼は何もお咎めは受けなかったそうです」
「そう。ご苦労さんだったな。ひと休みしたら、岡刑事と東京に戻ってくれ」
加門は終了キーを押し、寺尾の報告を五十嵐に伝えた。
「折戸はガキのころに辛い目に遭ってたんだな。だからといって、誰かに女房を始末させる気になるかね?」

「折戸は、交際中の吉見詩織との再婚を真剣に考えてたのかもしれません。そうだとしたら、里佳の存在が邪魔になる。それから、広瀬と不倫してたことも赦せないと考えてたはずです」

「それはそうだろうな」

 五十嵐が応じた。そのとき、彼のポリスモードが鳴った。発信者は部下の秋月のようだった。

「秋月たちは吉見詩織の交友関係者に会ってたんだが、折戸の彼女は身内や友人に里佳の一周忌が過ぎたら、すぐギャラリーの新オーナーと結婚すると嬉しそうに話してたらしいんだよ」

「そうですか。やっぱり、折戸は吉見詩織を後妻にする気でいたんだな」

「加門の旦那、折戸の交友関係を徹底的に洗ってみようや。野郎の知り合いに、ヤー公がいるかもしれないからさ。里佳を絞殺したのは裏社会の人間とも考えられるじゃねえか」

「五十嵐さんの筋読みにケチをつけるつもりはないんだが、おれは実行犯は堅気なんじゃないかと睨んでるんですよ。やくざ者や不良外国人に女房殺しを頼んだら、依頼人は相手に致命的な弱みを握られることになるでしょ？」

 加門は言った。

「それもそうだな。相手が性質の悪い奴だったら、折戸は全財産を毟り取られることになる」
「ええ、そうですね。少し頭が回れば、そういうリスクは避けるでしょう。折戸は誰かに交換殺人を持ちかけたのかもしれないな。そいつに妻の里佳を始末してもらって、自分は相手の邪魔者を殺ってやった。それなら、どちらにも犯行動機がないわけだから、捜査当局に目をつけられずに済むでしょ？」
「旦那の言う通りなんだが、ガキの時分にいじめられっ子だった折戸に人殺しがやれるかね？　放火ぐらいはやれるだろうがさ」
「五十嵐さん、それもかもしれません。折戸は妻を殺害してくれた実行犯の自宅か事務所に火を放ってやったんじゃないのかな？　もちろん、相手の狙いは火災保険金です」
「そういうことなら、リアリティーがありそうだな。おれは、捜査班のみんなに折戸の交友関係の洗い直しをさせる。そっちは折戸をマークしてみてくれや」

五十嵐が言った。
加門はうなずき、少し離れた場所にいる向井刑事を呼んだ。部下と一緒にすぐさま捜査本部を出て、捜査車輛に乗り込む。オフブラックのプリウスだった。
向井の運転で、中目黒に向かう。折戸邸は山手通りから少し奥に入った邸宅街の一画にあった。豪邸だ。

覆面パトカーは、折戸邸の数十メートル手前の民家の生垣に寄せられた。
「セールスマンになりすまして、折戸が在宅してるかどうかチェックしてきます」
向井が車を降り、折戸宅に向かった。彼はインターフォンを鳴らし、二言三言喋った。
じきに向井が戻ってきた。
「折戸は自宅にいるのか?」
加門は、運転席に坐った部下に問いかけた。
「ええ、いました。折戸は眠そうな声でした。きのうの晩は、ホテルで吉見詩織を一睡もさせなかったんでしょう。彼女、セクシーですからね」
「そうなのかな。折戸が誰かと接触するまで辛抱強く張り込もう」
「了解!」
向井がハンドルを抱え込み、折戸邸に目をやった。加門も背凭れに上体を預け、折戸宅の門扉に視線を注いだ。
時間の流れは遅かった。焦れたら、負けだ。二人は粘り強く張り込みつづけた。
五十嵐から加門に電話連絡があったのは、夕刻だった。折戸幸司の釣り仲間に大杉章って五十歳の男がいるんだ。大杉は大田区西糀谷三丁目でプレス工場を経営してたんだが、先月
「捜査班の連中が有力な情報を摑んでくれたぜ。

「放火による火災してるんだよ?」

「ああ、そうだ。大杉章はすでに損保会社から一億三千万円の火災保険金を受け取っての下旬に全焼してるんだよ」

「自宅は同じ区内の大森南四丁目にあるから、塒には困らない。大杉は、火事のあった場所に三階建てのワンルームマンションを建てる予定らしいんだよ。おれんとこの若い奴が工場の顧問税理士に当たったんだ。大杉の工場は五、六年前から、赤字つづきだったんだってよ。赤坂署は聞き込みで、火災当夜に四十代半ばの男が工場の前を行ったり来たりしてたことを把握してたんだ。その男はジョギングウェア姿だったらしいんだが、近所の者たちは見かけない顔だと証言してるんだよ」

「その男は折戸臭いですね」

「おそらく、そうなんだろうよ。旦那、ちょいと大杉章を揺さぶってみてくれねえか」

「わかりました。大杉の家の住所を教えてください」

加門は上着のポケットから手帳を取り出した。

五十嵐が大杉の住まいの所番地を二度繰り返した。加門は書き留め、電話を切った。経過をかいつまんで向井に語り、プリウスを発進させる。

十分弱で、大杉章の自宅に着いた。ごくありふれた二階家だった。敷地は五十坪もないだろう。住宅が密集していた。

加門たちは捜査車輛を降りた。向井がインターフォンを鳴らすと、スピーカーから中年女性の声が流れてきた。

「警察の者です。大杉章さんの奥さんでしょうか?」

加門は確かめた。

「そうです」

「ご主人は、ご在宅ですか?」

「はい、おります」

「工場の放火事件のことで、大杉さんと話をしたいんですがね」

「放火犯が捕まったのかしら?」

「いいえ。しかし、ご主人には犯人に心当たりがありそうなんですよ」

「それ、どういう意味なんでしょう⁉ まさか夫が誰かに頼んで、工場にわざと火を点けさせたんじゃないですよね?」

「その疑いが出てきたんです。そして、ご主人は放火犯に心当たりがあると思うんですよ」

「うちの主人が誰かに工場に火を点けさせたと疑ってるんですねっ。夫は、そんな人間ではありません。亡くなった義父から引き継いだ工場を実直に経営してきたんです。器用に立ち回ることができない性格なんで、何年も工場の経営は楽じゃなかったんですけど、悪

いことなんかできる男性じゃありませんよ」
「とにかく、大杉さんに取り次いでほしいんです」
「わかりました。少々、お待ちください」
スピーカーが沈黙した。
十分近く経過しても、大杉は姿を見せない。
「係長、大杉は追いつめられて自殺を図るかもしれませんよ」
向井が不安顔になった。
ちょうどそのとき、大杉宅の窓から五十年配の男が飛び降りた。灰色のジャージの上下をまとい、裸足だった。大杉章だろう。
「お父さん、なんで逃げるの？　あなたが誰かに工場に火を点けさせたんじゃないんでしょ？」
窓から大杉の妻と思われる四十代後半の女性が顔を突き出し、狭い庭の奥に向かった男に声をかけた。
ジャージの男は背後の民家のブロック塀を乗り越え、間もなく見えなくなった。
「おまえはここにいろ。おれは裏道に回る」
加門は向井に言って、疾駆しはじめた。
数十メートル先に脇道があった。道幅は狭かった。加門は路地を走り抜け、裏通りに出

た。すると、前方からジャージの男が駆けてきた。大杉らしい男だ。すぐに彼は加門に気がつき、身を翻した。
 加門は速度を上げた。みるみる距離が縮まる。逃げる五十男が急に足を縺れさせた。次の瞬間、前のめりに倒れた。呻き声は長かった。
 加門は男に駆け寄り、荒っぽく摑み起こした。相手は肩を弾ませている。いかにも苦しげだ。
「大杉章さんだね?」
「そうだが……」
「あんたの工場を全焼させたのは、釣り仲間の折戸幸司なんじゃないのかっ」
「誰なんだ、その男は?」
「空とぼけても無駄だよ。われわれは、あんたと折戸の繋がりをもう調べ上げたんだ」
「えっ⁉」
 大杉が視線をさまよわせた。うろたえていることは明らかだった。
「あんたは工場に火を点けてもらった交換条件として、折戸の妻の里佳をギャラリーの事務室で絞殺した。凶器は革紐だった。それには、犯人の手の皮脂と汗が染み込んでた。あんたの血液型もO型のRhプラスなんだろっ」
「それで、DNA型鑑定で犯人の血液型がわかったんだよ。

「もう観念したほうがいいな。DNA型鑑定は、どんな言い逃れもごまかしも通用しないんだ」

「ち、違うよ」

「わたし、どうしても火災保険金の一億三千万円を手に入れたかったんだ。だいぶ前から工場は赤字つづきで、二千八百万も借金を抱えてたんですよ。無理して利払いをしても、元金はいっこうに減らない。このままじゃ、工場の土地も手放すことになってしまうと思って……」

「だから、悪魔の誘いに乗ってしまったんだな？」

「そうです。折戸さんの奥さんにはなんの恨みもなかったから、殺すことには強い抵抗がありましたよ。でも、交換犯罪なら、どちらも疑われるはずはないと何遍も言われたんで、だんだん……」

「それで、折戸里佳を殺ったんだな？」

「申し訳ありません。わたしが愚かでした」

「あんたの工場に火を点けたのは、折戸なんだね？」

「ええ、間違いありません。わたし、彼が火を点ける瞬間を高感度フィルムでこっそり撮影してたんです。後日、折戸さんに火災保険金の一部を寄越せと脅迫されるかもしれないと思ったんでね」

「折戸は妻の財産をそっくり相続できるんだ。そんなケチなことは考えないだろう」

加門は言った。

「よく考えれば、その通りなんですよね。でも、なんか疑心暗鬼に陥って、保険をかけておいたほうがいいと思ってしまったんです」

「殺しの報酬は貰わなかったのか？」

「彼は、折戸さんは奥さんが死んだ翌日に電話で二千万円の成功報酬を払ってもいいと言ってきました。だけど、わたしは受け取りを拒否したんです」

「なぜ？」

「人殺しをして、その謝礼を受け取ったら、外道も外道だと思ったからです。それに損保会社から、一億円以上の火災保険金が入る当てもありましたしね。わたしも折戸さんも、どうかしてたんですよ。里佳さんを殺してから毎晩、悪夢にうなされ通しだったんです。わたし、もう疲れました。犯行を認めて、ちゃんと罪を償います」

大杉が涙声で言い、両手を前に差し出した。

加門は前手錠を掛け、女性画商殺しの実行犯を大杉宅の前に連れ戻した。覆面パトカーの後部座席に大杉と乗り込み、向井に声をかけた。

「大杉は折戸里佳を殺したことを認めた。DNA型鑑定に必要だから、大杉の頭髪の付着したブラシか使いかけの湯呑みを借りてきてくれないか」

「はい。大杉の工場に火を放ったのは、折戸なんですね？」
「ああ、こっちの読み通りだったよ」
「また、金星ですね」
 向井が笑顔で言って、大杉宅の玄関に走った。
 加門は、五十嵐のポリスモードを鳴らした。大杉が犯行を全面自供したことを五十嵐に伝え、折戸に任意同行を求めてほしいと頼んだ。
「今回も加門の旦那に先を越されちゃったな」
「おれだけの手柄じゃありませんよ。チームプレイの賜物です」
「その謙虚さを見習わなきゃな。折戸の件は任せてくれ」
 五十嵐の声は弾んでいた。
 加門は折り畳んだ刑事用携帯電話を懐に収めた。
 そのとき、運転席のドアが開けられた。向井は、ハンカチにくるんだブラシを持っていた。
「奥さんとお嬢さん、泣き崩れてたよ。大杉さん、人生をリセットするんだね」
「ええ、そうします」
 大杉が声を殺して泣きはじめた。
 向井が借り受けたブラシをダッシュボードに入れ、勢いよくエンジンを始動させた。捜

査車輛は滑らかに走りはじめた。
大杉宅から遠ざかると、向井が屋根に赤い回転灯を装着させた。覆面パトカーはサイレンを高く響かせながら、一時停止している一般車輛を次々に追い抜きだした。
赤坂署に着いたのは、二十五、六分後だった。
捜査本部にいる志賀課長に逮捕した大杉を引き渡し、加門はすぐに刑事課の取調室1に急いだ。
五十嵐警部補は折戸を取り調べ中だった。ノートパソコンの前には、加門の部下の才賀翔巡査が坐っていた。二十五歳のルーキーだ。
「少し前に折戸も完落ちしたよ」
「五十嵐さんのお手柄ですね」
「チームプレイのおかげさ」
「一本取られたか」
加門は五十嵐と顔を見合わせ、にっと笑った。
「里佳は落ちぶれたおれを見下すようなことばかり言ってたから、仕返ししてやったんだ。亭主をずっと立ててくれてれば、何も大杉さんに殺らせなかったのに。里佳、おまえが悪いんだぞ」
折戸が虚ろに呟いた。その目は焦点が定まっていなかった。

「てめえの心根(こころね)が腐(くさ)ってるんだよ。被害者面(づら)をするんじゃねえ!」

五十嵐が一喝(いっかつ)した。その言葉が耳に届かなかったのか、折戸は同じ言葉を呪文(じゅもん)のように唱(とな)えた。

「後(あと)は任せます」

加門は五十嵐に低く言い、取調室1を出た。

今夜の祝杯は苦そうだった。

汚れた夜

1

食欲がない。

気分が落ち込んでいるせいだろう。おかずは好物ばかりだった。それでも、喉を通らなかった。

深見安奈は吐息をつき、ランチセットの洋盆を横に除けた。後ろめたい。半分以上も食べ残してしまった。

警視庁本部庁舎の一階にある大食堂だ。

午後二時近い時刻とあって、人影は多くなかった。四月下旬である。

安奈は本庁生活安全部少年第一課の刑事だ。階級は巡査長で、独身だった。二十八歳だが、若く見られることが多い。髪をポニーテールにまとめているからだろうか。

目黒区の碑文谷署の生活安全課から本庁に異動になったのは、およそ半年前だ。その前は荻窪署にいた。それ以前は新宿署刑事課勤務だった。

安奈は朝から気分が塞いでいた。

碑文谷署時代に更生させた札つきの非行少女が昨夜、マンションの非常階段の踊り場から飛び降り自殺してしまったからだ。中根千帆という名で、享年十九だった。

千帆は家庭環境には恵まれていた。父親は有名大学の准教授で、母は弁護士である。ＩＱが高く、美少女でもあったリベラルな両親に育てられた千帆は伸びやかに生きてきた。

中学二年生のとき、ロックコンサートの会場で隣のクラスの女生徒と偶然に顔を合わせた。その少女は開業医のひとり娘で、どこか大人びていた。成績は悪くなかった。彩実という名だった。

千帆は、どこか謎めいた彩実に好奇心をそそられた。次の日の放課後から、彩実と一緒に遊ぶようになった。

数日後、千帆は彩実の自宅に招かれた。彼女の部屋には、万引きしたＣＤ、アクセサリー、ゲームソフトがあふれていた。千帆は彩実の意外な一面を垣間見て、とても驚いた。

彩実は自室で堂々と煙草を吹かし、トルエン遊びに耽った。しかし、そうした不道徳な行為を千帆に無理強いすることはなかった。

千帆は、自分よりも早く大人になった彩実に強く憧れた。自ら煙草や酒の味を覚え、トルエン遊びに溺れた。

ラリった二人は夜の盛り場に繰り出し、年上の少女たちを次々に脅した。ゲーム感覚で恐喝も働いた。そうこうしているうちに、自然に非行グループの少年少女と交わるようになった。どの遊びも刺激的だった。

二人は同世代の遊び仲間に飽きると、渋谷を根城にしている暴力団の若い構成員たちともつき合うようになった。

中学三年になって、彩実はルックスのいい若いやくざに恋をした。卓という名で、二十三歳だった。卓は毎月、上納金として兄貴分に四十万円を渡さなければならなかった。彼は金儲けが下手だった。

彩実は見かねて、一役買う気になった。あろうことか、彼女は家出少女たちを集めて、出会い系サイトで援助交際の金主を探しはじめたのである。つまり、少女売春組織の元締めになったわけだ。

さすがに千帆は傍観していられなくなった。彩実を強く窘めた。

すると、彩実は険しい顔で脅し文句を並べた。千帆は竦み上がった。彩実の本性を見た気がして、彼女から遠ざかった。

そんなある晩、千帆の自宅に卓が訪れた。

彩実が夢中になっている男はこれ見よがしに

中国製トカレフのノーリンコ54を弄びながら、売春組織の手伝いをしろと命じた。当然、千帆は断った。

と、卓は千帆の非行の数々を警察に密告すると威しをかけてきた。犯罪行為を暴かれたら、退学処分にされるにちがいない。通っているミッション系大学の附属中学校の教育方針は厳格だった。

千帆は卓の脅迫に屈し、彩実と一緒に体を売った少女たちから一万円前後のピンをはねるようになった。彩実は月々、七、八十万円の金を卓に渡していた。卓は上機嫌だった。高校生になると、彩実は管理売春組織を拡大させた。彼女は卓には八十万円だけ渡し、残りの金を自分の遊興費に充てた。口止め料のつもりか、千帆にブランド物の服やバッグを買ってくれた。

彩実が春をひさいでいる少女たちにリンチされて死んだのは、高校二年生の春だった。全裸にされた彼女は顔や体を剃刀で五十数カ所も傷つけられ、性器にコーラの壜を突っ込まれていた。死因は失血死だった。

犯人グループの七人のうち四人は逮捕された。しかし、残りの三人の少女は逃亡したままだ。

千帆は自分も彩実と同じように仕返しをされるような気がして、落ち着かなかった。その強迫観念は日ごとに膨らみ、頭がおかしくなりそうだった。

千帆は自分の身を護るため、卓の兄貴分の城所順という男に進んで身を任せた。初体験だった。三十四歳の城所は拾いものをしたと喜び、千帆をかわいがってくれた。

しかし、優しかったのは最初の数カ月だけだった。

次第に城所は千帆に金をせびるようになった。千帆は家の金を盗み、級友から金を借りまくった。それでも、城所は満足しなかった。

千帆に性風俗店で働くことを強いた。そこまで堕ちたくはない。千帆は果物ナイフで城所の腹部を刺し、自宅近くの碑文谷署の生活安全課少年一係に駆け込んだ。

たまたま応対に現われたのが深見安奈だった。

安奈は所轄の渋谷署に連絡を取り、捜査員に城所の自宅マンションに急行してもらった。城所の傷は浅かった。

犯行を認めた千帆は家庭裁判所に送致された。審判の結果、練馬の東京少年鑑別所を経て、狛江市内にある女子少年院に収容された。

安奈は千帆が充分に更生できると判断し、ちょくちょく面会に訪れた。千帆は一年数カ月後に仮退院した。

すでに高校は退学処分になっていた。幸運にも城所は府中刑務所で服役中だった。殺人未遂事件で、現行犯逮捕されたのだ。余罪もあった。仮出所できるのは三、四年後だろう。

千帆の両親は数カ月前に離婚していた。仮退院した千帆は、母親の許に引き取られた。

しかし、以前の母子関係は崩れていた。

弁護士の体面を保てなくなった母親は、わが娘によそよそしく接するようになっていた。千帆には居場所がなかった。安らぎの場がない。家にいることが苦痛になった。

安奈は、それを察した。担当保護司と相談して、千帆を寮のある製パン工場に就職させた。その後は明るく真面目に働いていたようだが、きのうの夜、彼女は自ら人生に終止符を打ってしまった。

安奈は登庁前に所轄署の生活安全課に電話をかけ、千帆の自殺の原因を探ってみた。しかし、それはわからなかった。

寮の部屋には、遺書はなかったらしい。職場の同僚とも特に問題は起こさなかったという。

千帆は入寮してから、父母には一度も会っていなかったそうだ。

安奈は大学で心理学を専攻したのだが、千帆の苦悩をまったく感じ取れなかった。おそらく彼女は救いようのない孤独感にさいなまれ、厭世的な気持ちになってしまったのだろう。

少年係の刑事は、犯罪に走った若者を家庭裁判所や地方検察庁に送致してからが真の職務だ。

彼らを更生させなければ、存在価値がない。法律を破った少年少女を捕まえることは誰

にでもできる。大事なのは、その後のケアだ。

自分は、まだ半人前だ。安奈は自己嫌悪に陥りそうだった。

「深見、なんか元気がないな。どうした？」

聞き覚えのある男の声が耳に届いた。

安奈は頭を上げた。テーブルの向こうに、捜査一課第三強行犯捜査殺人犯捜査第五係の加門警部補が立っていた。ランチセットの洋盆（トレイ）を捧げ持っている。

「どうもしばらくです。一カ月半ぶりですよね？」

「そのぐらいになるか。警察官、通訳などの特別捜査官、一般職員を併せりゃ、約一万人の人間が本庁舎で働いてるから、意外に顔を合わせる機会がないんだよな。ここ、坐ってもいいか？」

「ええ、どうぞ！」

安奈は笑顔で言った。

加門は新宿署刑事課時代の先輩だった。安奈は刑事のイロハを加門から教わっていた。

加門が向かい合う位置に腰かけ、昼食を摂（と）りはじめた。

ペアを組んで凶悪犯を追い込んだことは数え切れない。

加門さんが真相を暴（あば）いたんですってね？ さすがはエース刑事だわ。それにしても、検挙率は群を抜いてますね」

「まぐれだったんだ。それに、チームワークがよかったんだよ」

「先輩は、ちっとも偉ぶらないんですね。そういう人柄だから、仲間や女性警察官に慕われてるのね。わたしも、ファンのひとり」

「ミス桜田門にそう言ってもらえるのは光栄だよ」

「冗談ばっかり！」

安奈は、加門をぶつ真似をした。

「昼飯も喰えないほど大きなポカをやっちゃったか。それとも、恋愛の悩みかな？」

「それ、セクハラになるんじゃありません？」

「ちょっとまずかったか。おれでよかったら、胸に溜まってるものを吐き出せよ。悩みってやつは他人に話すことで、半分は消えるものだ」

加門が言った。その言葉に背中を押され、安奈は死んだ千帆のことを喋った。

「そんなことがあったのか。残念なことだが、別に深見が自分を責めることはないさ。その娘を寮のある製パン工場に就職させて、しばらく様子を見てたんだろう？」

「ええ、そうです」

「だったら、そっちの役目は一応、終えてるわけだ」

「そうなんですけど、わたしは千帆の心の闇に気づいてあげられなかったわけですから」

「思い上がっちゃいけないな。深見は精神科医でも宗教家でもないんだ。ただの刑事が他

「そうなんでしょうね。だけど、もう少し千帆のことを気にかけてあげてれば、自殺を思い留まらせることができたんじゃないのかな。そう考えると、なんか自責の念が……」

「優しいんだな、深見は。そのことは、もちろん悪いことじゃない。しかしな、並の人間が他者の命を救うことはできないんだ。ある哲学者が自殺も一つの生き方だという持論を貫いて、満六十五歳で自ら命を絶った」

「でも、千帆はまだ二十歳前だったんですよ。あまりにも若い死でしょ?」

「そうだな。しかし、死んだ娘はもう充分に生きたと感じて、幕を下ろしたのかもしれないぞ。前途を悲観して死を選んだと極めつけるのは常識に囚われてるし、どこか傲慢だよ」

「傲慢ですか!?」

「そう。自分の価値観や尺度で他人の行動を推し測るのは、一種の思い上がりだよ。他人の人生は、その当事者がシナリオを書くべきものなんじゃないのか?」

「加門さんの話は哲学的すぎて、わたしにはよく理解できません。だけど、少し気持ちが楽になりました」

「それはよかった」

加門が頬を緩めた。他人の心を和ませるような笑顔だった。

「わたし、千帆の葬儀に出て、気持ちに区切りをつけます」

「通夜にも告別式にも顔を出さないほうがいいな」

「えっ、どうしてですか?」

「故人の死顔を見たら、深見はまた自分の力のなさを嘆いて苦しむことになるだろう。死んだ人間の記憶を心に刻みつける。それが一番の供養だよ。おれは、そう考えてるんだ。偉そうなことを言っちまったな」

「いいえ、なんか説得力がありましたよ。わたし、心の中で千帆の野辺送りをする気になってきました」

「そうか」

「いろいろありがとうございました。お先に失礼しますね」

安奈はトレイを両手で持ち、椅子から腰を浮かせた。洋盆を所定のカウンターに戻し、食堂を出る。

かつて防犯部と呼ばれていた生活安全部は、八階と九階に分かれている。八階には部長室、保安第一課、生活課、生活安全総務課などがあり、交通規制課やプレスクラブはその奥だ。

九階には、保安第二課、少年第一課、少年第二課のほか広報課と記者室が設けられてい

どのフロアも広い。

保安第一課は風俗営業や質屋、古物商の許可を与えるだけではなく、鉄砲刀剣類所持の許可も扱っている。売春や賭博（とばく）の摘発や各種の麻薬の密売を主に取り締まっている。保安第二課では薬事法違反事件や関係業者の誘惑が多いセクションだ。

保安第一課と第二課ともに暴力団や関係業者の誘惑が多いセクションだ。

少年第一課は未成年の保護や補導を担当し、少年犯罪の捜査にも従事している。生活課は密輸や外為法違反事件の捜査はもちろん、誇大広告、訪問販売、ネズミ講、産業廃棄物の違法投棄、公害、騒音、消費者金融の取り締まりも行なっている。

地味な職務が多いが、最近は公安や警備畑に次ぐ出世コースとして、保安警察が脚光（きゃっこう）を浴びはじめている。だが、安奈が所属している少年第一課は出世コースに入っていない。自分の性に合っていた。やり甲斐（がい）もあった。

当然、彼女はそのことを知っていた。しかし、いまの職務は気に入っている。

安奈はエレベーターで九階に上がった。

函（ケージ）を出ると、エレベーターホールに顔見知りの新聞記者がいた。三十代後半の男で、巨漢だった。

「確か深見さんは、二年前に荻窪署管内で発生したホームレス襲撃事件を担当したんですよね？」

「ええ。それがどうかしましたか？」
「その事件で八王子少年院に送られた手塚翼が、また問題を起こしたよ。昨夜、仲間たちと家電量販店の倉庫に押し入って、ガードマンに怪我を負わせたらしいんだ」
「嘘でしょ!?」だって、彼は少年院を出てからは昔の遊び仲間とは縁を切って、真面目にレンタルビデオ店で働いてたのよ」
「偽情報じゃないよ。なんなら、所轄署に問い合わせてみたら？」
「そうするわ」

安奈は新聞記者に軽く手を振って、少年第一課の刑事部屋に入った。
二年前、杉並区内の公園で野宿をしていた六十八歳の男性が少年グループ四人に寝込みを襲われ、角材や竹刀で叩かれて全治二カ月の重傷を負った。被害者や近所の住民たちの目撃証言で、隣町に住む高校生たちの犯行とわかった。
当時、高校一年生だった手塚翼たち四人が検挙され、彼らはそれぞれ都内の少年院に送られた。主犯格の少年だけが高等少年院に収容された。翼たち三人の共犯者は初等少年院送りになった。
一年数カ月後に仮退院した翼は別の高校に編入学することもなく、社会人になった。勤めているレンタルビデオ店を紹介したのは、担当保護司だった。
安奈は時々、その保護司に翼の近況を教えてもらっていた。生活に乱れはなかったと聞

き、ひと安心していた矢先の事件情報だった。

安奈は自席につくと、翼の担当保護司の自宅に電話をかけた。保護司は元教員で、六十六歳だった。一柳寿文という名だ。

「少し前に荻窪署から戻ってきたんですよ。何かの間違いであってくれればと願ってたんですが、手塚君は倉庫の中でガードマンを殴ったり蹴ったりしたことを白状したようです」

「そうですか。とても信じられません」

「わたしもですよ。手塚君は根っからの非行少年じゃありません。優しい面もありますし、頭も悪くないんです」

一柳が言って、長嘆息した。

「ええ、そうですね」

「わたしは性善説を信じて、教師を卒業してからボランティア活動に励んできました。いろんな子に何度も裏切られてきましたが、手塚君は立派に立ち直ってくれると信じてたんですがね」

「わたしも同じです」

安奈は言葉に力を込めた。

「しかし、こういう結果になってしまった。わたしは人間が甘いんですかね？ 性悪説が

「一柳さん、わたしも性善説を信じてます。どんな人間も狡さや悪意を秘めてるでしょうが、根っからの悪人はいないと思います」

「そう考えてたんですが……」

「きっと彼、手塚君には何か切羽詰まった事情があったんですよ。ええ、そうにちがいありません。わたし、これから所轄署に行ってみます。荻窪署の少年一係の人たちとは顔見知りですから、手塚君と接見させてもらえるでしょう」

「何かわかったら、教えてくださいね。お願いします」

一柳が電話を切った。

安奈は立ち上がり、丸山巌夫課長の席に急いだ。直属の上司は福々しい顔で、おおらかな性格である。五十四歳だが、すでに孫がいる。職階は警部だった。

安奈は課長に経緯を手短に話し、荻窪署に行かせてほしいと頼んだ。

「おまえさんは、その手塚って子を真っ当に生きさせたいと願ってるんだな?」

「はい」

「だったら、すぐに行ってやりなさい。罪を二度犯したからといって、人の道を外したら、深く悔い改め、また歩きだせばいいんだよ。叱るんじゃなく、そのことを諄々と説いてやるんだ。いいね?」

「わかりました。それでは、行ってきます」
安奈は小走りに廊下に走り出た。

2

古巣は昔と少しも変わっていない。
机や備品の配置も以前のままだ。荻窪署生活安全課少年一係である。
安奈は係長の姿を目で探した。見当たらない。
在任中に世話になった福富靖子巡査部長は、自席でボールペンを走らせていた。四十三歳で、高校生と中学生の息子がいる。小太りで、職場では〝肝っ玉母さん〟というニックネームで呼ばれていた。
安奈は靖子の席に足を向けた。気配で、靖子が振り向いた。
「あら、深見さん！　久しぶりね」
「ご無沙汰してます。在任中はお世話になりました」
「手塚翼君のことが気になって、ここに来たのね？」
「ええ、そうです。彼がまた事件を起こしたなんて信じられません。てっきりレンタルビデオ店で真面目に働いてると思ってたのに」

「わたしたちも、そう思ってたのよ」
「福富さん、事件のことを詳しく教えてください」
「いいわよ。ソファセットに移ろうか」
「はい」
　安奈は、部屋の一隅に置かれた布張りのソファに歩み寄った。
「坐って待っててよ。いま、お茶を淹れるから」
「どうかお構いなく」
「いいから、坐ってて」
　靖子がそう言い、ワゴンに足を向けた。ワゴンにはポットや茶筒が載っている。安奈はモケット張りのソファに浅く腰かけた。
　数分待つと、靖子が二人分の茶を運んできた。
「保護司の一柳さんに電話をしたんですよ。かなり失望してるようでした」
　安奈は、正面に坐った靖子に言った。
「そうだろうね。一柳さんは、手塚君が必ず更生すると信じてたから。事件が発生したのは、昨夜十時二十分ごろなの。手塚君を含めた三人組が西荻にある『オリエンタル電器』の杉並配送センターに侵入して、三十台のノートパソコンと十五台のDVDレコーダーを盗み出した直後、警備中のガードマンに見つかっちゃったのよ。それで犯人たちはガード

マンを袋叩きにして、盗品を積んだトラックで逃げたの。だけど、非常線に引っかかって、三人とも逮捕されたわけ」

「翼君が主犯だったわけじゃないんでしょ?」

「ええ、彼は従犯者だったの。正犯は二十二歳と二十一歳の男なのよ。リーダーの野中稔（みのる）は元自動車整備工で、現在は無職ね。野中の弟分の服部一成（はっとりかずなり）はバッグから手帳を取り出し、正犯の二人の氏名と年齢をメモした。

「野中と服部は杉並区内に住んでて、手塚君が働いてるレンタルビデオ店の会員なの。手塚君は野中たちに誘われて、犯行に加わったんでしょうね」

「福富さん、野中と服部の取り調べは刑事課がやってるんですか?」

「そうなの。二人は、もう成人だからね。でも、手塚君は未成年だから、少年一係で取り調べてるわけ。いま、香取（かとり）係長が手塚君を調べてるとこよ」

「そうですか。翼君は、犯行に加わった理由をどう言ってるんでしょう?」

「時給九百二十円のアルバイト店員を長くやってたら、ワーキングプアで終わってしまう。そんな冴えない人生は真っ平だ。まとまった金を手に入れて、太く短く生きたかったからだとふてぶてしく言ったそうよ」

靖子が言って、緑茶で喉を湿らせた。

「翼君が本気でそんなことを言ったとは信じられないわ。彼は捨てられた仔犬を拾って、自分の部屋でこっそり飼ってたんです。そのことがお母さんにバレて、結局、その仔犬はどこか他所に棄てられちゃったんですけど」

「彼が優しい子であることは知ってる。けど、心の奥底に残忍性も秘めてたんじゃないかしら？ 彼が小四のとき、お父さんは会社をリストラされて、無責任にも蒸発してしまった。それで手塚君のお母さんは昼間は事務員として働いて、夜は熟女パブでホステスをやってた。手塚君と年子の妹は当然、親の愛情に飢えてたはずよ」

「それはそうでしょうね」

「手塚君の妹の麻衣ちゃんは中一のときから地元の暴走族の男たちと遊び回ってて、何回も補導されてるのよね」

「麻衣ちゃんが非行少女だったことは確かだけど、兄の翼君はごく普通の男の子だったんです」

「深見さんは手塚君を好意的に見てるようだけど、少し甘いんじゃないかな？ 彼は二年前、ホームレスの男性を遊び仲間と襲って重傷を負わせてるのよ」

「ええ、そうですね。翼君は自分も被害者の老人を痛めつけたことを認めて初等少年院に送られたわけだけど、わたし、彼は犯行現場にいただけで、ホームレスの男性にはまったく手を出さなかったんじゃないかといまでも思ってるんです」

「深見さん、ちょっと待ってちょうだい。近所の住民たちは少年たちがみな被害者を殴ったり、蹴ったと証言してるのよ」

「ええ、そうでしたね。しかし、リーダー格の番場篤人は近所で知られた札つきだったんです。彼の仕返しを恐れて、全員が暴行を働いたとそう証言したのかもしれません。ひょっとしたら、リンチシーンを目撃した人たちに主犯格の自分の罪が少しは軽くなるだろうと考えてねそういうことにしておけば、主犯格の自分の罪が少しは軽くなるだろうと考えてね」

「そうなのかな。でも、リンチされたとき、いちいち暴行を加えた相手の顔を確かめられます？被害者は両腕で顔面をガードしてたでしょうからね。それに、加害者はひとりや二人じゃなかったんです。誰にパンチを浴びせられたとか、誰に蹴りを入れられたかなんて憶えてないはずですよ」

「そのことなんですけど、被害者のおじさんは全員に殴打されたと明言してるのよ」

「確かに深見さんの言う通りね。手塚君が暴行に加わったと言ってるんで、供述調書がそのまま家裁の審判に採用されて、彼は鑑別所から初等少年院に送られたんだけど、もし見てるだけだったとしたら……」

「無罪ですよね。犯行を傍観してた事実は正義感が足りないってことになりますけど、法律は破ってませんから」

「ええ、そうね。そうだったとしたら、警察も家裁も、とんでもない過失をしたことにな

「そうですね。その責任問題は、ひとまず横に措いておきましょう。二年前の事件の主犯の番場篤人は、どこでどうしてるんです?」

安奈は訊いた。

「仮退院してからは母方の伯父の家に住み込んで、鉄筋工をしてるはずよ。伯父さんは土建業をやってるの」

「そうなんですか。番場は昔の共犯者には接近してないんですね?」

「ええ、そのはずよ。それぞれの担当保護司が事件の共犯者とは交わるなと強く言い聞かせたはずだから。一柳さんの報告によると、手塚君は誰ともつき合ってないという話だったわ」

「そうなのかな」

「そうですか。地道に働いてた翼君が急に自暴自棄になるのは不自然ですよ。何かで彼が追い込まれて、窃盗事件に関与したとしか考えられません」

「福富さん、遠慮なくおっしゃってください」

靖子は反論しかけたが、すぐに言葉を呑み込んだ。

「それじゃ、言うわ。平成不況が長引いたんで、若い人たちが暮らしにくくなってるわね?」

「特にロスト・ジェネレーションと呼ばれてる世代は就職氷河期にぶつかったんで、安定した企業の正社員になれる人たちは多くなかった。採用試験に落ちた人たちは雇用不安を抱えながら、派遣社員や契約社員をやってる。賃金格差もあるから、年収二百万円に満たない貧困層が多くなってしまった。そういう人たちより年下の若者も似たようなもんよね？」

「ええ」

「ええ。経済格差がさらに進んだら、親の世代と同等の生活をできる二、三十代は三割前後になってしまうとエコノミストたちは分析してます」

「現に経済的な理由から、結婚に踏み切れない男女が増えてるわ。将来に明るい材料がないと、どうしても考え方が刹那的になっちゃうじゃない？」

「それは仕方ないでしょうね」

「だからね、堪え性のない若い人が手っ取り早い方法でお金を得たいと考えるようになったんじゃない？　出会い系サイトで売春相手を探してる十代の女の子がいっこうに減らないのは、消費社会にどっぷり浸かって拝金主義者になってしまったからよ」

「そうなんでしょうね」

「こう言ってはなんだけど、手塚君の家庭はそう豊かではない。彼自身もアルバイト店員だし、妹は高校を出たら、服飾関係の専門学校に進みたいようだしね。麻衣ちゃんは進級

できなくて、まだ高三なのよ。だいぶ真面目にはなったんだけど、学業はイマイチみたいね。それはともかく、そんな状況だから、手塚君、ちょっと焦っちゃったんじゃないかな。彼、妹の専門学校の入学金を都合してやる気になったんじゃない？」

「妹思いだから、翼君はそう考えたかもしれませんね。だけど、妹の学費を工面したくて、今回の犯行を踏んだとは思えないな」

安奈は言った。

「深見さん、思えないじゃなくて、思いたくないんじゃないの？　あなたは、手塚君のピユアさをどこまでも信じたいんでしょうから」

「ええ、翼君は絶対に心根までは腐ってないと信じてます。彼は何か心理的に追い込まれて、不本意ながら、犯行に加わったんでしょう。二年前のホームレス襲撃事件も、同じだったのかもしれません。その確証は、まだ摑んでませんけどね」

「なんだか独身のころを思い出すな。わたしも二十代のときは、問題を起こした少年たちを無条件に信じてたわ。けどね、現実は裏切られ通しだった。そんなことで、いつしか検挙した子たちを色眼鏡で見るようになってしまった。よくないわね。少し深見さんを見習わないといけないな」

福富靖子が呟いた。

「若いからって、誰もが純粋な心を持ってるとは思ってません。でも、翼君の瞳はとても

澄んでます。狡さや卑しさが少しも感じられないんですよ」

「確かに彼の目には、一点の濁りもないわね。淋しげだけど、他人に媚びたりしない。若武者のように凜としてる」

「そうですね。福富さん、翼君と会わせてもらえませんか?」

「個人的には問題ないと思うけど、係長がどう判断するかな?」

「わたし、直に香取係長に頼んでみます」

安奈は手帳を閉じ、バッグに仕舞った。

そのとき、係長の香取警部補が部屋に戻ってきた。

「これは珍客だな」

「しばらくです」

安奈は立ち上がって、香取に挨拶した。福富靖子が上司に安奈の来意を告げた。

「二年前の事件は、きみが担当したんだったけな?」

香取がソファセットに歩み寄ってきて、靖子のかたわらに腰かけた。

「手塚翼との接見を認めてほしいんです。わたし、彼は何か理由があって、汚れ役を引き受けたような気がしてならないんですよ」

「そうなのかな。刑事課で取り調べ中の野中稔と服部一成は、手塚翼が主犯格だと口を揃えてるんだ」

「ま、まさか‼」
「野中たち二人の供述によると、手塚が犯罪計画を練って彼らに協力を求めてきたらしいんだ。で、野中は犯行に使ったトラックを路上で盗み、服部に倉庫のダイヤル錠を壊させたと言ってる。服部は、野中の自供通りだと供述したんだ」
「翼君はどう言ってるんです？　主犯格であることを認めてるんですか？」
 安奈は問いかけた。
「はっきりとは認めなかったが、否定もしなかったよ」
「彼はどういうつもりなんでしょう？」
「それがわからないんだよ。彼は換金できる商品をかっぱらいたくて、『オリエンタル電器』の杉並配送センターの倉庫に押し入ったわけじゃないようなんだ」
「香取さん、翼君本人がそう言ったんですか？」
「明確にそう言ったわけじゃないんだがね、手塚翼は別に金に困ってる様子じゃなかったんだ。現にアルバイト先の店長は、彼が給料の前借りを頼みにきたことは一度もないと証言してる。それから、同僚の店員に金を借りたこともないそうだ」
「翼君は、『オリエンタル電器』に何か恨みがあるのかしら？　たとえば、チェーン店のどこかで商品を万引きしたと疑われて、保安係に犯人扱いされたとか」
「そうだったとしたら、保安係本人か店の責任者に仕返しするんじゃないのか？」

香取係長が言った。
「そうか、そうでしょうね。翼君が個人的に『オリエンタル電器』に悪感情を持ってなかったとしたら、被害者のガードマンに何か怨恨があったんじゃありません？」
「被害者の牛島達郎、二十六歳と手塚翼には、なんの接点もなかったんだよ。一面識もない相手に仕返しするなんてことは考えられないから、その筋読みは外れてるね」
「牛島という被害者のことも教えてもらえます？」
「わかった。牛島は高校を卒業するまで出身地の三重県で過ごし、アニメーターの見習いを二年近くやってたんだ。しかし、給与面で不満があったようで、新聞の求人広告を見て、新宿に本社のある東西警備保障会社に転職したんだよ。それで、四年前から事件現場で夜間の警備に携わってたんだ」
「勤務ぶりは、どうだったんでしょう？」
安奈は畳みかけた。
「東西警備保障会社には警察OBが何人も再就職してるから、複数の先輩に牛島のことを訊いてみたんだ。勤務ぶりは悪くないという話だったね」
「そうですか。まだ独身なんでしょう？」
「ああ。桜上水の古いアパートで暮らしてるんだ。酒や煙草、それからギャンブルも一切やらない堅物さ。ただ、ちょっとロリコン趣味があるようだね。その種のサイトにちょ

「くちょくアクセスして、情報を集めてたことはわかってるんだ」
「児童ポルノの裏DVDでも買い集めてたんでしょうか?」
「そうなんだろうな。しかし、被害者の自宅アパートを家宅捜索もできないから、どの程度のロリコン趣味があったのかは不明なんだよ」
「怪我をした牛島達郎は、どこに入院してるんです?」
「『高円寺救急医療センター』だよ。駅の近くにある救急第二指定病院だ。テレビ報道では重傷と報じられてたが、頭部、顔面、胸部に打撲傷を負っただけだから、二週間ぐらいで退院できるだろう」
「犯人グループは刃物を持ってたんですか?」
「野中はコマンドナイフを持ってた。一年以上も前に、アメ横のミリタリーグッズの店で購入したらしい。服部はアイスピックを所持してたんだ。手塚翼は丸腰だった」
「彼だけ丸腰だったってことは、主犯格じゃないからでしょ? 翼君は従犯だったにちがいありません」
「深見さん、そこまで言うのはちょっと問題なんじゃない? 荻窪署の立場がないわ」
福富靖子が口を挟んだ。
「もう少し言わせてください。もし翼君がリーダー格なら、護身用に何か武器を隠し持ってると思うんですよ」

「彼は人と争うことが苦手みたいだから、刃物を携帯する気にならなかったんじゃない？」

「そうなんでしょうか」

会話が途切れた。

「いま手塚翼は、生活安全課の取調室4にいる。矢尾板と坂東が取り調べに当たってるが、十分ぐらいなら、接見させてやろう。福富さん、矢尾板たち二人を呼び戻して、深見さんを取調室に入れてあげてくれないか」

香取係長が靖子に言って、自席に足を向けた。

「それじゃ、行きましょう」

「はい」

安奈は靖子に促され、ソファから立ち上がった。二人は生活安全課を出て、同じフロアにある取調室に向かった。

「ちょっと待ってね」

靖子が先に取調室4の中に入った。

二分ほど経つと、まず靖子が現われた。引きつづき、矢尾板と坂東が姿を見せた。どちらも三十代の後半で、旧知の間柄だった。

「無理を言って、ごめんなさいね」

安奈は二人の男性刑事に言ってから、取調室4に入った。翼は灰色のスチールデスクに頬杖をついていた。手錠は掛けられていない。腰縄も打たれていなかった。
「ちょっと見ないうちに、すっかり大人っぽくなったわね。見違えたわ」
　安奈は、手塚翼と向かい合った。
　翼が背筋を伸ばし、複雑な表情になった。予想もしなかった面会者に戸惑っている様子だ。
「保護司の一柳さん、がっかりしてたわよ」
「そうでしょうね」
「せっかく真面目にやってきたのに、どうして野中や服部とオリエンタル電器の配送センターの倉庫に押し入ったの?」
「なんだかんだ言っても、この世の中で最も力があるのは金でしょ? ぼく、何か自分で商売をしたかったんだ。高校中退のアルバイト店員じゃ、一生、うだつが上がらないからね。安い給料で何十年も他人に使われるなんて、男として、なんか情けないでしょ?」
「勤め人だって、人生をエンジョイしてる男女はたくさんいるわ。わたしは地方公務員だから、民間会社のOLと俸給はそれほど変わらない。贅沢はできないけど、日々の暮らしに困ることはないわ」

「公務員はそうだよね。危いことをして懲戒免職にならなければ、一生、喰っていける。退職しても、共済年金が貰えるんでしょ？」
「若いのに、よく知ってるわね」
「ぼくは母子家庭の長男ですから、家族の面倒を見ないとね」
「お母さん、何か重い病気にでもなったんじゃない？ それで、多額の入院費が必要になったんでしょ？」
「おふくろは元気そのものですよ。ぼくがバイトをやってるんだから、夜の仕事をやめろと言ったんだけど……」
「いまも熟女パブで働いてるのね？」
安奈は確かめた。
「そうなんだ。毎晩、厚化粧して、いそいそと店に出かけてる。この世には淋しいおっさんたちが大勢いるらしく、けっこう人気があるらしいんですよ」
「そうなの。お母さん、ひとりで翼君と妹さんを育ててきたわけだから、どこかで息抜きしたいんだと思うわ」
「おふくろは、酒と男が好きなんですよ。女手ひとつでここまで育ててくれたことには感謝してるけど、経済的な安定を求めるよりも子供にもっと愛情を注いでほしかった。おふくろは夜のバイトをするようになって間もなく、毎週土曜日は客とのアフターがあるから

とか言って、朝帰りするようになったんです」
「そうなの」
「おふくろは、そのつどもっともらしい弁解をしたけど、ぼくと妹はわかってたんだ」
「何を?」
「おふくろがお気に入りの客とホテルに行ってることをね。ぼくら兄妹は、おふくろのバッグにラブホテルのマッチが入ってるのを見ちゃったんですよ。おふくろがそんなふうだったから、妹が中一からグレちゃったんだ。ぼくだって、不良になりたかったですよ。でも、長男だから、ぼくがしっかりしてないとね」
「妹さんが何かトラブルに巻き込まれたんで、どうしても少しまとまったお金が必要になったわけ? それで、野中たちの誘いに乗ってしまったんでしょ?」
「別にあいつらに唆されたわけじゃありませんよ。それから、妹も関係ない。ぼくが何か商売をする元手が欲しいと思っただけです」
「翼君、正直に事件に関わった理由を聞かせて。香取係長の話では、あなたは盗品の換金にはあまり興味がなさそうだったと……」
「そんなことはないですよ。逮捕されなかったら、かっぱらったパソコンやDVDレコーダーをできるだけ高く売りたいと考えてたんです。ぼくは、安い賃金で誰かにこき使われる生活から抜け出したかったんだ。それだけですよ」

「翼君は真実を隠そうとしてる。そうなのよね？　違う？」

「そう思うのは勝手だけど、ちょっとピント外れだな」

翼が目を閉じた。話しかけても、黙したままだ。

安奈は打つ手がなかった。

3

狭い路地に足を踏み入れる。

道順は忘れていなかった。安奈は歩度を速めた。

数十メートル進むと、手塚翼の自宅が見えてきた。

みすぼらしい借家だった。築四十年は経っているだろう。外壁のモルタルは、ところどころ剝（は）がれ落ちている。確か間取りは三Ｋのはずだ。

二年前の事件で、安奈は幾度か翼の住まいを訪ねている。母親の敬子（けいこ）や妹の麻衣とも面識があった。

翼の自宅は荻窪署から数キロ離れた場所にある。安奈は接見を終えると、すぐに荻窪署を出た。そして中央線に乗り、最寄り駅で下車したのだ。

小さな庭には、春の花が咲いていた。

呼び鈴を鳴らしかけたとき、家の中から怒声が響いてきた。翼の妹の声だ。
「あんた、それでも母親なの！」
「親に向かって、あんたとは何よっ」
「偉そうなこと言わないでよ。母親なら、とにかく兄貴の差し入れに行くんじゃないの？ 昼間っから、酒なんか飲んで最低だよ」
「麻衣はお兄ちゃんが大好きだから、そうやって翼の味方ばかりするけど、今度は『オリエンタル電器』の配送センターの倉庫に忍び込むなんて、信じられる？」
「兄貴には何か事情があったのよ」
「事情って何よ？」
敬子が娘に問いかけた。
「それはよくわかんないけどさ、何かの事情で犯行に加わるほかなかったのよ」
「翼はおまえの専門学校の学費をせっせと溜めてたぐらいだから、悪い遊びで文なしになったとは考えられないわ。まさかあの子、こっそりドラッグをやってたんじゃないわよね？」
「兄貴は麻薬(クスリ)にハマるようなばかじゃないって」
「でも、翼はどうしてもお金が欲しかったんじゃない？ だから、野中とかいう奴らと——」

「ぶつぶつ言ってないで、早く荻窪署に行ってやれって」

「いやよ、行かないわ。もう翼は、まともな人間じゃないのよ。社会の屑になっちゃったんだから……」

「あんた、兄貴の母親なんだよ。自分が産んだ子が罪を犯しても、わが子でしょうが！　兄貴を棄てるのかよっ」

「女の子が男言葉で凄むんじゃないの！」

「うるせえんだよ。あんた、母親面してるけどさ、あたしたち兄妹に何をしてくれた？」

「父さんが蒸発してからは昼も夜も働いて、おまえたち二人を食べさせてきたじゃないのっ」

「子供を飢え死にさせなきゃ、それでいいわけ？　あたしたちにどれだけの愛情を示してくれた？」

「できるだけの愛情は注いできたつもりよ」

「よく言うわね。あんたは、いつも土曜日は外泊してた。店の客とホテルに行ってたんでしょ？」

緒に忍び込んで、パソコンやDVDレコーダーを盗み出したんでしょうが。その上、牛島とかってガードマンに怪我を負わせちゃった。ばかな子だわね。今度は高等少年院に入れられちゃうのに。下手したら、少年刑務所行きだわね」

124

「そんなことしてるわけないでしょ！　上客にアフターに誘われたら、たまにはつき合わないとまずいのよ。でも、どの客ともお鮨を摘んで、朝までスナックで飲んでただけだわ」

「嘘つけ！　兄貴もあたしも、あんたのバッグにラブホのマッチが入ってたのを知ってたのっ」

「えっ!?」

「あんたは客たちに股を開いて、小遣い貰ってたんじゃないの？　そういう金で服や靴を買ってもらってたと思うと、たまらないよ。なんか惨めでさ。兄貴だって、そう思ってたはずだわ」

「麻衣、聞いてよ。母さんは一度だって、体なんか売ったことない。ホテルに行った男性とは、真剣な気持ちで交際してたの。そのお客さんの奥さんは十年以上も前に病気で亡くなったのよ。でもね、彼の子供たちが父親が再婚することに強く反対したんで、結局、二年前に別れたの。それからね、経済的な援助なんか受けてなかったわ。ほんとよ」

「最近だって、外泊してるじゃないの」

「母さんだって、生身の女よ。時には、男の人に安らぎを与えてほしいと思うことがあるわ」

「要するに、セックスしたくなったってことなんでしょ？　だからって、子供をほったら

「麻衣、そこまで言うの!? 男女同権の世の中だけど、女手ひとつで二人の子供を育てるのは並大抵のことじゃないのよ。翼とおまえを道連れにして、何度も無理心中をしようと思ったわ。でも、思い直して懸命に生きてきたのよ。心が挫けそうになったときは、男性に突っかい棒になってほしいこともあったの」

「きれいごとを言わないでよ。あんたは、ただの男好きなんだわ。子供のことよりも、男に関心があるのよ。だから、あたしの身に何が起こっても、まったく気づかなかった」

「麻衣、何があったって言うのよ？ 女暴走族の娘たちにリンチでもされたことがあるの？」

「違うよ」

「それじゃ、何があったの？」

「もう昔のことだよ。思い出したくないことだから、教える気もない」

「わたしは、おまえの母親なのよ。話してちょうだい、何があったのか」

「いまさら親面しないでよ。それより、兄貴に会いに行ってやって」

「差し入れに行ったら、翼を甘やかすことになるわ。母さん、心を鬼にして翼を冷たく突き放すつもりよ。そうじゃなければ、あの子は立ち直れないだろうからね」

「わかったよ。もう頼まない。あんたのことは、きょうから赤の他人と思うようにする」
「麻衣、悲しいことを言わないでよ」
「うぜえんだよ。手を放せったら!」
二人が揉み合う気配が伝わってきた。
少し経つと、玄関から麻衣が飛び出してきた。
二年前は髪をブロンドに染め、ピアスを光らせていた。目つきも怖かった。荒んだ感じは、まったくなかった。髪も黒い。
しかし、いまは別人のように地味な風体をしている。
麻衣が安奈に気づいた。驚いた表情で立ち止まり、軽く会釈した。
「わたしのこと、憶えててくれたのね?」
「ええ。二年前の騒ぎでは、兄貴がお世話になりました」
「今度の事件を知って、古巣に顔を出してみたの」
安奈は門の前で、翼の妹と向かい合った。
「兄貴、警察でどう言ってるんですか? レンタルビデオ店の客だった共犯者たちに引きずり込まれたんでしょ?」
「荻窪署は野中と服部という男が主犯格で、翼君は従犯と見てるみたい。でも、その二人は翼君が犯罪計画を練ったと口を揃えてるのよ。あなたの兄さんも、それを強く否定しよ

「兄貴が主犯だなんて、考えられないわ」
「そうでしょうね。ところで、野中や服部とは面識がある?」
「ううん、知らない。そいつらのことは、保護司の一柳先生に教えてもらったの。あたし、兄貴が捕まったって話を聞いて、先生に電話したんです」
「そうなの。翼君は別段、お金に困ってる様子はなかったんでしょ?」
「ええ、それはね」
「翼君は、あなたが来年に入る予定の専門学校の入学金を貯えたようだけど……」
「そうみたいだけど、入学金は心配ないんですよ。母が学資保険に入ってくれてたし、あたしも放課後、ドーナッツショップでバイトをしてますから」
「そうなの。そういうことなら、翼君が無理をしてまで麻衣ちゃんの学費を工面(くめん)する必要はなかったわけね?」
「ええ」
「接見したとき、翼君は何か商売をするときの元手が欲しかったと犯行動機を述べたんだけど、あなたにそういうことを話したことはある?」
「ううん、一度もないわ。兄貴は損得勘定が苦手のほうだから、自分で何か商売をやりたいなんて思わないはずです。いまのバイト、割に気に入ってるようだったから、長く勤め

麻衣がくだけた口調になった。
「だとしたら、翼君は何かで脅されて、野中たちに引きずり込まれたとしか考えられないわね」
「おそらく、そうなんだと思います。兄貴自身の弱みと言ったら、二年前の事件で初等少年院送りになったことぐらいだけど、そのことはアルバイト先の店長も知ってるしな」
「ええ、そのことを秘密にしておきたくて犯行に加わったとは思えないわね。さっき、お母さんと派手な口喧嘩をしてたでしょ?」
「あたしたちの怒鳴り声、外まで聞こえちゃった?」
「もろに聞こえてきたわね。聞くつもりはなかったんだけど、あなたが過去に何か辛い体験をしたということも鮮明に耳に届いたわ。何があったのか、教えてもらえないかしら?」

安奈は頼んだ。
「たいしたことじゃないんです。成り行きでオーバーに言っちゃったの、母さんにはね」
「でも、そのことが翼君の立場をよくするかもしれないから、聞かせてほしいな」
「早く忘れたいことなんで、勘弁して。バイトに遅れそうだから、あたし、行きます」

麻衣が早口で言って、駆け足で走り去った。

翼の妹は、どんな秘密を抱えているのか。それとも、強盗めいたことをしたのか。非行少女時代に誰かをリンチして、うっかり殺してしまったのか。免許運転中に高齢者を撥ね、そのまま逃走してしまったのか。

翼は妹の不始末を脅迫材料にされて、野中たちを手助けしろと誰かに命じられたのではないか。妹思いの彼は脅しに屈するほかなかった。そう推測すれば、翼が犯行に加わった説明がつく。

しかし、野中と服部には麻衣との接点がない。その二人が麻衣の秘密を知っているとは考えにくい。また、翼は被害者の牛島達郎とは一面識もないという話だった。謎の脅迫者は、野中か服部の知り合いと思われる。それは誰なのか。

安奈はそう考えながら、呼び鈴を押した。

ややあって、翼の母親が玄関から出てきた。敬子の顔はアルコールで赤らんでいた。化粧気はない。そのせいか、二年前よりも老けて見える。

「あなたは以前、荻窪署にいらした深見さんですよね?」

「ええ、そうです。翼君の事件のことを知って、昔の職場を訪ねたんですよ。それで、息子さんと会ってきました」

安奈は、翼の供述をかいつまんで話した。

「翼がそんなことを言ったんですか。なんか信じられません。あの子が商売をする元手が

「欲しかっただなんて」
「ちょっと前に出かけた麻衣さんからも、少し事情聴取をさせてもらいました」
「そうですか。娘が家の前で誰かと立ち話をしてることはわかってたんですが、あなただとは思わなかったのよ。挨拶にも出ませんで、失礼しました。二年前の事件のときは息子を庇ってくれて、ありがとうございました」
「お母さん、別に翼君を庇ったわけじゃないんです。息子さんがホームレスの老人を殴打してないのではないかという確信があったから、彼を家裁に送致することにためらいがあったんですよ」
「でも、翼が番場たちと一緒に被害者を痛めつけたと自白したんで、結局、鑑別所から初等少年院に移されたのよね」
「番場たち共犯者や目撃証言で、家裁は翼君を少年院送りにしたんですよ。わたしは息子さんがホームレス狩りを見てただけではないかと思ってるんですよ」
「ということは、翼は無罪だったと……」
「多分、そうだったでしょう」
「なんで息子は、わざわざやってもいない罪を被ったんでしょう!? わたしには理解できないわ。番場たちに後でぶっ飛ばされたくなくて、自分も共犯者と認めたのね」
「そうではないと思います。翼君はホームレス襲撃事件の主犯の番場篤人に何か弱みを握

られ、犯行に加わることを強要されたんでしょう。それだけではなく、リーダー格である
振りをしろと命じられたのかもしれません」

「息子に大きな弱みなんかないと思いますけどね」

敬子が考える顔つきになった。

「翼君は大事な家族を守りたくて、あえて泥を被る気になったんじゃないかしら？」

「わたし、夜の仕事をしてますけど、他人に後ろ指をさされるようなことはしてません
よ」

「ええ、そうでしょうね。妹の麻衣ちゃんに何か異変がありませんでした？ たとえば、
おどおどしながら帰宅して、外の様子をしきりに気にしてたなんてことはなかったです
か？」

「そういうことは一遍もなかったわ」

「怪我をして帰ったことも？」

「ええ、ありません。ただ、中三の秋に深夜に帰宅して、二時間近くもお風呂に入ってた
ことがありましたね。麻衣は泣きながら、何度もボディーソープで体を洗ってたようで
す。あっ、もしかしたら、あの晩、娘は遊び仲間の男の子たちに輪姦されたのかもしれな
いな」

「考えられないことじゃないと思います。麻衣さんは、番場篤人のグループともつき合い

「それはなかったはずです。娘は、もう少し年上の連中と遊び回ってましたから。麻衣は、暴走族の子たちにレイプされたんじゃないのかな」
「その可能性は否定はできないでしょうね。ただ、二年前の事件にも今回の犯罪の検挙者の中にも暴走族はひとりも入ってないんですよ」
「そうなんですか」
「その後、娘さんの様子はどうでした?」
「何日か塞（ふさ）ぎ込んでましたけど、そのうちに普段通りになりました」
「妊娠した気配はうかがえなかったんですね?」
「はい。ただ、しばらくしてから、娘の携帯に真夜中に電話がかかってきて、何度か暗い顔をして出かけていきました。麻衣を犯した連中に呼び出されて、おかしなことをされてたんでしょうかね。レイプシーンを動画撮影されてたら、強く拒めなくなるでしょ?」
「でしょうね。今回の事件でも、息子（おぶ）さんは犯行動機がないのに、罪を認めてます。正体不明の脅迫者に彼自身が怯えたわけじゃなく、誰かの名誉や秘密を守ろうとしたとしか思えないんですよ」
「翼は、とっても妹をかわいがってたんです。麻衣が集団レイプされてたとしたら、息子は妹の恥が晒（さら）されることを避けたくて、脅迫者の言いなりになったでしょうね」

「そう考えてもいいかもしれません。わたし、個人的に調べてみます」
「お願いします」
「お母さん、娘さんにはまだ余計なことは言わないでくださいね。身を穢されてなかったら、麻衣ちゃんは傷つくでしょうから」
安奈は言い置き、手塚宅を離れた。
路地を出ると、彼女は上司の丸山課長のポリスモードを鳴らした。スリーコールで、課長が電話に出た。
「手塚翼という坊やは、犯行を認めてるのかい？」
「ええ。ですけど、翼君は誰かに脅されて犯行に加担したみたいなんですよ。まだ確証は得てないんですけど、どうも妹の恥ずかしい秘密を表沙汰にされることを恐れてるような
んです。わたしの筋読みが間違ってなければ、二年前のホームレス襲撃事件も同じ理由で犯行グループに加わったんだと思います。しかし、翼君は被害者に乱暴なことはしなかったと考えられます」
「そうだとしたら、捜査ミスってことになるな。深見、片のついた案件なんだから、あまりほじくり返すと、面倒なことになるぞ」
「ええ、そうでしょうね。だからといって、真相をうやむやにしたら、法の番人とは言えなくなってしまいます」

「ま、そうだな」
「身内のミスを暴く結果になるかもしれませんけど、す。きょうの職務は一両日中に必ず片づけますから、このまま早退けさせてください」
「反対しても、本庁に戻る気はないんだろうが?」
「ええ、まあ」
「わかったよ。気が済むまで、単独捜査をすればいいさ。ただし、捜査費は自腹だぞ」
「わかってます」
安奈は電話を切り、ガードマンの入院先をめざした。

4

ナースステーションの奥に進む。
被害者の牛島は、個室に入院していた。『高円寺救急医療センター』である。
安奈は五階の廊下を進んだ。
目的の病室は造作なく見つかった。牛島は右側の手前のベッドに横たわっていた。仰向けになって、週刊誌を読んでいる。怪我はたいしたことないように見受けられた。
安奈はベッドの際に立ち、身分を明かした。

牛島が緊張した顔つきになった。何かを警戒するように、しきりに目をしばたたかせた。

「痛みはどう?」

「まだ、あちこちが疼いてます。なにしろ、三人に代わる代わるに殴られたり蹴られたりしたんでね」

「あなた、ガードマンよね? 無線で応援を要請できたんじゃない?」

「野中って奴がナイフを首筋に密着させてたんです。だらしないと思われるかもしれませんけど、何も抵抗できませんでした。下手したら、刺し殺されるかもしれないんでね」

牛島が読みかけの週刊誌をサイドテーブルに置いた。どこかふてぶてしい動作だった。

「警備員としては、あんまり優秀じゃないわね」

「きついこと言うなあ。わたしたちはお巡りさんと違って、拳銃は持ってないんですよ。三人の若い男に取り囲まれて刃物で脅されたら、逆らいようがないでしょ?」

「ま、いいわ。手を出したのは、二人だけだったんじゃないの?」

「えっ!?」

「あなたに暴行を加えたのは、野中と服部の二人だったんでしょ?」

「いや、手塚って奴も殴りかかってきましたよ。それから、蹴りも入れてきたな」

「ほんとに?」

「ええ。手塚って奴は口数は少なかったけど、野中や服部に目顔で指示してましたよ。おそらく奴が主犯なんでしょう」

「手塚翼は、三人の中で一番年下なのよ。彼がリーダー格とは考えにくいわ、常識的に言ってね」

「若くても、凄みのある野郎はいますよ。手塚って奴はレンタルビデオ店の客の野中と服部を唆して、パソコンやDVDレコーダーをかっぱらう気になったんでしょう。犯人の三人が緊急逮捕されなかったら、オリエンタル電器の被害額は五百万円前後になってたと思います。あいつらがうまく逃げてたら、わたしは会社を解雇されてたでしょうね」

「いつも夜間警備は、あなたひとりだけで……」

「いいえ、ふだんは二人でガードしてるんですよ。事件のあった日は、たまたま相棒が食中りでトイレに入ってたんです。ちょうどそのとき、犯人グループに倉庫に侵入されちゃったんです」

「そうだったの」

「荻窪署の刑事さんに聞いたんですが、手塚という奴は二年前に仲間三人と一緒にホームレス狩りをやって、少年院に入ってたそうですね。それだから、年上の野中も服部も手塚に一目置いてたんじゃないのかな？ 手塚が主犯にちがいありませんよ」

「野中と服部もそう口を揃えてるみたいだけど、わたしは手塚翼は従犯だと見てるの。ホ

ームレス襲撃事件が起こったとき、わたしは荻窪署の生活安全課にいたのよ。それでね、手塚翼を取り調べたの。二年前の事件でも、彼は路上生活者に乱暴なことはしなかったんではないかと思いはじめてるのよ。主犯格の番場という奴に犯行に加われと脅されたのかもしれないわ」

安奈は言った。すると、急に牛島が落ち着きを失った。狼狽している様子だった。

「あなた、番場篤人のことを知ってるんじゃない?」

「知りませんよ。会ったこともありません。だいたい年下の男とつき合う気になれませんからね、ガキっぽくて」

「番場があなたより年下だって、どうしてわかったわけ?」

「ホームレスのおっさんに二十歳過ぎの大人が悪さなんかしないでしょ? それに、手塚たちが少年院送りになったって話を荻窪署の人たちから聞いてたんですよ」

「そう」

安奈は、それ以上は詰問しなかった。だが、牛島のうろたえ振りが気になった。何か後ろ暗さを感じているのだろう。

仮に番場と牛島が知り合いだったと仮定すると、今回の事件には何かからくりがあるようだ。ガードマンの牛島が窃盗犯グループを手引きしたとは考えられないだろうか。

番場と牛島は遊興費が欲しくて、『オリエンタル電器』の商品を盗んで故買屋に持ち込

むことを共謀した。しかし、自分たちが実行犯に加わったら、たちまち足がついてしまう。

そこで番場は実行犯に野中、服部、手塚翼を選び、牛島は被害者を装った。そうだとしたら、翼は妹の秘密を番場に知られていたと考えられる。

しかし、翼がアルバイト先の客である野中や服部を仲間に引きずり込んだとは思えない。野中と服部は、番場か牛島のどちらかと知り合いだったのではないか。そのことを牛島が認めてしまったら、策略を看破されることになる。だから、野中とも服部とも面識がないと偽証したのではないか。

「また、打撲箇所が疼きはじめたな」

牛島が唸って、ことさら顔をしかめた。

「しつこいようだけど、あなた、番場篤人とは会ったこともないのね?」

「ええ」

「野中や服部とも一面識もなかったの?」

「ありませんよ。こっちは被害者なんです。なんか疑われてるようで、不愉快だな」

「他意はなかったの」

「間もなく夕食の時間なんですよ。この病院は午後五時に夕飯なんです。おれ、冷めたご飯は嫌いなんだ」

「そろそろ退散してくれってことね。いいわ。お大事にね」

安奈は病室を出た。少し前から尿意を覚えていた。奥まった場所に手洗いがあった。安奈は用を足し、ルージュを引き直した。

化粧室を出ると、見覚えのある若い男が牛島の病室に入っていった。番場篤人だった。

二年前のホームレス襲撃事件の首謀者だ。

安奈は牛島の病室に抜き足で近づき、出入口近くの壁へばりついた。耳をそばだてる。

「深見って女刑事は何かに勘づいてる気がするな」

牛島が低く囁いた。

「びくつくことはないって。それにしても、野中も服部も失敗を踏みやがって。フケ突破して、フルスピードで逃げりゃよかったんだよ。パトカーも最近は深追いしなくなってるんだからさ。あいつらが使った二トン車は盗ったトラックだったんだから、非常線を突破して犯人の割り出しなんかできなかったんだ」

「番場君の人選がまずかったんだよ」

「そうだね。あの二人は根性ねえからな。おれは年上の野中と服部を高一のときから舎弟にしてきたんだけど、てんで役に立たないね」

「手塚って奴は、野中たちの背後に番場君がいることを薄々、感じ取ってるんじゃないの

「その心配はないと思うよ。もし手塚が気づいたとしても、あいつは警察で何も言えっこない」

「か?」

「そう。手塚は妹思いなんだ。だから、恥ずかしい映像が表に出ることをすごく恐れてる」

「例の切り札を握ってるからな」

「番場君に譲ってもらった映像は迫力があったよ。押さえ込まれてる女の子が小学生だと、もっと興奮するんだがな」

「牛島さんは危ない男性だよな。いい大人がロリコン趣味にハマっちゃってるんだからさ」

「大人になりきった女なんか、つまらないよ」

「そうですかね。おれは色っぽい大人の女のほうがいいな。牛島さんは、ちょっとアブノーマルですよ。でも、例の映像を二十万で買ってくれたんだから、ありがたかったな。おれ、半分冗談でネットで秘蔵生撮り映像を売りたしと入力したんだ。そしたら、すぐ牛島さんから連絡があった。しかも二十万出してくれるっていう話だったから、思わずにんまりとしちゃいましたよ」

「あの映像には、それだけの値打ちがある。ヤラセの強姦AVと違って、迫力があるからな。麻衣って娘はパンティーを脱がされても、きみの腕や指に死にもの狂いで噛みついて

た。怯えきった顔もよかったし、泣き喚いてる姿もそそられたな」
「牛島さんはドSなんだね。おれはちょっとかわいそうだと思ったけど、麻衣は生意気なとこがあったからね。あいつは暴走族の総長に妹のようにかわいがられてたから、おれたちがナンパしたとき、せせら笑ったんだよ。ガキ扱いされたんで、おれは頭にきてたんだ。一緒に輪姦しをやった二人も同じ気持ちだったと思うよ」
「番場君は大胆だな。麻衣って娘が姦られたことを暴走族チームの総長に話してたら、三人とも半殺しにされてたんじゃないか?」
「麻衣は誰にも輪姦されたことを話さないという確信があったんだ。おれたち三人は代わりばんこにデジカメで撮ってたからね」
「悪党だな」
「でもさ、なんとなく不安もあったんで、二年前にホームレス狩りをするときに麻衣の兄貴の翼を仲間に引きずり込んだんだ」
「例の生撮り映像のことをちらつかせて、手塚翼を仲間に引きずり込んだんだね?」
「うん、そう。あいつは、おれの話を信じようとしなかった。だからさ、映像を翼に観せてやったんだよ」
「どんな反応を見せた?」
「泣きながら、おれに殴りかかってきたよ。それから、データを渡せって喚いたね。それ

でさ、おれは翼に一緒にホームレス狩りをやれば、生撮りのデータを只でくれてやると言ったんだ。あいつは、まんまと罠に引っかかった」

番場が得意げに語った。

安奈は義憤に駆られ、病室に躍り込みそうになった。すぐに冷静さを取り戻し、耳に神経を集める。

「生撮りのデータなんか渡す気はなかったんだろう？」

「そう！　おれは翼をホームレス狩りの共犯者に仕立てて、麻衣が総長や警察に絶対に救いを求められないよう手を打ったんだ」

「悪知恵が発達してるな」

「生きる知恵と言ってよ。そこまで頭を使ったんだけど、翼の奴はホームレスのおっさんにまったく手を出さなかったんだ。おれたち三人が痛めつけてるとこを黙って見てるだけだった。いや、二度ほど『もうやめろよ』って小声で言ったな」

「なのに、麻衣の兄貴はきみらと一緒にホームレス狩りをしたことにして、鑑別所経由で初等少年院に入ったわけだ」

「そうなんだ。あいつは、妹のスキャンダラスな秘密をなんとしてでも守り抜きたかったんだろうね」

「麗わしき兄妹愛じゃないか。いまどき珍しい話だな」

「あいつら二人は母子家庭で育ったんで、普通の兄妹よりもずっと絆が強いんだろうね。あの二人はたったの一歳違いなんだけどさ、翼の奴は保護者みたいな気持ちで麻衣に接してたから」
「番場君、きみは輪姦した後も麻衣に何度か乗っかったんじゃないのか?」
「鋭いな、牛島さんは。そのつもりでさ、おれ、麻衣を呼び出したんだ。でも、ラブホテルの前で逃げられちゃったんですよ」
「追いかけなかったのは、総長に告げ口されたら、半殺しにされると思ったからなんだろう?」
「うん、まあ」
「二年も経ってから、手塚翼を窃盗グループの一員に仕立てる気になったのはどうしてなんだい?」
「別に深い意味はなかったんだ。おれ自身が野中や服部と一緒に『オリエンタル電器』の杉並配送センターに忍び込むのは危いでしょ? だから、例の生撮り映像をまだ保管してあるともっともらしく言って、手塚翼を実行犯のメンバーにしたわけなんすよ」
「そのデータは二年前におれが買い取ってるのにね。それにしても、番場君は根っからの悪党なんだな。ガードマンのおれを抱き込んで、野中たち三人が倉庫に侵入しやすいような状況にしておいてくれなんて言った。おれは相棒に近くのコンビニに夜食を買いに行か

せて、なんとか野中たちを侵入させた。それで本気でおれを殴打させて、体に痣が残っていないと、おれが犯人グループを手引きしたと疑われちゃうからな」
「野中や服部に仕事前に、少し手加減しろと言っといたんだけどな」
「どっちも思い切りパンチを繰り出して、強烈な蹴りを入れてきたよ。手塚は、ただ突っ立ってるだけだったけどな」
「今回はうまくいかなかったけど、牛島さん、ほとぼりが冷めたら、また手引きしてくださいよ。次はおれ自身が倉庫に忍び込むからさ。伯父貴はうるさいことばかり言って、小遣い程度の給料しかくれないんですよ。それにさ、鉄筋工じゃ、あんまり女にモテないからね。人生はたったの一度しかないんだからさ、愉しくやりたいでしょ？」
「そうだな」
「盗み出した商品を売り飛ばしたら、金はきれいに山分けしましょう。そうすりゃ、牛島さんも趣味に金をたっぷり遣える。児童ポルノを好きなだけ集められるし、十二、三歳の女の子と３Ｐもやれると思うな」
「想像しただけで、ちょっと興奮するね。よし、今度はうまくやろう」
二人は密談を終わらせ、世間話をしはじめた。
安奈は牛島の病室から十メートルほど後退し、荻窪署生活安全課に電話で支援要請をした。電話口に出たのは、少年一係の香取係長だった。

「刑事課とうちの課の者を七、八人、そっちに急行させる。それまで牛島と番場に逃げられないようにしておいてくれ」
「了解！　すぐに翼君の釈放手続きをとってくださいね」
「いますぐというわけにはいかないよ。しかし、番場が手塚翼の妹の秘密のことを脅迫材料にしたことを自供したら、当然、釈放にするさ」
「よろしくお願いしますね」
　安奈はポリスモードを折り畳むと、牛島の病室に近づいた。
　安奈は腕時計を見ながら、五分ほど時間を遣り過ごした。十分前後で所轄署の刑事たちが駆けつけるだろう。しかし、それまで待てなかった。手塚兄妹を苦しめつづけた番場篤人に一秒でも早く泡を喰わせてやりたい。
　安奈はノックもしないで、勢いよく牛島の病室に踏み込んだ。牛島と番場が相前後て、驚きの声を洩らした。
「あんたたちの話は、廊下で何もかも聞かせてもらったわよ」
　安奈は二人を等分に睨めつけた。
　椅子から立ち上がった番場が、ストレートパンチを放ってきた。合気道を心得ている安奈はわずかに横に動き、番場の利き腕を摑んだ。そのまま、捻り

倒す。床に転がった番場が長く呻いて、腰に手をやった。上体を起こした牛島は茫然としていた。

「公務執行妨害罪で現行犯逮捕するわ」

安奈は屈み込み、手早く番場に前手錠を打った。番場は悪態をついたが、抗う素振りは見せなかった。

「おれ、ほんとは窃盗グループを手引きしたくなかったんだ。でも、番場君から危い生撮り映像のデータを買ってたんで、渋々、協力したんですよ」

牛島が言い訳した。すると、番場が口を開いた。

「弁解したって、無駄だよ。さっきの話をそっくり聞かれてたんなら、もう諦めるほかないって」

「きみが不用意だったんだ。このこと見舞いに来たりするから、尻尾を摑まれることになったんじゃないかっ」

牛島が声を荒らげた。

「往生際が悪いな」

「きみは少年院帰りだが、こっちには前科がないんだ。犯歴が警察のデータベースに残ったら、人生設計が狂っちゃう」

「もう狂っちゃったよ」

番場が嘲笑した。

牛島がうなだれた。それから間もなく、遠くからパトカーのサイレンが響いてきた。

安奈は安堵し、翼が明るい表情で荻窪署を出る姿を想像した。自然に口許が綻んだ。

そのとき、脈絡もなく自殺した千帆のことを思い出した。

加門警部補の助言も一理あるが、やはり故人の亡骸と対面したくなった。そうしなければ、心の整理がつかない。

安奈は番場を所轄署員に引き渡したら、すぐさま千帆の通夜に列席するつもりだった。

隠された犯意

1

ついに被疑者が口を割った。

全面自供しそうな気配だ。粘った甲斐があった。

柴亮輔は、顔から強張りが消えるのを自覚した。肩の力も抜けた。

警視庁刑事部捜査二課の取調室だ。本部庁舎の四階にある。

三十四歳の柴は、捜査二課知能犯捜査第一係の係長だ。有資格者の警視正である。キャリア

同期の警察官僚はたいてい警察庁課長補佐、県警本部長、所轄署長になっている。柴と

別に柴は捜査ミスをして、出世コースから外れたわけではない。現場捜査に携わってい

たくて、現在のポストに留まっているのだ。前例のないことだった。

柴警視正は、記録係の部下に目配せした。

三好陽平がノートパソコンのキーボードに両手を翳した。二十九歳の巡査長だ。前髪を斜めに額に垂らし、見るからに神経質そうな印象を与える。昔の文学青年っぽい。

被疑者は特許庁の幹部職員だ。四十九歳だった。被疑者は特許や意匠権申請者たち十八人に便宜を図ると嘘をつき、総額で三千二百万円を詐取したことをおおむね喋った。それまで被疑者は犯行を否認していた。取り調べを開始して、きょうで三日目だった。

「罪を認めて、気持ちが楽になったでしょ?」

柴は被疑者に穏やかに言った。

「はい」

「急に自白する気になったのは、どうしてなんです?」

「あなたの目が怖くなったんですよ」

「そんなに目つきは鋭くないと思うがな」

「そうですけど、瞳に強い光が宿ってますよ。獲物を追いつめた狩人のような目に見えたんです。なんで、もう言い逃れはできないと覚悟したわけです」

「そうだったんですか。なんだって、申請者たちから金を騙し取る気になったんです?」

「家庭に自分の居場所がなかったんです。妻と結婚して二十年になりますが、彼女は息

子と娘の受験のことで頭が一杯で、わたしとろくに話もしてくれなくなりました。大学と高校のダブル受験だったんですよ」

「それは大変でしたね。それで、二人のお子さんはそれぞれ志望校に合格されたんですか?」

「はい、おかげさまで。息子も娘も明るく通学してます」

被疑者が答えた。四月も余すところ数日だった。

「よかったですね」

「ええ。淋しさから、わたしは銀座や赤坂のクラブに通うようになったんです。それほど酒は好きじゃないんですが、美しいホステスにちやほやされると、なんか自分が偉くなったような気持ちになって、なんとも心地よかったんですよ」

「それで、クラブを飲み歩くようになったわけか」

「はい、そうです。週に四日は、馴染みの店に顔を出すようになりました。ひと晩で二、三十万は遣ってましたから、へそくりは瞬く間に消えてしまいました。サラ金にも手を出したんですが、返済が地獄でした。そんなことで、つい悪い気持ちが働いて……」

「魔が差したんでしょうね」

「実に愚かなことをしてしまいました」

「罪を償って、やり直すんですね」

柴は言った。次の瞬間、被疑者が机に突っ伏した。ほとんど同時に、笑い声に似た泣き声をあげはじめた。

柴は何か遣り切れない気分になった。家庭が安らぎの場でなくなれば、外で息抜きしたくもなるだろう。夜遊びは束の間、浮世の憂さを忘れさせてくれる。気に入ったホステスがいれば、店に通いたくなるのは人情だ。

しかし、節度が必要である。自分の金で飲み代を払えなくなったら、酒場通いは慎むべきだろう。被疑者が役職を悪用して、金を騙し取ったことは赦されることではない。

「少し休ませてから、細かい供述調書を取ろう。後の取り調べは浦辺に担当させるよ」

柴は三好に言って、取調室を出た。

刑事部屋に戻り、浦辺誠警部補を取調室に行かせる。浦辺は三十二歳で、詐欺事件を多く手がけてきた。

捜査二課は汚職、詐欺、選挙違反の摘発をしている。柴は十一人の部下たちとともに、主に贈収賄事件、横領、各種の詐欺事件の捜査に当たっていた。血腥い犯罪は、めったにない。

しかし、捜査対象者はいずれも悪知恵が発達している。法の網を巧みに潜ろうとする輩ばかりだ。従って、容疑者たちとはいつも知恵較べをさせられる。

神経をすり減らすことになるが、立件できたときの勝利感は大きい。

柴は名門私大の法学部在学中に国家公務員総合職試験（旧Ⅰ種）に合格し、警察庁に入った。国家公務員である。

同期入庁の二十三人のうち、柴だけが私大出身者だった。残りの大半は東大出で、ほかは京大を卒業している。

警察官僚（キャリア）は入庁した時点で、警部補の職階を与えられる。警察大学校の初任幹部科で六カ月間学び、さらに九カ月の現場研修を受ける。その後は所轄署に見習いとして配属される。

柴は渋谷署刑事課で現場捜査を勉強し、警部になってからは警察庁に二年ほど勤めた。警視になると、茨城県の小さな所轄署の署長になった。署員の八割は自分よりも年上だった。

交通巡査の不祥事が明るみに出たことで、柴は警視庁捜査二課に異動になった。その数カ月後に警視正になった。課長は一つ格下の警視である。

柴は自分の机に向かい、刑事告訴書類に目を通しはじめた。午後三時を回っていた。

大手商社『日東物産』が告訴したのは、トレーディング部で働いていた波多野直人だった。

三十三歳の波多野は優秀なトレーダーだったが、権限を大幅に超える巨額を独断で米国

債や株式先物取引に投資し、約七百億円の損失を出していた。会社は波多野を背任罪で告訴したのである。

その波多野は、三日前の夕方から消息不明だった。逃亡した疑いもある。

机上の警察電話が鳴った。内線ランプが灯っている。柴は受話器を取った。

「わたしです」

雨宮佑太郎課長の声だった。五十一歳だが、キャリアの部下には遜った口を利く。

「何でしょう？」

「ご足労ですが、わたしの席まで来ていただけないでしょうか？」

「課長、敬語はやめてくださいよ。わたしは、あなたの部下なんですから」

「そうですが、そちらは警視正でいらっしゃる。わたしはノンキャリアの警視です」

「職階に拘るのはやめましょうよ」

「そうするつもりでいたんですが、警察は階級社会ですからね。そちらが部下でも、ぞんざいな口は利きにくいんですよ。そのへんをお察しください」

「もっとフランクになっていただきたいな」

「努力はします」

「弱ったな。とにかく、すぐにそちらに参ります」

柴は受話器をフックに掛け、勢いよく立ち上がった。大股で課長の席まで歩く。

「実は『日東物産』の波多野直人のことなんですが、わたしは彼が故意に約七百億円の損失を出したんじゃないかと思ってるんですよ。遣り手のトレーダーといっても、波多野は役員でもなければ、管理職でもありません」

雨宮が先に口を開いた。

「ええ、そうですね」

「トレーダーにしては、やることが大胆すぎますでしょ？　どう繕っても、そのうち巨額の損失を出したことは発覚するはずですからね」

「ええ、そうですね」

「波多野は何か企んでて、わざとおよそ七百億円の損失を出したとお考えなんですね？」

「そうです。おそらく波多野は何かで会社を逆恨みして、『日東物産』に故意にダメージを与えたんでしょう。ライバル商社の『住吉商事』か『角紅商事』あたりに抱き込まれて、『日東物産』のイメージダウンに一役買ったのかもしれない」

「波多野は何かで、いずれ波多野直人はどちらかの巨大商社に移る気でいるんだろうか。いや、そうじゃないな。そんなことをしたら、波多野を操ってたかもしれないライバル企業がバレてしまう」

「課長の筋読み通りだとしたら、いずれ波多野直人はどちらかの巨大商社に移る気でいるんだろうか。いや、そうじゃないな。そんなことをしたら、波多野を操ってたかもしれないライバル企業がバレてしまう」

「ええ、そうですね。多分、波多野はどちらかの巨大商社から数億円の成功報酬を貰う約束で、自分の勤め先に矢を向けたんでしょう。それで、貰った謝礼を個人的な株投資に貰う約で

も注ぎ込む気なんではありませんか。凄腕のトレーダーなら、元手を何十倍にもできるでしょうからね」
「そうなったら、一生、遊んで暮らせるわけだ」
「ええ、そうでしょうね。しかし、波多野は会社が自分を刑事告訴したことを知ってるはずです。ですから、半年か一年ぐらい潜伏生活をする気でいるんでしょう」
「すでに海外に逃亡したんですかね？」
「さっき出国してるかどうかチェックしたんですが、波多野が日本を出た記録はありませんでした。もっともその気になれば、密出国することも可能ですが……」
「そうですね。金さえ出せば、危ない橋を渡る連中がいますから」
「わたしは、波多野が国内のどこかに身を潜めてるような気がしてるんですよ。柴警視正、特許庁の被疑者はまだ落ちないんですか？」
「少し前に自白いはじめました。いま、浦辺が全面自供させてます。供述調書を取り終えたら、課長に報告するつもりだったんですよ」
「やっと犯行を認めてくれましたか。それで、動機は何だったんです？」
「中年男の悲哀（ひあい）でしょうか」
柴は詳しい話をした。
「なんだか身につまされる話ですね。結婚生活が長くなると、妻たちの関心は子供に移り

がちです。わたしにしても、家庭が安息の場所じゃなくなってる。警視正のお宅は結婚二年目ですから、そんなことはないでしょうけどね」
「うちも似たようなもんですから。妻は五カ月前に生まれた坊主の育児に追われて、わたしとの会話がめっきり少なくなりました」
「それでも息子さんはかわいい盛りでしょうから、家庭に笑い声は絶えないでしょ?」
「ええ、まあ。でも、子供の夜泣きには悩まされてますね。妻は数時間ごとに母乳を与えてるんですよ。慢性的な寝不足で、さすがに疲れてるようです」
「警視正がサポートしてあげないとね」
「できるだけ協力してるつもりです」
「そうでしょうね。あなたは、奥方を大切にするタイプですから。それはそうと、波多野の鑑取りを強化してもらえますか?」

雨宮課長が遠慮がちに指示した。

鑑取りとは、被害者や容疑者の交友関係を洗うことだ。正確には地鑑(ちかん)捜査と呼ぶ。ちなみに地取りというのは、目撃証言などを事件現場周辺で集める聞き込みのことだ。

「わかりました」
「一係の手で足りなくなったら、二係の連中を応援に回らせますよ」
「その節はよろしくお願いします」

柴は一礼し、自分の席に戻った。刑事告訴関係の書類をふたたび読み、波多野直人の失踪理由を推測しはじめる。

　雨宮課長の筋読みは正しいのか。『日東物産』と競合する巨大商社が波多野を抱き込んで、意図的に約七百億円の損失を出させたのだろうか。グローバル化がはじまって以来、商社間の戦いは一段と熾烈になっている。

　しかし、一流企業がそのような卑劣な手段でライバル商社のイメージダウンを図ろうとするだろうか。企業モラルがそこまで品格を失ったとは思えない。汚い画策が露見したら、その商社は信用を失うことになる。

　波多野は精神のバランスを崩してしまったのではないか。投資の損金をなんとか取り戻したくて、冷静な判断ができなくなってしまったのではないだろうか。自暴自棄になったのか。あるいは、自分が不治の病に冒されていることを知って、自暴自棄になったのか。それで、会社に対する積年の恨みを爆発させてしまったのか。

　柴は、その考えをすぐに捨てた。波多野は三年前に結婚して、ほぼ一年前に第一子に恵まれている。娘である。妻の絵梨は、まだ二十七歳だ。そんな妻子の存在を無視して、身勝手な行動に走ったりはしないだろう。

　波多野の分析が甘く、売りと買いのチャンスを逃してしまったのか。優れたトレーダーが基本的なミスをするとは考えにくい。

雨宮課長が言ったように、波多野は何らかの理由でわざと『日東物産』に巨額の損失を与えたのか。

そうだとしたら、裏社会の有力者が何か『日東物産』に悪感情を懐いているのかもしれない。何年か前に日本が東南アジア諸国に援助した政府開発援助(ODA)の大半を大手商社が政府高官や軍幹部に鼻薬を嗅がせてインフラの受注を取りつけ、吸い上げていた事実がある。そのことを広域暴力団に知られ、百数十億円の口止め料を脅し取られた事件もあった。

そんなことで、巨大商社は暴力団、総会屋、ブラックジャーナリストに対して毅然とした態度をとるようになった。そのことに腹を立てた暗黒社会の顔役が波多野の弱みを押さえて、『日東物産』に損失を与えさせたのだろうか。

柴はコーヒーを啜りながら、あれこれ考えてみた。だが、確信の持てそうな筋は読めなかった。

三好と浦辺が刑事部屋に戻ってきたのは、午後四時半過ぎだった。

「完落ちだね?」

柴は浦辺に訊いた。

「はい。被疑者を留置場に戻しました」

「ご苦労さま!」

「これが供述調書です」

三好がプリントアウトを差し出した。それを受け取り、柴はざっと目を通した。不備な箇所は見当たらなかった。

「後で送致手続きを取ってくれ。その前に、全員を会議室に集めてくれないか」

柴は浦辺に言って、先に横にある会議室に移った。楕円形のテーブルが中央に据えられ、十五脚の椅子が並んでいる。

待つほどもなく、第一係の全員が顔を揃えた。

柴はホワイトボードの前に立ち、雨宮課長の指示を伝えた。部下たちをペアに分け、波多野の学生時代の友人、親族、同僚、取引先から少しでも多くの情報を集めろと命じた。

部下たちは、すぐさま散った。

柴は自席に戻り、特許庁幹部職員の供述調書をじっくりと読みはじめた。被疑者に最も多く袖の下を使ったのは、中堅の精密機器メーカーだった。その会社の技術開発部長は被疑者を老舗料亭でもてなし、帰りに六百万円の現金を手渡していた。被疑者に百万円の車代を差し出している。贈賄最も賄賂の少なかった玩具メーカーも、被疑者に百万円の車代を差し出している。

額は平均すると、一社二百万円弱だ。

供述調書を読み終えたのは、五時半過ぎだった。セブンスターに火を点けた直後、警察庁の高遠義弘参事官から電話がかかってきた。五十二歳の警視監はキャリアの出世頭で、東大出身者だ。雲の上の人に近い。

柴は喫いさしの煙草の火を急いで揉み消し、受話器を握りしめた。
「ご無沙汰しています」
「元気かね?」
「はい」
「警視庁舎は隣組なんだから、たまには顔を見せてくれよ」
「わかりました」
「仕事の手を休めて、こっちに来てくれないか。待ってる」
高遠参事官が一方的に言って、電話を切った。
柴は慌ただしく刑事部屋を出て、エレベーターに乗り込んだ。本庁舎を出ると、隣接している中央合同庁舎に走り入った。
柴はネクタイの結び目を確認し、参事官室をノックした。高遠警視監がにこやかに迎え入れてくれた。
二人はコーヒーテーブルを挟んで向かい合った。
「お目にかかるのは一年ぶりでしょうか?」
「そのくらいになるかな。元気そうなんで、何よりだ」
高遠が言って、前髪を掻き上げた。白いものが増えている。上層部にいると、何かと苦労が多いのだろう。

参事官は私大出身の柴を何かと気にかけてくれている。東大出身の警察官僚は、たいがい京大出のキャリアにも冷ややかだ。私大出身キャリアなど眼中にない。
「次の人事異動のときは、きみを小松川署の副署長に推すつもりでいるんだ。副署長のポストじゃ不満かね？」
「いえ、そんなことはありません」
「わたしは東大出だが、学閥を作ることは嫌いなんだよ。柴君は私大出身だからって、東大や京大出身者に遠慮なんかすることない」
「は、はい」
「三多摩の所轄署の署長席に空きが出そうだったら、署長に推してやってもいい」
「参事官のご配慮は嬉しいんですが、わたしはできる限り現場捜査に携わっていたいんです」
柴は言った。
「きみは、確か犯罪被害者の身内だったね？」
「そうです。母方の叔父が電車内で携帯を使ってた若者グループを注意したら、逆ギレされて、ホームに引きずり下ろされ、線路に突き倒されてしまったんです。叔父はレールに

頭をまともに打ちつけて脳挫傷で翌日、亡くなりました。わたしが大学二年のときのことでした」
「叔父さんが理不尽な亡くなり方をしたんで、柴君は警察官になる気になったんだね?」
「ええ、そうです。ですから、現場捜査に関わっていたいんですよ」
「きみの個人的な気持ちはわかるが、キャリアとしての自覚も必要なんじゃないか? 上司の雨宮警視は職階がワンランク下なんだから、やりにくいと思うよ」
「そうでしょうね、それは」
「言うまでもないことだが、われわれ警察官僚(キャリア)は行政官なんだよ。捜査の基本を学んだら、現場のことはそれぞれのエキスパートに任せるほうがいいんだ。捜査にキャリアが顔を出してたら、一般警察官(ノンキャリア)の邪魔になることもあるだろう」
「同僚や部下たちには極力、迷惑をかけないようにしてきたつもりです。せっかくのお話ですが、もう少し現場捜査をやらせてください」
「出世には関心がないってことか」
「そういうわけではありませんが、現場捜査が性に合ってるんです」
「そういうことなら、雨宮課長をどこか別のセクションに移して、きみを課長席に就(つ)かせるか。それなら、一応、キャリアの足並を乱したことにならないだろうからな」

「高遠参事官、うちの課長を他所に飛ばすのはやめてください。わたし、雨宮課長から学びたいことがたくさんあるんです。お願いします」

「どこまで世渡りが下手なんだ。呆れてしまうな。しかし、柴君と話してると、なんか心が洗われるね。わたしの周りには、出世欲の塊しかいないからな。わかった、次の人事の件ではきみのことには触れないようにしよう」

「ありがとうございます」

「きみのような一本気な警察官僚ばかりになれば、大物政治家や各省の事務次官クラスが圧力をかけてきても、まともに取り合わなくなるんだろうがね。残念ながら、キャリアの大半は権力者に弱い。有力者たちの神経を逆撫でしたら、出世の望みは絶たれることになるからな。わたし自身も、実力者たちを黙殺するだけの勇気はない」

「サムライの参事官がエリートの真の意味や役割を若手キャリアに教えてほしいですね」

「仮にわたしがドン・キホーテ役を演じても、本気で耳を傾ける警察官僚なんかいないさ。誰も真剣に国家を少しでもよくしたいなんて考えてないからね。同期の奴らに後れをとりたくなくて、何よりも先に自分の出世のことを考える連中ばかりだ」

高遠が苦々しげに言った。

「きみのほかには、おそらく同調者はいないだろう」

「参事官が内部変革の旗振りをおやりになったら、わたしは真っ先にシンパになります」

「それでも、わたしは参事官と一緒に闘いますよ」
「頼もしいな。すぐには反乱は起こせないだろうが、少しでもキャリアの姿勢を正さないとね。もちろん、自戒を込めて言ってるんだ。時間を割かせて、すまなかったね。きみの気持ちは尊重する」
「お礼を申し上げます」
柴はソファから立ち上がって、参事官室を出た。

2

 焦れてきた。
 部下たちは何をしているのか。午後八時を過ぎても、誰からも電話連絡がない。早く聞き込みの結果を知りたかった。
 柴は意味もなく使い捨てライターを掌の上で弾ませはじめた。もどかしくなったときに無意識にやる癖だった。
 机の上に置いた私物の携帯電話が着信音を発した。
 柴は反射的に携帯電話を摑み上げた。ディスプレイを見る。発信者は妻の亜由だった。
「亮輔さん、すぐに帰ってきて。拓海が熱を出したの」

「何度あるんだ?」

「三十八度二分よ。母乳も吐いたの。いつもお世話になってる小児科医院はもう閉まってるし、わたし、どうしていいのかわからなくて。どうしよう?」

「大事な職務があるから、いま帰宅するわけにはいかないんだよ。パソコンでやってる病院を検索して、そこに連れてってくれないか。そういう小児科病院がなかったら、救急車を呼んだほうがいいな」

「子供のことが心配じゃないの?」

「無理を言うなって。おれはサラリーマンじゃないんだぜ」

「職務が大事なのはよくわかるけど、自分の息子が病気なのよ。もし拓海が死ぬようなことになったら、すごく後悔すると思うわ」

「気持ちを鎮めて、おれの言った通りにしてくれないか。拓海の病状が急変したら、すぐに連絡してくれ」

「わかったわ」

「心細いだろうが、しっかりするんだ。いいね?」

柴は通話を切り上げた。むろん、息子のことは気がかりだった。できることなら、大急ぎで目黒区内にある自宅マンションに帰りたかった。しかし、部下たちは聞き込みに出ている。帰宅するわけにはいかなかった。

十分ほど過ぎると、部下たちから次々に電話がかかってきた。最初に電話をかけてきたのは三好巡査長だった。

三好は同世代の相棒と波多野の妻の絵梨に会った。夫人の話によると、夫は失踪当夜、煙草を買いに行くと自宅を出たらしい。普段着で、手ぶらだったという。

波多野が何かに怯えている様子はうかがえなかったそうだ。『日東物産』を解雇されても、それほどショックを受けているようには見えなかったらしい。

それどころか、波多野は自分が大きく飛躍できそうだと妻に語っていたようだ。『日東物産』に約七百億円の損失を与えたことには、特に済まながってもいなかったようだ。

三好の次に電話連絡をしてきたのは、浦辺警部補だった。浦辺のペアは、波多野の元同僚や上司から情報を集めた。

誰もが波多野の常識外の投資に驚いていたそうだ。その理由についても思い当たらないと口を揃えていたらしい。また、波多野の私生活も乱れていなかったようだ。

ただ、『日東物産』の役員たちは数年前から派閥争いをしているそうだ。もっとも波多野は中立派の立場を貫き、会長派にも社長派にも与してはいなかったらしい。

三番目に聞き込みの結果を報告してきたのは、時任淳巡査部長だった。三十三歳で、波多野チームの中では一番の酒豪だ。酔いが深まると、なぜだか同僚たちと腕相撲をしたがる。九州男児で、磊落な性格である。

時任は、年下の相棒と波多野の学生時代の友人たちを訪ねた。波多野が何かで思い悩んでいた気配は誰も感じ取れなかったという。『日東物産』に恨みを懐いている様子もなかったようだ。

時任が電話を切って間もなく、ほかの部下たちからも聞き込みの情報がもたらされた。

血縁者の誰もが波多野の〝暴走〟に気づかなかったという。波多野夫婦は仲睦まじく、ひとり娘のちはるを溺愛していたそうだ。

行方不明者は三日前の夜、小田急線の代々木上原駅近くで複数の者に目撃されている。だが、その後の足取りはわかっていない。三人の部下が駅周辺で再度聞き込みを試みたが、徒労に終わったという話だった。

有力な手がかりは得られなかったが、柴はさほど落胆していなかった。どんな事件でも、スピード解決することは少ない。汚職、横領、背任、詐欺といった知能犯罪は立件するまでに時間を要する。殺人事件のように迷宮入りするケースはないが、それでも数日で物証を揃えることは難しい。

柴は部下たちに直帰の許可を与え、自分も上着を羽織った。

そのとき、雨宮課長が駆け寄ってきた。

「いま通信指令本部から入電があったんですが、波多野直人が江東区の越中島公園内で焼身自殺をしたらしいんです」

「えっ!?」
「灯油を頭から被って、自分で火を点けたようです。焼死体の近くに灯油のポリタンクが転がってたそうですから。それから、パソコンで打たれた遺書もあったみたいですね」
「機捜と所轄の深川署の者たちがすでに臨場してるんですね?」
「ええ。検視官も現場に向かってるそうです。『日東物産』に七百億円もの損失を与えたことで、波多野直人は申し訳ないことをしたと思ってたんでしょう。それで、自分の命で償う気になったんだろうな」
「まだ自殺と断定されたわけじゃありませんよね?」
「ええ、それはまだ……」
「部下たちの聞き込みによると、波多野は会社をとてもかわいがってたらしいんです。それほど落ち込んでなかったというんですよ。それに一歳の愛娘をとてもかわいがってたらしいんです。夫婦仲も悪くなかったようです」
「しかし、会社は波多野を刑事告訴してたんです。背任か横領で起訴され、民事で不正投資した分の返済を求められたら、どうすることもできないでしょう? おそらく独断で巨額を株や先物取引に突っ込んだんでしょうからね。刑事罰を受けるだけではなく、途方もない額の金も返さなければならない。前途に一条の光さえ見えなくなったわけですから、波多野が自殺する気になっても不思議じゃないでしょう?」

「課長、お子さんが赤ん坊だったころのことを思い出してください。わたしの息子はハイハイをはじめたばかりですが、その存在は大きいものです。たとえ自分が窮地に立たされても、幼子を遺して自殺するなんてことは考えられませんよ。波多野の娘は、まだ一歳なんです。奥さんだって、二十七です。そんな妻子を置き去りにする形で、自分だけ先立ったりするでしょうか?」

「警視正は、焼身自殺に見せかけた他殺の疑いがあるとお考えなんですね?」

「ええ、そうです。殺人は捜一のテリトリーですが、ちょっと現場に行ってみます」

 柴は刑事部屋を走り出て、エレベーターで地下二階の車庫に下った。覆面パトカーのマークXに乗り込み、ただちに現場に向かう。

 越中島公園に着いたのは、およそ二十五分後だった。

 細長い公園は隅田川の畔にある。住所は越中島一丁目で、すぐ近くに東京海洋大学があるはずだ。

 柴は公園の際に灰色の捜査車輌を停めた。公園の出入口には、立入禁止と記された黄色のテープが張られている。立ち番の制服警官は二人だった。どちらも二十代半ばだろう。

 沿道には警察車輌や鑑識車が縦列に並んでいた。報道関係の車もあちこちに見える。テレビクルーの姿もあった。鑑識作業中だった。

 柴は立ち番の巡査にFBI型の警察手帳を呈示し、園内に足を踏み入れた。

本庁機動捜査隊の捜査員が七、八人、忙しげに動き回っている。ジャンパー姿の者が多い。彼らは耳に受令機のイヤホンを突っ込んでいた。

その大半は顔見知りだった。柴は彼らに目顔で挨拶し、奥に進んだ。

すぐに異臭が鼻を衝いた。人肉の焦げた臭いだ。相生橋に近い場所に人だかりが見える。

その中に、捜査一課殺人犯捜査第五係の加門係長がいた。捜査一課の刑事が臨場しているのは、他殺の疑いがあるからだ。柴は自分の勘が当たったと確信を深めた。

「ご苦労さまです」

柴は誰にともなく声をかけた。加門が振り返り、笑顔で会釈した。

「加門さん、波多野直人は自殺に見せかけて殺されたんですね？」

「そう思われます。波多野の右手の焼け方がそれほどひどくないんですよ。自分で灯油を頭から被って火を点けたなら、すぐ腕に引火するはずです」

「そうですよね」

「遺体は司法解剖に回すことになりましたんで、殺害された場所もわかるでしょう。おそらく被害者は、この公園で殺されて焼かれたんではないと思います。別の場所で殺されたんなら、生体反応はまったく出ません。生きたまま焼殺された場合は、肺から煤が検出さ

「そうですね」

「検視官から他殺の線が強いという連絡があったんで、われわれが出動することになったわけです。柴さんのチームが波多野直人のことを洗いはじめてることは知ってましたが、殺人事件と思われるんで、お株を奪る恰好になってしまいましたが、悪く思わないでください」

「気にしないでくださいよ。殺人となったら、わたしたちだけでは手に負えないわけですから」

柴は笑顔を返した。彼は密かに加門刑事を尊敬していた。敏腕でありながら、それを少しも鼻にかけることがない。部下たちにも慕われている。自分も加門刑事のようになりたい。柴は、そう願っていた。

「死亡推定時刻は今夕だと思われます」

五十絡みの検視官が緊張気味に告げた。事件現場で顔を合わせる捜査員の職階は警部以下の者が多い。警視正が臨場するケースは稀も稀だ。

検視官は医師ではない。十年以上の捜査経験を持ち、二カ月ほど法医学の専門教育を受けた警察官が任命されている。遺体の解剖はもとより、採血もできない。死体の硬直具合を調べ、直腸内温度の測定はできる。

それだけでも、おおよその死亡推定時刻は割り出せる。殺人捜査には、頼りになる存在だろう。

だが、残念なことに検視官は全国でわずか三百五十人程度しかいない。警察が扱う死体は毎年、十五万体にのぼる。検視官が現場に出向けるのは、そのうちの十パーセントに過ぎない。

やむなく一般捜査員が現場で犯罪性の有無を判断させられているのが現状だ。そのため、自殺や事故を装った偽装殺人を見逃してしまうこともある。目下、警察庁は検視官の増員を図っている。

柴は人垣の隙間から、横たわっている黒焦げ死体を見た。上半身の焼け方が目立つ。頭部は炭化して、肩の形も判然としない。焼けた衣服の一部が遺体にへばりつき、風に小さく揺れている。依然として、異臭は濃く漂っていた。

鑑識係員は死体のすぐそばで、灯油のポリタンクから指紋を採取中だった。足跡採取シートを剥がしている者もいた。

事件絡みの死体を見たのは、二度目だった。

一年数カ月前に群馬県の温泉旅館で命を絶った公金拐帯犯の男は多量の睡眠導入剤を服んで、寝具の中で息絶えていた。まるで眠っているような死顔だった。

だが、いま目の前にある亡骸(なきがら)はおぞましい感じだ。肉の焦げた臭(にお)いも不快だった。口許に手を当てたとき、加門がさりげなくハンカチを差し出した。

「よかったら、使ってください」

「いいえ、大丈夫です」

「捜二(そうに)の方たちは、あまり死体に接することはありませんからね。無理はないと思います。しかし、われわれは新米のころは被害者の死臭(ロク)が衣類や髪の毛に染みついたような気がして、丸一日、食事が摂(と)れませんでしたよ」

「そうでしょうね」

柴は奥歯を強く嚙みしめた。またもや嘔吐(おうと)しそうになったからだ。

「おっと、失礼！ つい無神経なことを言ってしまったな。勘弁してください」

「いえ、いいんです。こちらの修業が足りないんですから」

「柴さんのことは骨のある男だと感じてたんですよ。警察官僚(キャリア)でありながら、現場捜査をいまも続行されてる。警視正ならば、通常は所轄署の署長か副署長になって、もっと上のポストを狙うのが普通ですよね。何か思い入れがあるんですか？」

加門が問いかけてきた。

柴は一瞬、母方の叔父の死を明かしそうになった。しかし、そのことを打ち明けたら、正義漢ぶっているように受け取られそうだ。
　それなりの正義感は、いつも胸に抱いている。偽善者と思われるのは耐えがたかった。
　は気恥ずかしい。
「特に思い入れがあるわけじゃないんですよ。現場捜査が好きなんです。なにしろテレビの刑事ドラマの主人公に憧れて、警察官になったぐらいですから」
「そういうことにしておきましょう」
「事実、そうなんですよ」
「ま、いいじゃないですか」
　加門が小さく笑った。柴は心中を読まれ、少し慌てた。人生の機微に触れてきたエース刑事は、他者の気持ちにも敏感なのだろう。
「焼け焦げてるんで断定的なことは言えませんが、被害者は別の場所で絞殺か扼殺されたんでしょうね。あるいは、毒殺されたのかもしれません」
　検視官が柴に言った。
「外傷は見当たらなかったんですね？」
「ええ。血痕も付着してませんでしたから、刺殺や射殺ではないですね。司法解剖で、死因は判明するでしょう」

「ご苦労さまでした」

柴は検視官を犒った。検視官が最敬礼し、足早に立ち去った。その後ろ姿を見ながら、加門がにやついた。

「わたし、何かおかしなことを言いました？」

柴は加門に顔を向けた。

「また、失礼なことをしたな。柴さんを嘲ったわけじゃないんです。緊張してたんで、ちょっとおかしかったんですよ」

「そうだったんですか」

「キャリアの警視正が臨場することはきわめて稀ですからね。検視官僚を屁とも思ってない奴がいますが、ノンキャリアの大半は有資格者を特別視してますから」

「キャリアもノンキャリアもないと思います。どちらも体を張って、社会の治安を守ってる法の番人であるわけですからね」

「憎まれ口をたたきますが、警察官僚の方たちは別に体は張ってないでしょ？　頭は使ってるでしょうが」

「耳が痛いな。確かに加門さんがおっしゃる通りです。現場捜査に長く携わるつもりですんで、いろいろパスしましたが、一警察官だと思ってます。わたしはたまたま総合職試験にパ

「教えてくださいね」
「わたしには、それだけの資格はありませんよ。凶悪な事件を起こした犯人は被害者だけではなく、その家族を不幸にさせ、自分の親兄弟も悲しませてるわけです。だから、取っ捕まえて、そのことを言ってやりたいんですよ。それが刑事の職務ですからね。検挙率を競い合ってる奴らは、軽蔑してるんですよ」
「加害者が本気で更生する気なら、手を差し延べるべきでしょう。もちろん、わたし、加門さんを師と仰ぎたくなりました」
「年上の人間を茶化すのはよくないな」
柴は、むきになって言った。
「からかったわけではありません。真面目にそう思ったんです」
「話題を変えましょう」
「はい。捜一は、深川署に捜査本部を立てることになるんでしょうね。そうなったら、わたしたちは波多野直人に関する捜査資料を捜一に渡して退場ってことになりそうですね」
「刑事部長は捜一が捜査を引き継ぐべきだと言うでしょうが、うちの課長はちゃんと仁義を弁えてます。捜二が手がけてた事案を横奪りするような真似はしませんよ。課長が刑事部長の指示に従いそうになったら、わたしが直談判します」
「そこまで無理をなさらないでください。凶悪事件は、捜一の専売特許なんですから」

「それはそれとして、ハイエナみたいなことはしちゃいけません。今回の事案は知能犯一係、捜一、所轄の合同捜査で当たるべきですよ。課長と刑事部長にそう進言するつもりです」

「ぜひ、一緒に捜査に当たりましょう」

「合同捜査本部が設置されたら、あなたと一緒に仕事ができるんですね。楽しみだな」

加門が握手を求めてきた。

柴は加門の手を強く握り返し、ひと足先に事件現場を離れた。マークXの運転席に乗り込んでから、妻の携帯電話の短縮番号を押す。

少し待つと、電話が繋がった。

「拓海はどうした？」

「いつもの小児科医院のご自宅に電話をして、特別に診ていただいたの。ただの風邪による熱だろうってことで、解熱剤をいただいてきたわ」

「そうか。で、熱は下がりはじめてるのか？」

「少し前に計ったら、三十七度三分まで下がってた。多分、明日の朝までには平熱になるだろうって。先生がおっしゃってたわ」

「よかった。ひと安心したよ」

「わたしもよ。電話で亮輔さんに当たり散らして、ごめんなさい。わたし、拓海が死んじ

「わかるよ、その気持ち。拓海は、おれたちのかけがえのない宝物だからな。こっちこそ、すぐ帰宅できなくて悪かった。いま事件現場に来てるんだが、いったん警視庁に戻って、すぐ家に帰るよ」

柴は電話を切って、捜査車輌のエンジンを始動させた。

3

少し息苦しい。

合同捜査本部には、人いきれが充満していた。本庁舎の六階にある会議室だ。

柴は前から二列目の席に坐っていた。背後には部下たちが腰かけている。窓側には、深川署の刑事たちが固まっていた。捜査一課殺人犯捜査第五係の面々は、双方の間に並んでいる。加門係長の部下たちだ。

加門が捜査一課長とともに各刑事課を束ねている刑事部長を説き伏せ、本庁に合同捜査本部を設けさせたのである。

捜査本部長は刑事部長だった。副本部長には勝又捜査一課長と雨宮捜査二課長が就くことになった。その三人はきのうの合同捜査会議に顔を出したきりで、きょうは出席してい

ない。捜査主任を務める加門が実質的な指揮官だった。柴と深川署の刑事課長は、捜査副主任である。

加門がホワイトボードの横に立ち、これまでの捜査経過を伝えている。簡潔で、わかりやすい。

機動捜査隊と深川署の地取り捜査によって、やくざ風の二人組が越中島公園に波多野直人の死体を運び込み、灯油を撒いてからターボライターで火を点けたことが明らかになった。三人の目撃者の話では、二人の男は三十歳前後だったらしい。どちらも黒いキャップを目深に被っていたという。

男たちはまるでマネキン人形を運んでいるような感じで、少しも悪びれる様子は見せなかったようだ。死体に火を点けたときも、周りをうかがうことはなかったらしい。そのため、目撃者たちは古くなったマネキンを焼いていると思ったと証言している。

二人組は遺体が炎に包まれると、黒塗りのシーマに乗って走り去ったらしい。車のナンバーを憶えている者はなかった。公園内には、犯人の遺留品はなかった。

犯人たちの足跡は採取できたが、どちらも大量生産されている革靴を履いていた。履物から二人組を割り出すことは困難だ。

東京都監察医務院で行なわれた司法解剖で、波多野の死因は判明した。毒殺だった。被

害者の胃から、致死量の倍近い青酸カリが検出された。死亡推定時刻は、焼かれる二時間から三時間前とされた。

被害者の衣服には、小さな鉄屑が七片付着していた。また、両手首には長いこと針金で縛られていた痕跡があった。

そのことから、波多野は機械工場か金属製品の解体工場に監禁された末、毒物入りの飲みものを与えられたと思われる。被害者の胃の内容物はハンバーガー、フライドポテト、コーラだけだった。固形物は未消化状態のままだ。青酸カリは、おそらくコーラに混入されていたのだろう。

遺体は未亡人に引き取られ、きのう、通夜が執り行なわれた。密葬に近かった。弔問客は数えるほどだった。

柴は部下たちに波多野宅を張らせた。

だが、通夜の客に怪しい人物はいなかったらしい。きょうは告別式だ。

柴は腕時計を見た。

午後二時過ぎだった。もう故人は火葬されて、遺骨だけになってしまったのだろう。

加門が捜査経過を語り終え、今後の捜査手順を捜査班のメンバーに伝えた。彼自身は合同捜査本部に残り、情報の交通整理に当たると述べた。

深川署の捜査員たちは、都内を中心に鉄屑の出る工場を虱潰しに調べることになった。

加門の部下たちは再度、地取り捜査をするようだ。

柴は部下たちに鑑取り捜査のやり直しを命じ、時任巡査部長と一緒に会議室を出た。地下二階に下り、マークXに乗り込む。運転席に坐ったのは、時任だった。柴は助手席に腰を沈めた。

「被害者の遺族に会うおつもりなんでしょ?」

時任が問いかけてきた。

「ああ、そうだ。波多野の自宅には、未亡人のほかに親族が集まってるようだからな。悲しみに打ち沈んでる遺族から情報を探り出すのは残酷だが、一日も早く犯人を検挙たいんだ」

「ええ、わかります。それにしても、因果な仕事だな。遺族の気持ちを考えると、二の足を踏みたくなりますもんね」

「そうだな。車を出してくれないか」

柴は部下を促した。

時任が無言でうなずき、覆面パトカーを走らせはじめた。波多野宅は、渋谷区西原二丁目にある。戸建て住宅だった。故人の父親の持ち家だ。被害者一家は安い家賃で借りていたらしい。間取りは3LDKのはずだ。

波多野宅に着いたのは、午後三時数分前だった。

家屋は、それほど新しくなかった。敷地は五十坪弱だろうか。両隣が豪邸のせいか、みすぼらしく見える。

柴たち二人は被害者宅を訪れた。応対に現われたのは、故人の母親だろうか。目許が被害者とよく似ている。

柴は身分を告げ、捜査に協力してほしいと願い出た。波多野の母親は快諾し、柴たちを階下の和室に通してくれた。

そこには、未亡人の絵梨がいた。小さな祭壇の上に置かれた遺骨箱を撫でながら、涙ぐんでいた。母親のそばでは、ひとり娘がよちよち歩きをしている。

波多野の母が孫をひょいと抱き上げ、八畳間から出ていった。

柴たちは名乗り、若い未亡人に悔やみの言葉を述べた。それから、二人は故人に線香を手向けた。遺影は笑顔だった。まったく屈託は感じられない。目が赤い。上瞼も腫れている。この数日、泣き通しだったのだろう。

波多野の妻は坐卓の横に正坐していた。

未亡人の顔に一瞬、妻の亜由の顔が重なった。夫が毒殺されて、越中島公園で焼かれてしまったと言われても……」

「なんだか現実感がないんですよ。むろん、そう思っただけだ。柴は黙って絵梨を抱きしめてやりたかっ

絵梨の声は湿っていた。
「そうでしょうね。当分、お辛いでしょうが、お嬢さんのためにも強く生きてください」
「ええ、そのつもりです」
「亡くなられたご主人を越中島公園に運んだ二人組は、やくざ風だったらしいんですよ。生前、波多野さんがその筋の人間と何かで揉めたことはありましたか?」
柴は訊いた。
「そういうことは一度もないはずです。ただ……」
「何か思い当たることがあるんですね?」
「は、はい。夫は半年ほど前に暴力団の息のかかった投資会社にスカウトされたことがあるんです。年俸七千万円を保証するから、先物取引をやってくれないかと誘われたようです」
「その会社は?」
「六本木にオフィスを構えてる『桜仁トレーディング』という投資会社です」
「奥さん、その会社は関東桜仁会の企業舎弟ですよ。同会は首都圏で五番目に勢力を誇る広域暴力団で、裏ビジネスのほかに表の事業舎弟もいろいろ手がけてるんです。フロントと呼ばれてる企業舎弟の多くは、金融や各種の投資ビジネスをやってます」
「そうなんですか」

「やくざマネーと称される裏金（ブラックマネー）はベンチャー企業や株投資会社に流れ、巨額の利益を上げてるんです。起業ブームで野望に燃える若手が競い合うようにさまざまなベンチャービジネスを立ち上げましたが、担保物件がありませんから銀行は事業資金を融資したがらない。そのことに目をつけた経済やくざが新興企業に事業資金を回して、ハイリターンを得てるわけですよ。証券会社やメガバンクの優秀なトレーダーが企業舎弟に破格の好条件で引き抜かれたりもしてます」

「そうらしいですね。夫も、そう言ってました。でも、経済やくざの片棒を担ぐ気はないからと、『桜仁（さくらに）トレーディング』の仁科透（にしなとおる）社長にはっきりと断ったはずです」

「その後、脅迫電話がかかってきたことは？」

「自宅には怖い電話がかかってきませんでした。でも、いつも夫が持ち歩いてた携帯電話が消えてしまったんです。おそらく犯人たちが……」

「ご主人の携帯はNTTの機種ですか？」

時任が話に割り込んだ。

「ええ、そうです」

「ナンバーを教えてください。通話記録から、何か手がかりを得られるかもしれませんので」

「そうですね」

未亡人が質問に答えた。時任が被害者が使っていた携帯電話番号を手帳に書き留めた。

「話を元に戻しますが、『桜仁トレーディング』の仁科社長が直接、ご主人に引き抜き話を持ちかけたんですね？」

柴は絵梨に確かめた。

「ええ、そうです。赤坂の高級フランス料理店でご馳走になったそうです。夫は即答を避けて、数日後に電話で仁科社長に断ったと言ってました」

「相手の反応はどうだったんでしょう？」

「とても残念がって、主人に年俸一億円でもかまわないと言ったそうです。でも、夫は経済やくざと関わりたくないんで、きっぱりとお断りしたと申してました」

「そうですか」

「『桜仁トレーディング』の社長が引き抜きに応じなかったことに腹を立てて、手下の者たちに夫を拉致させて、またスカウトの話を持ちかけたんでしょうか？ だけど、話に乗らなかった。それで仁科社長は配下の者に夫を毒殺させ、死体を焼くよう命じたのかしら？」

「まだなんとも言えませんね。ところで、『日東物産』は会長派と社長派が対立してたとか？」

「ええ。詳しいことはわかりませんけれど、久住利男会長と市岡信平社長は前々から反目

し合ってたようです。七十一歳の久住会長は会社の年商を伸ばしたらしいんですけど、唯我独尊タイプらしいんですよ。重役たちが何か意見を口にすると、たちまち不機嫌になるとか」
「相当な自信家なんでしょう」
「そうなんだと思います。市岡社長はまだ六十五歳らしいから、考え方に柔軟性があるという話でした。経営能力もあるようですね。ですけど、夫は派閥争いに巻き込まれたくないからと中立の立場を保ってたんです」
「部下の聞き込みで、そのことは知ってます。波多野さんは有能なトレーダーだったわけですから、『日東物産』には頼りになる人材です。会長派からも社長派からも取り込まれそうになったんではありませんか?」
「市岡社長の主催したゴルフコンペに夫は一度招かれました。仙石原のゴルフ場に行くと、社長派の重役や部課長が打ち揃ってたそうです。三十代の社員は主人だけだったという話でした」
「そのとき、ご主人は市岡社長に自分の派閥に入らないかと誘われたのかもしれませんね?」
「そのようなことを言われたみたいですけど、自分はあくまでも中立でいたいからと両派とも距離を置いてたんです」

「そうですか。生前、ご主人が洩らした言葉で気になるようなことは?」
「そういえば、夫は義母にそう遠くないうちにトレーダーとして独立するかもしれないと打ち明けたらしいんです。わたしには、そんなことはまったく言わなかったんですけど」
「波多野さんの父親は、レンズの研磨工場を経営されてるんでしたね?」
「はい。でも、従業員十数人の町工場ですから、トレーダーとして独立したくても、夫の投資資金や、軍資金の手当てができることなんかできないはずです。主人は、自分の母親に夢を語ったんじゃないのかしら?」
 絵梨が言った。
「そうなんでしょうか。もしかすると、波多野さんは『桜仁トレーディング』から独立資金を借りる気でいたのかもしれませんよ。しかし、先方と利益の配分を巡って折り合いがつかなかった。さらに何かで対立したとは考えられませんか?」
「夫は経済やくざと関わることを避けたがってたわけですから、そういうことは考えられないと思います」
「そうか、そうだろうな。となると、ご主人はどうやって独立資金を工面する気だったんですかね?」
「さきほど申しましたように、夫は自分の夢を母親に語っただけなんだと思います。トレーダーとして独立する当てなどなかったんだけど、ちょっと自分を大きく見せたかったん

「そうなんでしょうか。奥さんは、ご主人が権限を超える巨額を物取引に注ぎ込んで、会社に約七百億円もの損失を与えた事実をどう捉えてるんでしょう？」
「夫は負けず嫌いな性格でしたから、投資で損をすることは恥だと考えてたんでしょう。そのうちマイナスは必ず取り戻せると熱くなって、際どい勝負をしつづけたんだと思います。それで、気がついたときには約七百億円もの損失を出してた。そういうことなんではないでしょうか？」
「そうなのかな？　波多野さんは会社を解雇されても、さほど落ち込んでる様子がなかったそうですね？」
「ええ、まあ。内心では落ち込んでたんでしょうが、わたしの前では強がってました」
「わたしは、その点に引っかかるんですよ。娘さんはまだ一歳でしょ？　妻子を路頭に迷わせるわけにはいかないと悩みそうなのに、呑気に構えてた。ご主人は、トレーダーとして独立する目処がついてたんじゃないだろうか」
「まだ若い夫に独立資金を提供してくれる方なんていないでしょ？」
「常識的にはそうなんですが、波多野さんは遣り手のトレーダーだった。投資しといて損はないと考える金持ちもいると思うんですよ。そういうスポンサーがいなかったとした

ら、ご主人は何か裏技を使って、独立資金を上手に捻り出したのかもしれないな」

柴は言った。

「裏技というと？」

「奥さん、怒らないで聞いてくださいね。これから話すことは別に根拠があるわけではないことなんですから」

「わかりました。それで？」

「波多野さんは実際、会社に約七百億円の損失を与えたんでしょうかね？ 投資でマイナスになった額は、それよりも何億円か少なかったんじゃなかったのかな。証券会社の社員と結託すれば、国債や株の買い注文の増減は可能だと思うんですよ。予め先方と事前に示し合わせておけば、数字の改竄も不可能ではない気がするな」

「亡くなった主人が不正な手段で、こっそり差額分を横領してたかもしれないとおっしゃるのねっ。役員でもない夫がそんなことはできっこないわ」

「ま、聞いてください。もしも重役の誰かが共謀してたとしたら、不可能とは言い切れないでしょ？」

「死者を鞭打つようなことはやめてください。もうお帰りになって！」

未亡人が怒りを露にして、すっくと立ち上がった。相手の神経を逆撫でしてしまったことを後悔しながら、柴は時任に目で合図した。

二人は絵梨に詫び、和室を出た。そのまま玄関ホールに進み、そそくさと波多野宅を辞する。

「係長、焦りすぎですよ。捜一や所轄署に先を越されたくないって気持ちは理解できますが、ああいう推測はまずいでしょ？」

時任が苦言を呈した。

「そっちの言う通りだな。おれとしたことが……」

「猿も木から落ちる、キャリアもポカをやる。人間なんだから、エリート警察官僚も失敗することもありますよね？ 係長の勇み足、とっても人間臭くていいですよ。それはそうと、『桜仁トレーディング』のオフィスに行ってみませんか？ 自分、仁科社長が今回の事件に絡んでるような気がしてるんです。被害者を越中島公園で焼いたのは、仁科の子分じゃないのかな？」

「時任、仁科の犯歴照会をしてみてくれ」

柴は言った。

時任が先に捜査車輌に乗り込み、端末を操作した。柴は本庁組織犯罪対策部第四課に電話をかけ、関東桜仁会の傘下に鉄材を扱う工場があるかどうか調べてもらった。

少し待つと、回答があった。江戸川区平井一丁目に関東桜仁会直営の鉄材加工会社があるという。

柴は合同捜査本部にいる捜査一課の加門にそのことを電話で伝え、殺された波多野がその鉄材加工会社に監禁されていた疑いがあると踏んだ。

「わかりました。深川署の連中をその会社に向かわせましょう」

「われわれは、これから『桜仁トレーディング』に向かいます。仁科社長が若い衆に被害者を毒殺させたとも考えられますから」

「柴さん、殺人捜査に焦りは禁物ですよ。予断に左右されると、ミスを招くことになりますから」

「ええ、そうですね」

「連絡を密に取り合いましょう」

加門が電話を切った。受け答えは実に冷静だった。殺人事件の捜査を数多く手がけてきた余裕だろう。

柴は覆面パトカーの助手席に入った。

「A号照会の結果、仁科社長が有印私文書偽造と脅迫罪で二度検挙されていることがわかりました。脅迫罪では起訴されてますが、実刑は喰らってません」

「それは組対四課で確認したんだな」

「そうです」

時任が、マークXを発進させた。

関東桜仁会の企業舎弟のオフィスを訪ねたのは、三十数分後だった。『桜仁トレーディング』はテナントビルの七階をそっくり使っていた。割に広い。広い事務フロアでは、三十人ほどの社員がそれぞれ仕事に励んでいた。男女ともに身嗜みはよかった。柄の悪い社員はひとりもいなかった。

柴たち二人は受付嬢に案内されて、奥の社長室に通された。仁科社長は紳士然としていた。とても経済やくざには見えない。

来訪者が刑事だと知っても、仁科は穏やかな表情を変えなかった。三人は応接ソファに腰かけた。柴は部下と並んで坐った。

「それで、ご用件は?」

「一昨日の夜に殺された波多野直人のことはご存じですね?」

柴は本題に入った。

「テレビのニュースで彼が殺害されたと知って、とても驚きました。『日東物産』のトレーディングルームの主力選手だったんで、波多野君をうちの会社に引き抜こうと働きかけたことがあるんですよ。年俸一億円まで出すと言ったんですが、相手にされませんでした」

「その話は未亡人から聞きました」

「そうですか。ここは間違いなく企業舎弟ですが、汚いビジネスはしてません。しかし、

どうしても色眼鏡で見られてしまうんでしょうね。残念なことです。優秀なトレーダーを引き抜けなかったことは、結果的にはよかったのかもしれませんね」

「年俸一億円で引き抜いても死なれたんでは、損をしてしまう？」

「まあ、そういうことです」

「関東桜仁会の代紋を背負ってる社長がずいぶんあっさりと波多野のスカウトを諦めたものですね？ わたしが社長なら、強引に波多野を引き抜いたでしょう」

時任が会話に加わった。

「二十年前なら、波多野君の弱みを押さえて、そうしたでしょう。しかし、もう時代が変わったんですよ。そんなことをしたら、新法に引っかかって、『桜仁トレーディング』は営業停止になってしまいます。いまの時代は正業で大きな利益を得ないと、バックの組織を支えられません」

「なるほど。波多野が独立してトレーダーになりたがってたという情報（ネタ）を摑んだんですが、事業資金のことで被害者が相談に来ませんでした？」

「いや、来なかったね。その気があったんなら、わたしに相談してくれればよかったのに。五億でも、十億でも運用させてやりましたよ。もちろん利益の八割は、こちらが貰うことになりますがね」

「社長は過去に『日東物産』と何かトラブルになったことがあるんじゃないですか？」

「妙なことをおっしゃるな。そうか、わかりましたよ。わたしが波多野君を脅して、わざと『日東物産』に七百億円もの損失を与えさせたと疑ってるんですね？　それは見当外れですよ。『日東物産』とは、なんの利害関係もありませんから」

仁科社長が肩で笑って、葉巻をくわえた。

柴は部下を手で制し、先に口を切った。

「被害者が約七百億円の損失を会社に与えたことをどう考えます？　凄腕のトレーダーが大きく読みを間違えるとは思えないんですよ」

「ええ、そうですね。波多野君は会社の偉いさんに唆されて、故意に巨額の損失を出したんでしょう。トレーダーが七百億円ものマイナスを出したら、当然、経営陣は責任を取らざるを得なくなります」

「『日東物産』は会長派と社長派が対立してるらしいから、被害者は派閥争いに利用されたのかもしれないな」

「おたく、ただの刑事じゃなさそうだな。いい勘してる。その線は充分に考えられると思います。ただ、わたしを疑っても警視総監賞は貰えませんよ」

仁科が人を喰ったような顔で言い、喉の奥で笑った。

「そうみたいですね。そろそろ失礼します」

柴は時任の肩を軽く叩いて、ソファから腰を浮かせた。

4

足が重い。
徒労感のせいだろう。『桜仁トレーディング』の仁科社長はシロと思われる。
柴はそう考えながら、合同捜査本部に入った。ひとりだった。ペアを組んでいた時任は電話会社に立ち寄ってから、職場に戻ることになっていた。
「お疲れさま! 何か収穫がありました?」
加門が声をかけてきた。柴は首を横に振った。加門が慰めの言葉を口にした。
「空振りでした。ちょっと企業舎弟の社長が臭いと思ったんですがね」
「プロ野球の選手だって、三割打者は多くないんです。われわれの仕事も外して当たり前ですよ」
「そう言ってもらえると、少し気持ちが楽になります」
柴は加門と向かい合う位置に腰かけ、『桜仁トレーディング』の社長との遣り取りを詳しく話した。
「そういうことなら、仁科はシロと考えてもいいでしょうね。ついさきほど深川署の係長から報告があったんですが、平井にある例の鉄材加工会社に被害者が監禁されてた疑いは

ないとのことでした。それから、会社に死体を焼いた二人組が出入りしてた気配もうかがえなかったらしいんです。犯行に使われたシーマも近所の者たちは見かけたことがないそうですよ」

「それなら、関東桜仁会は事件に関与してないと判断してもいいでしょう。波多野直人は、トレーダーとして独立したがってたようなんです」

「情報源(ネタモト)は?」

加門が訊いた。柴は未亡人の証言をそのまま伝えた。

「警視正にこんなことを言っては失礼なんだが、被害者の母親の裏付け(ウラ)を取るべきでした ね。別に未亡人が柴さんに作り話をしたと疑ってるわけじゃないんです。殺された波多野は、実母には妻に言えないようなことを話してるかもしれませんからね。少なくとも、故人が本気でトレーダーとして独立したがってたのかどうかは探り出すべきですよ」

「詰めが甘かったな。わたし、また波多野宅に行ってみます。まだ故人の母親は息子の家にいるでしょうから」

「その必要はないでしょう。わたしの勘では、被害者は本気でトレーダーとして独立する気でいたんでしょう。しかし、独立資金をどういう方法で調達する気でいたのかが読めないんです」

「波多野が会社に与えた損失額は、七百億円よりも少なかったんじゃないですかね?」

「被害者は証券会社の担当者を抱き込んで、実際の損失額に何億円かを乗せて、その差分を着服してたのではないかってことですね?」

「そうです。その差額分を波多野は独立資金に充てるつもりだったんでしょう」

「なるほど、そうなのかもしれません。しかし、それだけでは被害者が毒殺された説明はつきません。仮に波多野が数十億円を着服してたとしても、命は狙われないでしょう?」

「そうか、そうですね。波多野は会社の上層部の誰かに焚きつけられて、わざと約七百億のマイナスを出した?」

「そう筋を読むべきでしょうね。『日東物産』は会長派と社長派が反目し合ってた。被害者は中立派を装い、実はどちらか一方のために汚れ役を引き受けてたのかもしれない」

「その見返りは、独立資金ってわけですね?」

「ええ。故意であっても、トレーディング部の社員がおよそ七百億円の損失を出したわけだから、会長か社長のどちらかが引責辞任するものでしょ?」

「そうですね。市岡社長が久住会長を排除するため、波多野にわざと不正を働かせたんだろうか」

「その逆も考えられるでしょ? ワンマン会長は、ことごとく楯突いてたと思われる市岡社長の存在を苦々しく感じてたでしょうからね」

加門が言った。

「毎朝新聞の経済部に知り合いの記者がいるんです。その男に電話をして、『日東物産』の上層部の動きを探ってみます」
「お願いします」
「はい」
 柴は懐から刑事用携帯電話を取り出し、一つ年下の経済部記者に連絡を取った。岩佐清晴という名だった。
 電話が繋がった。『日東物産』が殺害された波多野を刑事告訴していたことはマスコミには伏せてあった。
「しばらく！ 変わりないかい？」
 柴は澄ました顔で言った。
「ええ、おかげさまでね。忙しいんでしょ？」
「いや、ここのところ汚職も大がかりな詐欺事件もないんだよ。それで何か捜査対象になるような事案を探してるんだ」
「とか言って、ぼくから何か探り出す気なんでしょ？ 何もありませんよ。世界的に景気が後退してるんで、一段と所得格差に拍車がかかりそうだってことぐらいしかお話しすることはありませんね」
「そう警戒しないでくれよ。『日東物産』のトレーディング部にいた社員が先日、殺され

たよな？　捜一の事件なんだが、知能犯絡みかもしれないと思ったんだが、何か『日東物産』に動きはないの？」
「明日、久住会長が辞任しますよ。健康上の理由で退くみたいですね。新会長には、現社長の市岡社長が就いて、新社長は市岡の片腕の岸上正之副社長が就任するんです。ワンマンで鳴らした久住は力を失って、対立してた市岡一派に追放されたんでしょう」
「よくある派閥抗争に決着がついたってわけだ」
「そうなんでしょうが、気になる情報も小耳に挟んだんですよ。殺された波多野がアメリカの国債や株の先物取引で何百億円も穴をあけてしまったと噂があるんです。その彼が何者かに殺害されたわけですから、うちの社会部の連中は会長辞任騒ぎは仕組まれたものかもしれないと思ってるようですよ」
　岩佐が言った。
「市岡一派が久住を会長職から引きずり下ろす目的で、意図的に波多野に巨額の損失を出させたってことだね？」
「そうです。そうなれば、最高責任者である久住は会長のポストに留まっていられなくなるでしょ？」
「だろうね。そうだとしたら、市岡一派が汚れ役を引き受けた波多野を誰かに始末させた疑いも出てくるな」

「ええ、そうですね。卑劣な手段を使ってワンマン会長を追放したことがマスコミに伝わったら、殺された波多野だけではなく、市岡や岸上も手が後ろに回るかもしれないでしょ?」

「そうだな」

「柴さん、読めましたよ。『日東物産』には殺人事件を招く前に金の不正な流れがあったんですね? だから、ぼくら二人で探りを入れたんでしょ?」

「考えすぎだって。近々、二人でゆっくりと飲もう」

「あっ、待ってください。遣らずぶったくりはないでしょ? そちらのカードを見せてください。『日東物産』の会長交代劇の裏に何があったんです?」

「何も知らないんだ、おれは」

「汚いなあ。柴さん、バーターでいきましょうよ」

「悪い! 部下が送致書類を持ってきたんだ。また連絡するよ」

柴は一方的に通話を切り上げ、加門に経済部記者から聞いた話をかいつまんで伝えた。社長だった市岡が新会長になるのか。そして、懐刀の岸上副社長が新しい社長になるわけですね?」

「岩佐君の情報によると、そうでした。市岡が波多野直人にわざと巨額の損失を出させて、ワンマン会長だった久住に引責辞任を迫った。そうだとしたら、市岡は殺された被害

者に謝礼として独立資金を提供すると約束してたんでしょう」
「しかし、波多野を生かしておいたら、いつ足を掬われることになるかもしれない。市岡はそう考え、犯罪のプロに波多野を殺らせた。そう読んだわけですね？」
「ええ。加門さんは、どう思われますか？」
「そういう筋の読み方はできますよね。しかし、ちょっと企みが浅い気もします。新会長に就任する市岡は出世レースに勝ちつづけた人物でしょうから、相当な策略家だと思うんですよ」
「でしょうね」
「そんな男がいずれバレてしまうような方法で、目の上のたんこぶを排除しようと考えますかね？ 市岡が新会長、片腕の岸上が新しい社長になったら、社員や取引先の者たちは二人がつるんで久住を追い落としたとすぐに勘繰るでしょう。そして、波多野の事件がお家騒動とリンクしてると考えると思うんですよ」

加門が煙草に火を点けた。
「ええ、確かにね。波多野に悪知恵を授けて巧みに操ったのが市岡じゃないとしたら、いったい誰が……」
「それはまだわかりません。ただ、被害者をうまく利用した奴は相当な狸なんだと思います」

「見当もつかないな」

柴は溜息をついた。

その直後、時任が合同捜査本部に駆け込んできた。

「波多野の携帯の通話記録をチェックしたら、市岡信平に十八回、電話をかけてましたよ」

「お手柄じゃないか。通話記録を見せてくれないか」

柴は言った。時任がNTTの書類袋ごと差し出した。柴は受け取り、通話記録の写しを抓み出した。

時任の報告に間違いはなかった。死んだ波多野は社内で中立の立場を取りつづけながら、裏で市岡と通じていたようだ。

そのことを妻の絵梨にも隠していたのは、何か疚しい行為を働いていたからだろう。そして、故人はトレーダーとして独立するための資金をせしめる気でいたと思われる。

「見てください」

柴は通話記録の写しを加門に手渡した。加門が煙草の火を消し、すぐに目を通しはじめた。

「波多野直人は会長派にも社長派にも与していないと見せかけて、実は市岡のシンパだったんでしょう。そうじゃなければ、一社員が社長の携帯にちょくちょく電話をかけるなん

「柴警視正の筋読みが正しかったのかもしれません。電話をするとは考えにくいですからね」
「市岡信平が故意に波多野に約七百億円の損失を出させ、しょう。しかし、実際の損失額は何億円か少なかったんでしょう。波多野は、その差額分を独立資金として受け取ることになってた」
「だけど、それを受け取る前に波多野は市岡信平が雇った殺し屋に葬られてしまったんですね？」
 時任が後の言葉を引き取った。
「おそらく、そうなんだろう」
「市岡を張りましょうよ。粘ってれば、きっと何かボロを出すでしょう」
「そうだな」
 柴はいったん言葉を切って、加門に顔を向けた。
「市岡信平をマークしてみることに異論はありません。ただね、わたし個人としては市岡をクロと断定することにためらいがあるんです」
「まさかシロとお考えなんではないですよね？」
 時任が加門に声をかけた。挑むような口調だった。

てことは考えられませんからね。加門さん、いかがでしょう？」確かに管理職でもない社員が頻繁に

「シロとは考えてないさ。心証は灰色だね」
「波多野と市岡信平の接点の裏付けは取れたんです。市岡をとことんマークすべきだと思います」
「そうだな」
「そういう曖昧な返事は困りますよ。あなたは殺人犯捜査のエースですが、市岡の容疑はほぼ固まったんです」
「そうは言えないんじゃないのかな。波多野が差額分を着服してたという証拠を摑んだわけじゃないんだ。それから、市岡が波多野にわざと株の先物取引で大きな損失を出せと指示した物証も得てない」
「それはそうなんですが……」
「状況証拠だけで、市岡を被疑者扱いするのは問題だよ。相手は巨大商社の新会長になる大物経済人なんだ。見込み捜査で勇み足を踏んだら、大変なことになる」
「上層部のクビが飛ぶことを心配してるんですね?」
「そんなことじゃないっ」

加門が声を尖らせた。時任は気圧されたらしく、言葉を呑んだ。
「おれは誤認逮捕を恐れてるんだ。警察官の不祥事は依然として減っていない。過去には組織ぐるみの裏金づくりで、悪さをして懲戒免職になった奴が四、五十人もいる。

北海道警、京都府警、愛媛県警などがマスコミや市民団体に非難された。そんなことで、警察全体が市民から信用されなくなってしまってるんだ」
「悪徳警官は二十七万人のうちのごく一部ですよ。大半の者は、真面目に職務を果たしてます」
「時任の言う通りさ。しかし、世間の風当たりは強い。いま大事なのは、信頼を取り戻すことなんだよ。だから、おれは捜査には慎重になるべきだと言いたいんだ。国民の税金で喰わせてもらってるのに、警察がみんなから信用されなくなったら、あまりにも悲しいだろうが？」
「それについては同感です。ですが、市岡は怪しいですよ」
「容疑者扱いするだけの物証を並べてみろ」
「そう言われても……」
時任がうつむいた。
「大声を出して、大人げなかったな。時任、勘弁してくれ。おれは、市岡信平を被疑者扱いするのはまだ早いと言いたかったんだよ」
「わかっています。自分こそ、生意気なことを口走ってしまいました。反省してます」
「そっちはいい刑事になるよ」
加門が穏やかに時任に言い、柴に向き直った。

「見苦しいところを見せちゃいましたね」
「いいえ。加門さんの慎重さは大事だと思います。市岡信平を容疑者扱いはしませんから、マークさせてもらえませんか。お願いします」
「動きを探ること自体には反対する気はないんですよ。明日から、捜査班の半分を市岡に貼りつかせましょう」
「ええ、そうしましょう」
 柴は言葉に力を込めた。
「このままでは気まずさが残るな。三人で軽く一杯飲みませんか。時任、つき合ってくれるよな?」
「はい」
「それじゃ、行こう」
 加門が先に腰を上げた。
 柴は時任を目顔で促し、立ち上がった。

　　　　　　　　5

 捜査は少し進展した。

柴の表情は明るかった。市岡信平が『日東物産』の新会長に就任してから、三日が経っていた。新社長の岸上だけではなく、取締役の大半が市岡会長の子飼いだった。
 合同捜査本部は前日、波多野が『日東物産』に与えた損失が六百五十億円だった事実を知った。大手証券会社の担当社員が波多野に頼まれて数字を操作し、およそ五十億円を上乗せしたことを認めたのである。上客の頼みは断れなかったようだ。
 担当社員の証言で、波多野が約五十億円を着服した疑いは濃くなった。しかし、その差額分の保管先がわからない。
 担当社員は数字を改竄し、実際の損失額しか精算してもらっていないと主張して、柴の部下に計算書を提示した。つまり、『日東物産』からは六百五十億円しか証券会社に振り込まれなかったことになる。
 『日東物産』の経理部長は、市岡新会長一派に属している。そのことから、経理部長が差額分の五十億円を小切手か現金で市岡に手渡したと思われる。
 汚れ役を演じたと考えられる波多野直人の預金口座に不審な入金はなかった。架空口座を使った様子もない。着服した五十億円はまだ市岡信平が保管しているのだろうか。
 合同捜査本部には、柴のほかには庶務班の警察官が三人いるだけだった。間もなく午後五時になる。
 『日東物産』本社周辺で張り込んでいる捜査員たちからは何も連絡がない。市岡会長は警

察の動きを察知して、警戒心を強めているのか。粘り強く市岡をマークしていれば、そのうち尻尾を出すにちがいない。

柴は自分に言い聞かせ、冷めたコーヒーを飲んだ。マグカップをテーブルに戻したとき、捜査一課の加門刑事が外出先から戻ってきた。

「ちょっと麻布署に行ってきたんですよ」

加門がそう言って、柴の前に腰かけた。

「麻布署ですか?」

「ええ。昨夜、管内のクラブで市岡会長の次女の佐和、二十六歳が大麻所持で現行犯逮捕されたという情報が入ったんですよ」

「その店は、DJのいるダンスクラブなんですね?」

「ええ、そうです。市岡佐和は親の反対を押し切って、ヒップホップ系ユニットのダンサーをやってるんです。前々からドラッグの密売場所として、麻布署がマークしてたクラブなんです。そんなわけで、音楽関係者とちょくちょく店に出入りしてたようです」

「そうですか。それで、市岡の次女は大麻所持を認めてるんですか?」

「いいえ、否認してます。連れのスタジオ・ミュージシャンが彼女のバッグに乾燥大麻を入れたのではないかと言ってるんですよ。化粧室に行った隙にね」

「その連れは、どう言ってるんです?」

「そんなことはしてないと頑強に否定したそうです。しかし、佐和の尿検査ではなんの薬物反応もでなかったらしいんですよ」

「佐和とスタジオ・ミュージシャンは、どういう間柄なんです?」

「彼女は相手を単なるボーイフレンドのひとりと思ってるようですが、男のほうは佐和と結婚したがってたみたいですね。あまり売れてないらしく、いつも金には困ってたようなんです」

「巨大商社の新会長の娘を妻にすれば、経済的に豊かになれると算盤を弾いたんでしょうか?」

「多分、そうなんでしょう」

「しかし、市岡の次女はスタジオ・ミュージシャンと結婚する気などなかった。何か厭がらせをしたんですかね?」

「最初は、わたしもそう考えたんですよ。しかし、週刊誌の記者たちが次々に麻布署に押しかけ、市岡佐和が大麻所持で現行犯逮捕されたことが事実なのかどうか確認したがったというんです。その話を聞いて、わたしはスタジオ・ミュージシャンがマスコミ各社に市岡佐和のスキャンダル種をリークしたんではないかと直感したんです」

「父親が新会長に就任した直後に次女のスキャンダルが暴かれそうになったんですか。なんか裏がありそうですね」

210

柴は呟いた。

「わたしも、そう感じました。市岡の次女が大麻常習者ということになれば、大変なスキャンダルになります」

「ええ、そうですね」

「場合によっては、市岡は会長職を降りなければならなくなるでしょう。市岡佐和を罠に嵌めようとしたのがスタジオ・ミュージシャンだとしたら、誰かが市岡新会長の失脚を狙ってると考えられます」

「派閥争いに負けた久住前会長の参謀だった平の取締役の誰かが、スタジオ・ミュージシャンを抱き込んだのかな?」

「考えられなくはありませんが、そこまで捨て身になれるでしょうか。平取のポストに満足してないといっても、一応、役員です。そこまで自棄にはならないでしょう？　役員になっても、根はサラリーマンです。かつてのボスが権力を失ったら、不本意ながらも新しいボスに従うんではないだろうか。よくも悪くも、それが勤め人でしょう？」

「そうでしょうね。それぞれ養わなければならない家族を背負ってるわけですから、若いときみたいに後先考えずに尻を捲ることなんてできない」

「ええ、そうだと思います。市岡を強く嫌悪してるのは、もっと大物なんでしょう」

「まさか前会長の久住利男が……」

「前会長も捜査対象と目しておくべきでしょうね。ワンマンだった久住は波多野が巨額の損失を出したんで引責辞任したわけですが、ライバルの市岡に蹴落とされたことに強い屈辱感を持ってるはずです。どんな手を使ってでも、市岡を叩き潰したいと考えてるかもしれません」

「しかし、波多野を焚きつけて大きな損失を出させたのは市岡臭いんです。波多野は中立を装いながら、市岡の携帯に十八回も電話をかけてるんですよ」

「そうですね。しかし、市岡が故意に巨額の損失を出せと波多野を唆した確証はないわけです。それから、浮かせた五十億円を横領したことも裏付けられてないんです」

「ええ、そうですね」

「わたしの部下がスタジオ・ミュージシャンの伊勢友幸、三十二歳をマークしてます。そのうち、伊勢は誰かと接触するかもしれません」

加門が言って、上着のポケットから煙草とライターを取り出した。

「張り込み現場の様子を見てきます」

柴は合同捜査本部を出て、エレベーターで地下二階に降りた。

灰色のアリオンに乗り込み、千代田区内にある『日東物産』本社に向かう。二十分弱で、目的地に着いた。

柴は覆面パトカーで本社周辺を低速で巡った。

捜査車輛は七台だった。張り込み要員

は、併せて十四人だった。

市岡が捜査当局の動きに用心していても、尾行は撒けないだろう。いつか新会長は、正体不明の二人組とどこかで接触するのではないか。

柴はそう考えていたが、加門の話も気になりはじめていた。確かに波多野殺しの黒幕が市岡と断定するだけの証拠は揃っていない。

柴はアリオンを『日東物産』本社ビルの脇道の路肩に寄せた。

部下の三好と浦辺は、駐車場の出入口近くで張り込み中だ。柴は浦辺に電話をかけ、市岡会長が社内にいることを確認した。

それから一時間半が過ぎたころ、本社ビルの地下駐車場で凄まじい爆発音が轟いた。

三好と浦辺が覆面パトカーから飛び出し、駐車場のスロープを駆け降りていった。加門の部下たちも地下駐車場に次々に潜った。

柴は捜査車輛を出て、駐車場の出入口まで駆けた。スロープを下ると、黒煙が流れてきた。ガソリンと火薬の臭いも強い。

スロープの右側で、ひしゃげた黒塗りのセルシオが炎に包まれていた。駐車場係と思われる男たちが消火器を抱え、鎮火中だった。横倒しになったまま、誰も動かない。

車内には三つの人影が見える。柴はスロープを駆け降り、セルシオに近づいた。シールドはことごとく砕け、フレーム

も曲がっている。屋根は裂け、紙のように捲れ上がっていた。
 後部座席に折り重なっているのは、市岡会長と岸上社長だった。どちらも黒焦げで、手脚が千切れている。むろん、もう生きてはいなかった。
 運転席の男は下半身がなかった。お抱え運転手がエンジンを始動させた瞬間、セルシオは爆ぜたのだろう。犠牲者たちは逃れることもできないまま、爆死したと思われる。セルシオには、爆破装置が仕掛けられていたにちがいない。
「係長、市岡会長は波多野殺しの首謀者じゃないんだと思います」
 浦辺が歩み寄ってきて、小声で言った。
「そう考えたほうがよさそうだな」
「もしかしたら、市岡に追放された前会長の久住利男が陰謀のシナリオを練ったのかもしれません」
「軽々しくそういうことは言わないほうがいいな」
 柴は部下を窘めた。
「気をつけます。しかし、市岡が波多野を唆し、巨額の損失を出させて、前のワンマン会長を失脚させたんだとしたら、腹心の岸上と一緒に爆殺されるわけないですよ」
「そうだな」
「また叱られそうですが、波多野を焚きつけたのは市岡一派を快く思ってない人物です

ね。そう考えると、やっぱり久住前会長が怪しいな」

浦辺が言った。柴は何も言わなかった。

殺された波多野は市岡の指示に従って、表向きは会社に約七百億円の損失を与えた。巧妙に着服した五十億円は久住前会長に渡っていたのか。波多野は、その一部を独立資金として貰う約束になっていた。だが、その約束は破られた。

久住が五十億円を独り占めしたくなったのか。そうだとしたら、何がなんでもそれだけの大金が欲しかったのだろう。七十一歳の元会長が独立して事業を興したいと野望を膨ませていたとは思えない。

身内の誰かが事業に失敗したのだろうか。それとも、自分の息子か娘が転身しようとしているのか。そのための支援金が必要だったのかもしれない。

「久住前会長の動きを探ってみる必要はあるんじゃないのかな?」

浦辺が呟くように言った。

「そうだな」

「黒幕と睨んでた市岡が爆殺されたんです。波多野を利用だけして亡き者にした悪い奴は、市岡じゃありませんよ」

「そうみたいだな」

柴は低く応じた。

加門の筋読みのほうが正しかったようだ。素直に感服した。

浦辺が三好のいる場所に戻った。

セルシオの火は完全に消されていた。張り込み要員がそれぞれの捜査車輛に戻りはじめたとき、本庁機動捜査隊と所轄署員たちが駆けつけた。

柴は身分を告げ、現場検証に立ち会った。さらに駐車場に設置された防犯ビデオも観せてもらった。事件発生時刻の四十分ほど前に爆発炎上させられた黒塗りのセルシオに近づいた不審者が鮮明に映っていた。

どちらも三十歳前後で、スポーツキャップを被っていた。片方が目隠しをするようにセルシオの横に立ち塞がっている間に、もうひとりの男が車体の下に潜り込んだ。何をしているのかは不明だった。おそらく爆破装置を仕掛けたのだろう。

初動の捜査員たちも二人組を怪しみ、拡大プリントすると言った。鑑識係員たちが遺留品を集め、指掌紋を採取しはじめた。

柴はスロープを登って、表に出た。

張り込み班の車は見当たらない。合同捜査本部に引き返したのだろう。柴はアリオンに

足を向けた。
運転席に坐ったとき、加門刑事から電話がかかってきた。
「市岡が岸上社長やお抱え運転手と爆殺されたという報告は受けてます。やはり、市岡会長は黒幕じゃなかったな」
「ええ」
「うちの若い連中が有力な手がかりを摑んでくれました。スタジオ・ミュージシャンの伊勢友幸が市岡の次女の佐和のバッグにこっそり乾燥大麻を入れて、主な週刊誌の編集部に密告電話をしたことを白状したんですよ。フリーライターと自称した四十代の男に二百万円貰って、市岡の娘をスキャンダルの主に仕立てようとしたそうです」
「その男の正体は?」
「現在のところ、まだわかりません。そいつが伊勢に渡した名刺の氏名や連絡先はでたらめだったというんですよ」
「そうですか」
「柴さん、久住前会長は数カ月前から閣僚経験のある大物国会議員と築地の料亭でしばしば会ってることが判明しました。久住の長男の慎介、四十二歳が近く財務省を辞め、次の参院選に出馬する予定らしいんですよ。例の五十億円は、倅の選挙資金に充てるつもりなんでしょう」

「やっぱり、波多野直人を唆して巧妙に五十億を着服したのは久住前会長だったんですね?」

「ほぼ間違いないでしょう。久住は波多野を始末しないと、枕を高くして寝られない。そこでネットの闇サイトで殺しの実行犯を見つけて、凄腕のトレーダーの口を封じたんでしょう。もちろん、市岡の専用車に爆破装置を仕掛けさせたのも久住利男だと思います」

「あなたには太刀打ちできないな。いい勉強になりました」

「わたしの手柄じゃありませんよ。捜査員全員の執念があったから、久住が捜査線上に浮かんだんです。実行犯を割り出せたら、もうゴールは近いはずです」

「そうですね。ひとまず本庁に戻ります」

柴はポリスモードを折り畳み、覆面パトカーをスタートさせた。十七、八分で、警視庁に着いた。六階の合同捜査本部に入ると、加門が大股で歩み寄ってきた。

「防犯カメラとセルシオの車体に付着してた唇紋から、爆破犯が割れました。前科歴のある裏便利屋でした。共犯者は刑務所仲間です。二人は闇サイトで久住から波多野の殺人を依頼されて、それを実行したことを認めました。それから、セルシオにプラスチック爆弾を仕掛けたこともね。爆破装置を仕掛けた男はしっかり手袋は嵌めてたらしいんですが、唇がうっかり車体に触れたことを忘れて、その部分をハンカチで拭わなかったんですよ。

最初の報酬は二千万円、きょうのギャラは三千万だったそうです。報酬の受け渡しは、久住前会長の愛人がやったと供述してます」

「久住は用心して、表面には出なかったんですね?」

「ええ、その通りです。久住は愛人のハンドルネームを使って、実行犯の二人に指示を与えたようです。しかし、犯歴のある二人組は苦もなく真の依頼人が久住利男だということを調べ上げたと言ってるそうです。実行犯の二人は間もなく本庁に連行されてくるでしょう」

「そうですか。そいつらの供述調書を取ったら、久住利男を殺人教唆及び横領罪容疑で逮捕しましょう」

「今夜中にも裁判所に令状を請求し、明日、われわれ二人と深川署のベテラン刑事の三人で久住を検挙ましょう。チームプレイの成果ですからね」

「加門さん……」

柴は目頭が熱くなった。

視界が涙で霞みそうだった。柴は急いで定席に腰かけた。

歪(ゆが)んだ野望

1

頭が重い。

二日酔いだった。寝不足でもあった。

矢吹(やぶきわたる)渉は自席で欠伸(あくび)を嚙み殺した。五月上旬のある午後だ。

警視庁本部庁舎の六階にある刑事部組織犯罪対策部第四課の刑事部屋は、人影も疎(まば)らだった。同課は二〇〇三年の組織改編まで、捜査四課と呼ばれていた。

組対四課と略称されている。暴力団や犯罪集団が関与した殺人、傷害、暴行、脅迫、放火、恐喝、賭博(とばく)などの捜査をしているセクションだ。アウトローたちを相手にしているため、刑事たちは強面揃(こもてぞろ)いだ。

その中でも、矢吹は最も柄が悪く見える。暴力団関係者に間違えられたことは数え切れ

丸刈りで、体型は格闘家並である。眼つきも鋭い。やくざっぽい身なりを好み、指にはカマボコ形のごっつい指輪を光らせている。

 職場では〝闘犬〟と呼ばれていた。四十三歳の矢吹はベテランの暴力団係刑事だが、職階はまだ巡査部長だ。

 警察は軍隊に似た階級社会である。にもかかわらず、矢吹は上司の警部補や警部に平気で逆らう。激昂すると、相手を罵倒さえする。

 前任の課長は三十代の警察官僚だったが、何度も蹴飛ばされた。一緒に飲み歩く同僚はいなかった。それ以来、矢吹はアンタッチャブルな存在になっていた。机も引っくり返されない。

 昨夜、矢吹は銀座で裏社会の顔役と深酒をした。目的は情報収集だった。しかし、たいした収穫は得られなかった。

 矢吹はピースに火を点け、両脚を机の上に投げ出した。

 斜め前に坐った金森和広警部補が、書類から目を上げた。三十七歳の同僚だ。

「なんか文句あんのか?」
「いや、別に」
「だったら、おれを咎めるような目で見るんじゃねえ」

「そんな気なんかなかったですよ」
「呆れてやがるのか。おれよりも階級がワンランク上だからって、でけえ面するんじゃねえ。いいな？」
「まるでガキ大将ですね」
「殺すぞ、金森！」
　矢吹は吼えた。

　深酒した翌日は、いつも八つ当たりしたくなる。悪い癖であることは百も承知していた。それでも、いっこうに直らない。妻と高校生の娘も矢吹の横暴ぶりに愛想を尽かし、いつからか、必要最小限の口しか利かなくなってしまった。
「矢吹君、ちょっと来てくれ」
　遠くで、大沼誠吾課長が声を張り上げた。課長は五十二歳で、警視である。ノンキャリアだが、出世頭だ。
　矢吹は舌打ちして、喫いさしの煙草を灰皿の中に突っ込んだ。椅子から立ち上がり、ごみ箱を蹴りつける。紙屑が床に散乱した。金森が小さく肩を竦めた。
　矢吹は蟹股で課長の席まで歩いた。両手はスラックスのポケットに入れたままだ。
「相変わらず態度がでかいね」

「文句なら、明日にしてほしいな。二日酔いで頭が割れそうなんだ」

「知らない人間がいまの遣り取りを聞いてたら、きみが上司と思うだろうな」

「おれは育ちが悪いから、敬語を知らねえんだ。知性も教養もないんだよ。高校も大学もスポーツ推薦だったしな」

「矢吹君の傍若無人さは相手によって変わったりしない。きみはわたしだけじゃなく、キャリアたちや刑事部長にも同じように接してる。その点は凄いよ」

「別に出世したいとは思っちゃいないから、階級の上の者にもへつらう気はないんですよ。上下関係なんか糞喰らえだ」

「しかし、人間としてのマナーも少しは心得ないとね。位はともかく、年上の連中にはそれなりの敬意を払わないとな」

「おれより先に生まれただけのことでしょう？　それだけのことで、年長者にはです・ます言葉を使わなきゃならないのかね？」

「謙虚さが人間の品格を支えてるんだよ」

「品格なんかなくったっていい。気取ったところで、人間の本性なんか醜いもんだからな。偉そうなことを言っても、どいつもエゴの塊だからね」

「矢吹君の考え方は偏ってる。立派な人間だっているよ」

「そんなことより、早く用件を言ってほしいな」

「いいだろう。五日前に傷害容疑で義友会村上組の組長を検挙(アゲ)たのは、矢吹君だったね?」

大沼が確かめた。

村上組は義友会の三次団体で、上野や湯島を縄張りにしている。構成員は百数十人で、組長の村上信隆(のぶたか)は四十七歳だった。凶暴そうな面構(つらがま)えをしている。

地上げ屋でもある村上は、テナントビルの新所有者にテナントの立ち退き交渉を頼まれた。テナントのほとんどは交渉条件を受け入れた。しかし、三人の借り主は強引な立ち退き話を拒んだ。

焦れた村上は上半身の刺青(いれずみ)を見せ、その三人に暴力を振るった。矢吹は上野署の要請を受けて、村上組長を緊急逮捕したのである。

「村上の野郎が、上野署の留置場(ブタバコ)で首でも括(くく)ったのかな? いや、そんなやわな奴じゃねえか」

「村上は東京地検で検事取り調べを受けた直後、押送車(おうそうしゃ)に乗り込む振りをして逃亡したんだよ。逃げた時刻は午後二時十分ごろらしい」

大沼課長が告げた。

矢吹は左手首のオメガに目をやった。午後三時二十分過ぎだった。

「太え奴だ。野郎、前手錠を打たれたままだったんだね?」

「もちろん、そうだ。腰縄(こしなわ)も回されてた。村上は担当看守の畑中(はたなか)充(みつる)巡査、二十七歳に体

当たりして、いきなり逃げ出したという話だった」
「ふざけやがって。村上を取っ捕まえて、上野署の留置場にぶっ込んでやる」
「そうしてくれないか」
「任せてくれや」
「ちょうどいい。彼とペアを組んでくれないか」
 矢吹は顔を振った。
 課長が視線を延ばした。
「矢吹は顔を振った。彼とペアを組んでくれないか」
 大沼課長が平岩を手招きし、逃亡中の被疑者のことを手短に話す。平岩は困惑顔になった。
 まだ独身だ。
 課長が視線を延ばした。出先から戻ってきたのは、平岩恭治巡査長だった。三十一歳で、まだ独身だ。
「平岩君、どうした？」
 課長が問いかけた。
「抱えてる脅迫事件の物証を早く摑まないと……」
「その案件は後回しにしてくれ」
「しかし、もたもたしてると、被疑者に高飛びされそうなんですよ」
「てめえ、おれと組みたくねえんだなっ」
 矢吹は平岩の頭を小突いた。

「そうじゃありませんよ」
「嘘つけ！　おれは独歩行でもいい」
「矢吹君、それは困るんだ」
大沼が早口で言った。
「なんで？」
「きみひとりだと、村上組の幹部たちを次々に痛めつけて組長の潜伏先を吐かせかねないからね」
「そうするつもりだったよ」
「いや、それはまずい。平岩君に監視役になってもらう。頼むぞ、平岩君！」
「は、はい」
「足手まといだが、たまには課長の指示に従わねえとな。平岩、ついて来な」
矢吹は言って、先に刑事部屋を出た。平岩が小走りに従いてくる。
エレベーターホールには、捜査一課殺人犯捜査第五係の加門がいた。矢吹は加門を嫌っている。刑事部内でスター刑事扱いされているからだ。
「『日東物産』のお家騒動に絡む殺人事件の首謀者は、前会長だったらしいですね。捜二の柴警視正がびっくりしてましたよ、加門さんの筋読み通りだったと」
平岩が加門に話しかけた。

「まぐれだよ」
「控え目ですね」
「聞き込みに出かけるのかな?」
　加門が平岩と矢吹を等分に見た。先に口を開いたのは矢吹だった。
「まあな。そっちはどこに行くんだい?」
「食堂です。昼飯を喰いっぱぐれてたんですよ」
「エース刑事は、それだけ忙しいって自慢か」
「矢吹さん、突っかかるような言い方をしなくても……」
「平岩、てめえは黙ってろ!」
「大人げないですよ」
　平岩が呆れ顔になった。そのとき、函の扉が左右に割れた。矢吹は平岩の腕を摑んで、加門に顔を向けた。
「おれたちは隣のエレベーターに乗り込むよ。そっちが嫌いなんだよ、おれは。ちやほやされていい気になってると、そのうちポカをやるぜ」
「拝聴しておきます」
　加門が余裕たっぷりに言い、函の扉を閉めた。

「気に喰わねえ野郎だ。まるっきりヒーロー気取りじゃねえか」
「ヒーローでしょ、加門さんは」
「てめえ、ゲイかっ。男が野郎をそこまで誉めるかよっ」
「矢吹さんは、加門さんをやっかんでるみたいですね?」
「そんなんじゃねえや」
矢吹は平岩を引っ張って、隣のエレベーターに乗り込んだ。地下二階に降り、二人はオフブラックのスカイラインに近づく。
「まず上野署に行ってくれ」
「了解!」
平岩が運転席に入った。矢吹は助手席に乗り込んだ。
覆面パトカーが走りだした。日比谷交差点の手前で、矢吹は屋根（ルーフ）に赤色灯を載せた。
「サイレンを派手に鳴らして、突っ走れ!」
「わかってますよ、いちいち言われなくても」
「おれに口答えするんじゃねえ。また生意気なことを言いやがったら、運転席から蹴落とすぞ」
平岩が運転席に入った。矢吹は助手席に乗り込んだ。
「暴力団係が長いからって、荒っぽすぎますよ。ヤー公どもより凶暴じゃないですか」
平岩がステアリングを捌（さば）きながら、溜息混じりにぼやいた。

矢吹は中堅の私大を出ると、総合格闘技の興行会社に就職した。格闘家としてデビューする日を夢見ていたのである。しかし、横柄な先輩社員と意見が衝突し、勢いで辞表を書いてしまった。入社して七ヵ月後のことだった。

翌年の春、矢吹は警視庁採用の警察官になった。交番勤務を経て、神田署の生活安全課に異動になった。その後、都内の所轄署を転々としてきた。どこも暴力団関係だった。本庁勤務になったのは、五年九ヵ月前である。

二十分そこそこで、上野署に着いた。

矢吹たちは、まず生活安全課を訪れた。課長補佐から村上が逃げた経緯を教えてもらう。

課長補佐の梨元洋一は五十一歳の警部だ。馬面で、背が高い。

村上は逮捕されてから、しきりに愛人の柊百合香に会いたがっていたという。百合香は二十七歳の元ＡＶ女優だ。顔は十人並だが、肢体は肉感的だった。

村上は逮捕されるまで、湯島三丁目にある愛人の自宅マンションで寝泊まりしていた。

根津の自宅には、めったに帰っていなかった。

「もう百合香の家は調べたんだね？」

矢吹は梨元に訊いた。

「ああ、誰もいなかったよ。逃走した村上が愛人に連絡して、ウィークリーマンションかマンスリーマンションを借りさせたんだろう」

「組長宅や村上組の事務所もチェックしたよな?」
「もちろんさ。しかし、どちらにもいなかった。村上の女房にも組の幹部たちにも連絡がなかったというんだ」
「担当看守のことを教えてほしいな。畑中充って奴の勤務ぶりはどうだったんだい?」
「職務はちゃんとこなしてたよ」
「独身なんだね?」
「そう。私生活の乱れを特に感じ取れなかったから、逃げた村上に抱き込まれたとは思えないんだ。そんなことをしたら、懲戒免職になることはわかりきってるからね」
「畑中は村上組の奴らに何か弱みを握られて、つけ込まれたのかもしれねえな。うっかり色仕掛けに引っかかったとも考えられる」
「畑中は、そんな奴じゃない」
「留置課に連絡して、畑中をここに呼んでほしいんだ」
「いま、呼ぶ」
 梨元がソファから立ち上がって、近くの警察電話の受話器を取り上げた。内線のボタンを押し、畑中を呼びつけた。
「すぐに来るはずだ」
 梨元がソファに坐った。

数分待つと、制服姿の畑中がやってきた。中肉中背で、これといった特徴はない。梨元が矢吹たち二人を紹介した。

「畑中です。自分の不注意で被疑者の村上信隆を逃がしてしまって、申し訳ありません でした」

「いいから、坐れや」

矢吹は言った。畑中が一礼し、梨元のかたわらに腰を落とした。

「ストレートに訊くが、村上組に何か弱みを握られてねえよな?」

「はい。自分、やくざとは距離を置いてるんです。留置中の筋者が金品をやるから、差し入れや弁護士接見に便宜を図ってくれと持ちかけてくるんですが、一遍も誘いに乗ったことはありません」

「村上もそうしたことを言ったでしょ?」

平岩が畑中に問いかけた。

「はい、一度だけ。しかし、自分は取り合いませんでした」

「そう。逃亡中の組長は、愛人の百合香にぞっこんだったみたいだね?」

「ええ、そうですね。独居房の中で、いつも愛人のことをのろけてました。きのうの晩は百合香のことを思い出して、村上は夢精してしまったようです」

「中年男が夢精したって!?」

「はい。よっぽど惚れてるんだと思います、若い愛人にね」
「おそらく百合香は、名器の持ち主なんだろうよ。組長がそこまでのめり込んでるんだからな」

 矢吹は誰にともなく言った。
 暴力団関係者の多くは若いころから女遊びをしてきている。分別のある中高年やくざがはるか年下の愛人には、さほど夢中になったりしないものだ。相手の容姿や若さだけで執着するのは、相手の性的な魅力に取り憑かれてしまったからだろう。
「村上も、そういう意味のことを言ってました」
 畑中が言った。
「抜かずにダブルが利くとも言ってたんじゃねえのか?」
「いいえ、そこまでは言いませんでした」
「与太だよ。そっちは真面目一方みてえだな」
 矢吹は言いながら、畑中の左手首の腕時計を見た。フランク・ミュラーだった。ブランドショップで売られているロレックスよりも格は上だった。
 スイス製の高級品だ。正規価格は最低でも六十万円以上はする。留置課勤務の看守の俸給では、たやすくは購入できない代物だ。
「いい腕時計だな。それ、フランク・ミュラーだろ?」

「は、はい。思いがけない臨時収入があったんで、買ったんですよ。ずっと欲しいと思ってたもんですから」
「そうかい。まさか村上組の若頭にプレゼントされたんじゃねえやな、組長の逃亡を手助けする見返りにさ」
「わたしを疑ってるんですか!?」
畑中が目を剝き、気色ばんだ。
「冗談だよ。あんまりむきになって怒ると、かえって怪しく思われる」
「この腕時計は自分で買ったんです。自宅にレシートが残ってるはずですから、見せましょうか?」
「そっちは堅物みてえだから、村上組に抱き込まれるわけねえよな。ところで、村上はそっちに体当たりしたんだって?」
「ええ。不意を衝かれて、自分、倒れてしまったんですよ。その隙に村上は東京地検の敷地から走り出て……」
「呼び子を鳴らして、すぐ追いかけたんだろ?」
「ええ、そうです。でも、わたしが舗道に飛び出したときは、すでに村上の姿は搔き消えてました。多分、組員の車が近くで待機してたんでしょう」
「かもしれねえな。もういいよ、持ち場に戻っても」

矢吹は言った。畑中が立ち上がり、生活安全課から出ていった。

「村上は上納金が重すぎるって義友会の首藤光輝会長に先月の理事会で訴えたらしいんだ」

梨元課長補佐が明かした。

「その情報は確かなんだね?」

「もちろんさ。首藤は六十二歳だが、いまも血の気が多い。下部団体の村上組の組長が文句を垂れたのが面白くなくて、もっともらしく逃亡を唆したとも考えられるな」

「なんのために、そんなことをしなきゃならないんだい?」

「村上に何らかの仕置きをするためだよ。村上は義友会の理事のひとりだが、三次組織の親分にすぎない。そんな奴にでかい口をたたかせたままじゃ、首藤会長の面子が保てないじゃないか」

「そうだろうな」

「首藤会長は百合香を囮にして村上を誘き出し、制裁を加える気でいるのかもしれない。そうだとしたら、村上は首藤会長宅に軟禁されてるんじゃないのかね?」

「ちょっと調べてみらあ」

矢吹はソファから腰を浮かせた。平岩がすぐに倣った。

二人はスカイラインに乗り込み、池之端一丁目にある村上組の事務所に回った。組事務

矢吹は組事務所に入るなり、スチールロッカーを勝手に開けた。ゴルフのクラブバッグの裏に二振りの日本刀が隠されていた。
「令状もなしに家宅捜索なんかしないでくださいよ」
　柘植が抗議した。
「ろくでなしが一丁前のことを言うんじゃねえ。なんなら、ついでに拳銃も出してやろうか」
「そんな物騒な物はありませんよ」
「とぼけんじゃねえ。よし、それなら、家捜しするぜ。おい、手伝え！」
　矢吹は平岩に声をかけた。
「勘弁してくださいよ、矢吹さん」
「気やすくおれの名前を呼ぶんじゃねえ。東京地検から逃げた組長の潜伏先を教えねえと、銃刀法違反でしょっ引くぞ」
「おれは何も知りませんよ」
　柘植が言った。矢吹は若頭を睨みつけ、手錠を引き抜いた。
「叩きゃ埃がいくらでも出るだろうから、てめえも実刑喰らうことになるだろうよ」
「組長は上野六丁目のパールホテルの一五〇五号室にいます。愛人の百合香と一緒でさ

「あ」

柘植が観念した顔で言った。

矢吹はにやりと笑って、組事務所を出た。平岩が慌てて追ってくる。

二人は捜査車輛に乗り、教えられたホテルに向かった。ひとっ走りで、パールホテルに到着した。

矢吹たちは地下駐車場に覆面パトカーを置き、エレベーターで十五階に上がった。

一五〇五号室のドアはロックされていなかった。矢吹は先に入室した。そのとたん、濃い血臭が寄せてきた。一瞬、むせそうになった。

矢吹はバスルームとクローゼットの横を抜けて、大股で奥に進んだ。ダブルベッドの上に、全裸の男女が倒れていた。

村上と愛人の百合香だった。

どちらも首筋が赤い。鮮血だった。どうやら情事の最中に何者かに押し入られ、二人とも鋭利な刃物で頸動脈を掻き切られたようだ。寝具には血溜りができていた。白い壁は血の飛沫で汚れている。

「二人とも、もう死んでるようですね?」

平岩が震えを帯びた声で言った。

矢吹は短い返事をして、ベッドに近寄った。村上の尻に軽い火傷の痕があった。

高圧電流銃を押し当てられてから、侵入者に頸動脈を切断されたようだ。村上の下になっている百合香の豊満な乳房にも、赤っぽい烙印のようなものが見える。スタンガンの電極を押しつけられた痕だろう。組長の若い情婦も同じ手口で命を奪われたにちがいない。

矢吹は、百合香の柔肌に触れてみた。かすかだが、温もりが伝わってきた。村上の総身彫りの刺青には、点々と血痕が散っていた。

「平岩、早く事件通報しな」

「はい」

平岩が上着の内ポケットから刑事用携帯電話を取り出した。ポリスモードと呼ばれ、五人との同時通話が可能だ。

矢吹は屈み込んで、床を検べはじめた。遺留品らしき物は目に留まらなかった。

2

悪い予感を覚えた。

刑事部長室から戻ってきた大沼課長の表情は、ひどく曇っていた。村上が愛人とともに殺害された翌朝だ。あと数分で、十一時になる。

矢吹は煙草を吹かしながら、大沼から目を離さなかった。急に課長が立ち止まって、矢吹を目顔で呼んだ。

矢吹は喫いさしのピースの火を揉み消し、椅子から立ち上がった。

課長は小会議室に入っていった。矢吹も、ほどなく小さな会議室に足を踏み入れた。大沼はテーブルの向こうに坐っていた。暗い顔だった。

石渡刑事部長は何だって？」

矢吹は問いながら、課長と向かい合った。

「昨夜の事件なんだが、うちの課だけの単独捜査では解決に時間がかかるんじゃないのかと言われたんだよ」

「それで？　石渡は、どうしろって？」

「捜一の殺人犯捜査五係に支援してもらえと言うんだ」

「冗談じゃねえ。被害者は暴力団の組長と情婦なんだぜ。ヤー公絡みの殺人事件は、昔から四課が捜査に当たってきた。課長、そうだよな？」

「そうなんだがね」

「捜一だけが殺人を扱ってるわけじゃない。合同捜査なんて、受け入れられねえな」

「いや、石渡刑事部長は合同捜査本部を設置しろとは言わなかったんだよ。五係の加門班にサポートしてもらえと……」

「刑事部長まで、加門をスター刑事扱いしやがって。面白くねえな。事件捜査は探偵ごっこじゃねえんだ。スターなんて必要ねえ。捜査はチームプレイだからな」
「その通りだが、刑事部長は捜一の雨宮課長に組対四課の捜査をバックアップしてやれと指示したらしいんだ。多分、雨宮課長は加門君にもう伝達済みだろう」
「課長、石渡の言いなりになっちゃうわけ?」
「刑事部長の意向を無視するわけにはいかんよ、刑事部を束ねてる方だからね」
「情けねえな。課長は悔しくないの? 雨宮と同じ課長なんだよ。捜一は課員四百五十人の大所帯だけどさ、課は同格のはずじゃねえか」
「組対部は総勢千人近いが、四課は二百人もいない。それに、捜一は凶悪犯罪捜査のエキスパートばかりだから……」
「くどいようだが、やくざ絡みの殺人事件はうちの課の守備範囲なんだ。プライドが傷つくじゃねえか」
「それはそうなんだがね」
「課長、おれと一緒に刑事部長室に行こうや。おれが石渡賢太郎に文句を言って、話を撤回させてやらあ」
「矢吹君、頭は大丈夫か? 相手は雲の上の人なんだぞ。おれたちの立場や誇りもあるじゃねえかっ。わかったよ。お

「それだけはやめてくれ。話が余計にこじれるだろうし、わたしの立場が悪くなる。部下を管理できてないってことで、評価も下がる」

大沼が言った。

「課長は腰抜けだね。漢(おとこ)じゃねえな」

「なんとでも言ってくれ。しかし、今回はわたしの指示に従ってほしいんだ。捜査の主導権を捜一に渡すわけじゃないんだから、そうカッカしないでくれ。加門班は、あくまでも助っ人チームなんだ」

「それでも、なんか不愉快じゃねえか」

「わたしを救けると思って、加門班の協力を受け入れてくれないか」

「課長にそこまで言われたんじゃ、わがままは言えねえか」

「ありがとう。とりあえず、きみ、金森、平岩の三人で専従捜査に当たってくれないか」

「了解！ 加門たちは支援要員なんだから、地取りと鑑取り中心に動いてもらおうか」

「そのあたりのことは矢吹君に任せるよ」

「初動捜査資料は課長の許(もと)に届いてるよね？」

矢吹は訊いた。

「ああ、届いてる。村上と柊百合香は現在、司法解剖中なんだ。死亡推定時刻や死因は、

「そうだね」
「矢吹君、加門班よりも先に犯人を逮捕ってくれよな」
「もちろん、捜一の奴らに先に点数なんか稼がせねえ」
「それじゃ、初動捜査資料を渡そう」

大沼が腰を上げ、先に小会議室を出た。

矢吹は初動捜査資料を受け取って、自分の席に戻った。すぐに捜査資料に目を通しはじめる。

初動捜査によると、村上組長が東京地検から逃亡したとき、組員の車はどこにも待機していなかったらしい。ただ、東京地検の近くに不審なワンボックスカーが路上駐車されていたという。

ナンバープレートの両端は大きく折り曲げられ、正確なナンバーを目撃した者はいなかったそうだ。運転席には、濃いサングラスをかけた男が坐っていたという。

逃げた村上が、そのワンボックスカーに乗り込む姿を目撃した者はひとりもいない。しかし、乗ったと考えてもいいだろう。

事件現場のパールホテルにチェックインしたのは、組長の愛人だった。百合香は偽名を使っていた。村上はフロントには寄らずに一五〇五号室に入っている。

その直後、村上は若頭の柏植に電話をかけて潜伏先を教えている。そのことは、村上の携帯電話の発信履歴で判明した。村上組長は自分の家族には連絡を取っていない。

現場検証で、二人の被害者が情事中に襲われたことが明らかになった。部屋の錠はピッキング道具で解かれていた。

室内には、犯人の足跡が残っていた。その部分には、血痕が付着していた。靴のサイズは二十六・五センチだった。

部屋から男女の頭髪、陰毛、繊維片が採取されたが、加害者のものと断定できる遺留品は見つかっていない。室内から採取された指掌紋によって、加害者を割り出すことはできなかった。

矢吹は捜査資料に二回、目を通した。

日本茶を啜ったとき、捜査一課の加門刑事が近寄ってきた。矢吹は挑発する気持ちで、加門を睨みつけた。

「いま大沼課長に挨拶をしてきました。今回、五係のわたしの班がこちらの捜査のお手伝いをさせてもらうことになりました。よろしくお願いします」

加門が深く腰を折った。

「そうだってな。捜一のエース刑事にお出まし願うような犯罪じゃねえんだが、刑事部長の意向じゃ、とことん逆らうわけにもいかねえからな。はっきり言って、おれは助っ人な

「そうでしょうね」

「最初に言っとくけどね、おれたちが主導権を握る。だから、あんまりでしゃ張るなよ」

「わかりました」

「課長から初動捜査資料の写しを貰って、加門班は地取りと鑑取りをやってくれや。何か手がかりを摑んだら、すぐおれに報告してくれねえか」

「そうしましょう。矢吹さんは、今回の事件をどう見てるんです？」

「もう筋は読んでらぁ。けど、言わねえよ。うっかり喋ったら、加門班に手柄を横奪りされそうだからな」

「そんなケチな料簡は持ってませんよ。こっちは支援チームなんでしょ？　警察は予備校じゃないんです」

「カッコいいことを言う奴に限って、腹黒いことをやる」

「矢吹さんは不幸な方だな。そんな具合に身構えながら生きてたら、神経が休まらないでしょう。課の違う捜査員をライバル視してたら、愉しくないと思うがな」

「加門、おれに喧嘩売ってるのかっ。上等じゃねえか。廊下に出ようや」

矢吹は決然と立ち上がった。

「チンピラみたいな凄み方をしたら、矢吹さんの価値が下がりますよ。あなたは、暴力団（マルボウ）係

「刑事としては凄腕なんですから」
「てめえ、何様のつもりなんだっ」
「殴ってもかまいませんよ」
　加門が不敵な笑みを拡げた。矢吹は血が逆流した。右のストレートパンチを放つ。加門が軽やかにバックステップを踏んだ。パンチは届かなかった。なんとも忌々しい。
「ま、仲よくやりましょう」
　加門が身を翻した。矢吹は床を蹴りつけた。
「カッコいいな、加門さんは」
　矢吹は平岩に言い、加門の後ろ姿を目で追った。
　平岩巡査部長が聞こえよがしに捜査資料のファイルを投げつけた。平岩がファイルを両手でキャッチし、にやついた。
「それを持って金森と小会議室に来い！」
　矢吹は尖った声で命令し、小さな会議室に足を向けた。会議室に入り、テーブルの向こう側に腰かける。
　待つほどもなく平岩と金森がやってきた。二人の部下は並んで坐った。矢吹は大沼課長の指示を伝え、部下たちに初動捜査資料を読ませた。
「専従捜査班が三人だけというのは、いくら何でも少なすぎませんか？　うちの課長は

捜一に手柄を譲る気なんじゃないのかな」
　金森が呟いた。
「たとえ課長がそう考えてても、そうはさせねえ。きのうの事件は組対四課の守備範囲だからな。しかも村上と百合香の死体を発見したのは、おれと平岩だったんだ。加門の班に手柄を立てさせてたまるかっ」
「しかし、三人じゃ兵隊が足りませんよ。あと五、六人いないとね」
「員数は関係ねえ。おれたちがそれぞれ単独で動けば、なんとかなるだろう。金森、おまえは義友会の首藤会長に会ってこい。前回の理事会で、殺られた村上が上納金が高すぎるとブー垂れたらしいからな」
「矢吹さんは、腹を立てた首藤会長が村上を言葉巧みに脱走させて、若い者に被害者の二人を始末させたと……」
「疑わしい奴は全員、調べてみろ。それが捜査の鉄則じゃねえか」
「ま、そうですけどね」
「首藤が面会を断りやがったら、明日にでも義友会本部をガサ入れすると言ってやれや。そうすりゃ、渋々でも会ってくれるだろう」
「わかりました」
「おまえは、村上の女房から事情聴取しろ」

矢吹は平岩に指示した。
「わかりました」
「その後、上野署の畑中充の私生活を調べてくれねえか。若い看守がフランク・ミュラーの腕時計を持ってることがどうも引っかかるんだよ」
「臨時収入があったんで、スイス製の高級腕時計を買ったと言ってましたよね？」
「ああ」
「村上の逃亡に協力するという条件で、畑中はあの時計を貰ったのかな」
「そういう疑いは拭えねえよな。だから、畑中の交友関係を調べてもらいてえんだ」
「了解！」
「おれは組事務所に行って、もう一度、若頭の柘植に会う。早目に昼飯を喰って、すぐに動いてくれねえか。それで、ちょくちょく報告を上げてくれや」
「はい」
 金森が短く応じ、平岩の肩を叩いた。じきに二人は小会議室から出ていった。
 矢吹は卓上のアルミニュウムの灰皿を引き寄せ、煙草をくわえた。
 殺人犯捜査第五係は殺人事件の捜査を数多く手がけている。聞き込み捜査で造作なく有力な手がかりを得てしまうかもしれない。先に犯人を絞り込まれたら、自分たちの面目は丸潰れだ。

矢吹はピースをふた口喫っただけで、煙草の火を灰皿の底で揉み消した。小さな会議室を出て、刑事部屋をあとにする。

矢吹は地下二階の駐車場でグレイのレガシィに乗り込み、村上組の組事務所に急いだ。

組事務所に着いたのは、二十数分後だった。

組事務所の応接室には、柊植若頭たち幹部が五人ほど顔を揃えていた。組長が殺害されて、誰も沈痛な面持ちだ。舎弟頭は涙ぐんでいる。

「パールホテルの一五〇五号室で殺害された村上たち二人の死体を最初に発見したのは、おれと部下なんだよ」

矢吹は柊植に声をかけた。

「そうだそうですね。上野署の刑事課の方から、そううかがいました」

「村上は誰に殺られたと思う?」

「そのことをみんなで話してたんですが、組長が面倒を見てた柊百合香に言い寄ってた関西の極道がいたようなんですよ。そいつは神戸の最大組織の下部団体に足をつけてる山内竜造って奴で、神田駅前でサラ金をやってるそうなんです。三十五だったかな」

「そのサラ金の社名は?」

「『ハッピー・ファイナンス』です。北口の雑居ビルの三階に入居してます。複数の組員が組長の愛人にまつわりついてる山内を見てるんですよ。百合香のほうは相手にしなかっ

「その線は考えられねえな。村上は東京地検で押送車に乗る直前に担当看守に体当たりして、逃亡してるんだぜ。山内って極道が村上の逃亡を手助けしなきゃならねえ理由はないだろうが。村上は身柄を拘束されてたわけだから、いつでも百合香を口説けるからな」
「なるほど、そうですね。わざわざ組長（オヤジ）を逃がしてから、始末することはないわけだ」
「村上組は、ほかの広域暴力団と揉め事を起こしてたんじゃねえのか？」
「そういうことはありません。十数年前から関西勢力が堂々と東京に進出してきてるんで、関東の渡世人（とせいにん）は結束（けっそく）を固めてるんですよ」
「御三家を核にして、首都圏の全組織がまとまったことは知ってらあ。しかし、所詮（しょせん）は寄り合いなんだから、東西勢力の下部団体同士が何かでぶつかることもあるはずだ」
「村上組に限っては、そういうことは一度もありませんでした。むしろ、義友会内部の揉め事のほうが……」
　柘植が言い澱み、悔やむ顔つきになった。居合わせた幹部たちが慌（あわ）てた様子で顔を見合わせる。
「村上組は、義友会の二次組織あたりと上納金の件で意見が対立してたんだな？　柘植、どうなんでえ？」

矢吹は訊いた。
「それは勘弁してください。先方に迷惑かけることになりますんでね」
「捜査に協力しなかったら、村上を殺った犯人はなかなか捕まらねえかもしれねえぞ。組長の命を奪られたままじゃ、収まりがつかねえだろうが？」
「ええ、それはね」
「だったら、喋ってくれや」
「いいでしょう。二次団体の戸張組の組長はうちの組長の叔父貴分に当たるんですが、だいぶ以前から村上組とはしっくりいってないんですよ」
「戸張組の縄張りは御徒町駅の向こう側一帯だったな？」
「そうですよ。うちの組とは縄張りが隣り合ってることもあって、下の者がよくぶつかってたんです。戸張組の組長は村上の組長が義友会の理事になってから、あることないことを首藤会長にご注進に及んでたんですよ」
「そうかい」
「去年の秋、戸張組が家宅捜索で拳銃二十挺、自動小銃五挺を押収されたんですが、警察に武器庫の場所を密告したのはうちの組長だって理事たちに触れ回ったらしいんですよ。戸張武直は、うちの組長がのし上がることを警戒してるんでしょう。それだから、根も葉もないデマを流したにちがいありません」

「単なるデマだったのかな?」
「旦那、何を言い出すんですか!?　戸張組を売るわけないでしょっ」
　柘植が憤りを露わにした。
「殺された村上は、首藤会長にも棘々しい目を矢吹に向けてくる。幹部連中も自分の考えをはっきりと言うほうだったんだろう?」
「ええ、そうですね。ですが、別に会長を軽く見てたわけじゃありません。組長は首藤会長のことを実の父親のように慕ってたんです。しかし、下部団体(エダ)の上納金を少し下げない御法度(ごはっと)になってる麻薬の密売をやる弱小組織が出てくることを心配して、あえて損な役を買って出ると、村上は義友会の結束を崩したくなかったんで、理事会で発言したんですよ」
「そうかい。事件現場は戸張組の縄張り内(シマウチ)だな。単なる偶然かもしれねえが、ちょっと気になる。戸張組の組長にも会ってみらあ」
　矢吹は若頭の柘植に言って、組事務所を出た。

3

　ごくありふれたビルだった。

戸張組の事務所である。六階建てで、プレートには戸張興産としか記されていない。組事務所は春日通りに面していた。

矢吹はレガシィをビルの前に停めた。そのまま路上駐車する。

ガードレールを跨ぎ、矢吹は戸張興産の表玄関を潜った。すぐ目の前に受付があった。

二十二、三歳の受付嬢がにこやかに迎えてくれた。

「戸張武直はいるかい?」

矢吹は受付嬢に声をかけた。

「ど、どちらさまでしょう?」

「おれは、やくざじゃねえよ。殴り込みじゃねえから、安心してくれ。桜田門から来た」

「とおっしゃいますと、警視庁の方ですね?」

「そう。組対四課の矢吹って者だ。昨夜殺された村上の件で、戸張組長にいろいろ訊きてえことがあるんだ。取り次いでくれや」

「は、はい」

受付嬢がクリーム色の受話器を耳に当て、内線ボタンを押した。通話は短かった。受話器がフックに戻される。

「六階の社長室でお待ちしているとのことでした」

「ありがとよ」

矢吹はエレベーターホールに向かい、最上階に上がった。エレベーターホールのそばに社長室があった。

矢吹は軽くノックをして、飴色の重厚な木製扉を開けた。戸張はゴルフクラブを握って、パターの練習をしていた。五十年配で、商店主っぽく見える。

矢吹は警察手帳をちらりと見せ、勝手に総革張りの黒い応接ソファに腰かけた。坐り心地は悪くなかった。イタリア製かもしれない。

戸張が矢吹の前に腰を下ろした。ヴェスト姿だった。ネクタイは派手ではなかった。上着は羽織っていない。

「村上が死んだばかりなのに、のんびりパターの練習かい？」

矢吹は皮肉を浴びせた。

「死んだ人間は生き返らないでしょ、どんなに悲しんでもね。奴の叔父貴分だったわけだから、それはショックでしたよ」

「村上を悼んでるようには見えねえな。むしろ、喜んでるんじゃねえのか？」

「そんなことはありませんよ。惜しい男を喪ったと思ってます」

戸張がそう言い、茶色い葉煙草に火を点けた。

「煙草を喫（の）って、気持ちを鎮めてえんだな？」

「妙な言いがかりをつけないでください」

「去年の秋、戸張組は家宅捜索で拳銃と自動小銃を押収されたよな？ ハンドガンが二十挺、ライフルが五挺だった。武器庫を警察に教えたのは、村上だったようだな？」
「確証を押さえたわけではありませんが、おそらく密告電話をかけたのは村上の野郎なんでしょう。奴は、戸張組が目障りだったんだろうな。だから、叔父貴分のわたしを潰しかかったんだと思います」
「誰が罪をしょったんだい？」
「舎弟頭です」
「そいつが組長には無断で拳銃や自動小銃を隠し持ってたってことにしたわけだ？」
「どう答えればいいのかな」
「正直に吐けや。おれは昨夜の事件のことで動いてるんだ」
「ご想像通りですよ」
「摘発は上野署がやったんだな？」
「ええ、そうです。ですが、密告の電話は本庁に入ったみたいですよ。所轄の刑事がそう言ってました」
「そうかい。殺された村上は理事会の席で、下部組織に課せられた上納金が重すぎると発言したんだってな？」
矢吹は確かめた。

「そんなことまで、ご存じでしたか!? 驚いたな。それだけ警察に裏社会の情報を流す密告屋が多くなったんでしょうね。少し気をつけないとな」

「どうなんだ?」

「村上がそういう意見を述べたことは間違いありません。常任理事たちは苦り切った顔をしてましたよ。村上を叱りつけた方もいましたね」

「首藤会長の反応は?」

「会長は腕組みをして、黙って村上の話を聞いてました。何も言いませんでしたが、内心は小癪な奴と思ってたでしょうね。村上組は、まだ三次団体ですんで」

「村上組が毎月払ってた上納金は?」

「二百万だったと思います。たいした額じゃありません。それなのに、村上の奴は出し惜しみしやがって」

「去年の摘発の一件で、あんたは村上のことを恨んでたんだろ?」

「ええ、まあ。奴はわたしんとこの若い衆を抱き込んで、戸張組の非合法ビジネスのことを探り出してたようなんです。うちが御法度の麻薬ビジネスをやってたら、首藤会長に告げ口する気でいたんでしょう。そして……」

「戸張組を解散に追い込んで、あんたの縄張りをそっくりいただくつもりだった?」

「ええ、おそらくね。野郎はてめえがのし上がるためだったら、どんな汚い手でも使いか

「動機はあるな」

「え?」

「あんたは村上に煮え湯を飲まされたことがある。仁義を知らない奴を腹立たしく思ってたにちがいねえ」

「ええ、それはね。だからって、村上と愛人を一緒に始末させようと考えたりしませんよ。村上は嫌いだったが、愛人にはなんの恨みもありません。わたしは女まで一緒に殺っちまえなんて命令できませんよ、絶対にね」

「村上が地検から逃走できたことをどう思う?」

「警察か、検察の人間が手助けしたんでしょうね。わたしも若い時分、所轄署から押送車に乗せられて、東京地検に連れていかれたことがあります。ご存じのように押送車は被疑者専用の出入口に横づけされて、厳重に監視されてます」

「そうだな」

「関係者が逃亡の手引きをしなければ、とても被疑者は脱走なんかできません。村上は警察関係者に裏情報を流して恩を売ってたんで、誰かが逃亡に手を貸してくれたんでしょう」

戸張が言いながら、シガリロの火を消した。

「上野署の担当看守は畑中充って奴なんだが、その名前に聞き覚えは?」
「ありません。村上は、上野署生活安全課の梨元課長補佐とよく酒を酌み交わしてましたよ」
「そうかい」
「生安課の刑事と仲よくしといて損はないとよく言ってましたね。多分、村上はクラブで接待するだけじゃなく、梨元に女も提供してたんでしょう」
「だとしたら、梨元は村上に弱みを握られたことになるな。あの課長補佐が担当看守の畑中に鼻薬をきかして、村上を逃がしてやれと言ったのかもしれねえな」
「その疑いはありそうですね。それはそれとして、わたしは村上の事件にはノータッチです。だから、逃げも隠れもしません。何度でも事情聴取に応じますよ」
「わかった。ひとまず引き揚げることにすらあ」
　矢吹は立ち上がって、社長室を出た。
　覆面パトカーに乗り込み、上野署に回る。矢吹は生活安全課に直行し、梨元課長補佐を廊下に連れ出した。
「おたく、村上とよく酒を飲んでたらしいな?」
「えっ!?」
　梨元が狼狽（ろうばい）した。

「やっぱり、そうだったか。村上にいろいろ接待してもらって、帰りに車代を貰ってたんじゃねえの？」
「失礼なことを言うな。死んだ村上と月に一、二度、酒を飲んでたことは認める。言うまでもないだろうが、裏社会の動きを探るためだよ。しかし、飲むときはいつも奢ったり奢られたりしてたし、車代なんか受け取ったことはない」
「女を宛がわれたことは？」
「わたしを悪徳警官扱いする気なのかっ」
「疚(やま)しいことはしてない？」
「当たり前じゃないか。誰が何を言ったのか知らないが、わたしは村上に便宜(べんぎ)を図ってやったことは一度もない」
「なら、留置課の畑中巡査に村上を逃がしてやれなんてことも言ってないな？」
「どんな根拠があって、わたしや畑中を疑ってるんだっ。あんたは身内も信じてないのか！」
「信じてえけど、悪さをして懲戒免職になる奴が毎年、四、五十人もいるからな」
「そうだとしても、礼を欠(か)いてるよ」
「おれ、職務に忠実すぎるんだね。一日も早く犯人を取っ捕まえたいという気持ちが逸(はや)ってさ、たまにポカをやっちまうんだ。そういうことだから、水に流してほしいな」

矢吹は軽い口調で詫び、梨元に背を向けた。階段を使って階下に降り、署の表玄関を出た。

そのとき、捜査一課の加門が前方から歩いてきた。肩を並べているのは、部下の向井巡査部長だ。

「何か収穫はありましたか?」

加門が問いかけてきた。

「いや、特にねえな」

「部下の報告によると、村上組長の担当看守の畑中巡査は非番の夜は六本木や赤坂のキャバクラや白人トップレスバーで豪遊してるようですね」

「本当かい⁉」

矢吹は殺人犯捜査第五係の動きの早さに舌を巻いた。もたもたしていたら、加門班に先を越されてしまう。焦りが募った。

「金回りがよさそうなんで、畑中巡査の同僚や上司に当たってみようと思ってるんですよ」

「そうかい」

「警務課に問い合わせてみたら、畑中をマークしたことはないとのことでした。しかし、金回りがいいことが気になりましてね」

加門が言った。
　本庁の警務部人事一課監察室は、現職警察官の不正や犯罪を摘発している。悪徳警官がいると、警察庁の監察官と連動して不心得者たちを懲戒免職に追い込む。

「仕事が早えな。先に点数を稼ぎてえわけか」
「そんな気はありませんよ」
「けっ、いい子ぶりやがって」
「矢吹さん、そういう言い方はないでしょ！」
　相棒の向井が険しい顔つきになった。
「てめえは口を挟むんじゃねえ。おれは加門と話をしてるんだっ」
「しかし……」
「冷静になれよ」
　加門が向井をやんわりと窘め、軽く頭を下げた。二人は上野署の玄関ロビーに入った。
　矢吹は署の駐車場に足を向けた。捜査車輛の運転席に入ったとき、平岩から電話がかかってきた。
「村上組長の未亡人は気丈ですね。司法解剖を終えた夫の亡骸が自宅に搬送されてきても、涙ひとつ見せませんでした。葬儀社や組員たちにてきぱきと指示を与えて……」
「そんなことよりも、肝心なことを言いな」

「は、はい。奥さんの話によると、殺された組長は一年ほど前からコロンビア大使館のホセ・サントスという二等書記官とつき合ってたそうなんですよ」

「その外交官は、いくつなんだ?」

「三十三、四歳で、独身だとか。一度、組長宅に遊びに来たことがあるそうです。日本語が上手で、箸も器用に使ってたという話でした」

「そうか」

「コロンビアといったら、コカインの供給国として有名ですよね?」

「それは昔の話だ。コロンビア政府が軍隊を動員して、二大麻薬組織をぶっ潰したからな」

「ええ、そうでしたね。でも、双方の残党がボリビアからコカインを仕入れて、いまも世界各国の闇社会に密売してるみたいですよ。村上はホセ・サントスを運び屋にして、コロンビアからコカインをこっそり手を出してたんじゃないのかな? 上納金が重いんで、御法度のドラッグビジネスにこっそり手を出してた。それで、何かでホセ・サントスとトラブルになって、村上は百合香と一緒に始末されたとは考えられませんかね?」

「外交官特権があるから、その二等書記官は自由に本国から麻薬でも銃器でも日本に持ち込める。出入国の際に手荷物を税関にチェックされることはねえし、大使館に届けられた国際宅急便も検べられねえ」

「ええ、そうですね。外事課経由でコロンビア大使館に問い合わせてもらったんですが、サントス二等書記官は今朝、本国に戻ったらしいんです。公用による帰国のようですが、ちょっと怪しいでしょ？　村上が殺害された翌日にホセ・サントスが急にコロンビアに戻るなんて。それに南米の殺人者の多くは刃物で相手の喉を搔っ切って、舌を引っ張り出すようですからね」

「被害者の二人は喉を狙われたわけじゃねえぞ。どっちも頸動脈を搔っ切られてたんだ。それにな、ベロなんか引っ張り出されてなかった」

「そうでしたね。でも、殺し方がなんとなく外国人っぽいでしょ？」

「外交官が二人の人間を殺るとは思えねえ」

「それならホセは殺し屋を雇って、自分の手は直(じか)には汚さなかったんでしょう」

「しかし、その外交官には百合香を始末しなけりゃならねえ動機はねえぜ。それから、村上を逃亡させる手段も知らなかったはずだ」

矢吹は言った。

「こうは考えられませんかね。ホセ・サントスは何らかの方法で、村上の担当看守が畑中巡査と知った。それで二等書記官は畑中巡査を抱き込んで、第三者に村上を殺らせた。ホテルの部屋に居合わせた百合香は運悪く、ついでに始末させられたんでしょう」

「おまえの筋読みにはうなずけねえな。けど、村上がホセ・サントスと親しくつき合って

たのは何か利用価値があったからなんだろうな。コカインを買い付けてたんじゃねえだろうが」

「銃器を買ってたんでしょうか?」

「まだ何とも言えねえな。それより、平岩、早く畑中の私生活のことを調べてみろや。捜一の加門班は、もう畑中が派手な遊びをしてる事実を探り出してたぜ」

「ほんとですか!? さすがだな、加門さんは」

「てめえ、どっちの味方なんだっ。あいつらに先に手柄を立てさせてえのかよ」

「そんなわけないじゃないですか……」

平岩が否定した。矢吹は、加門から聞いた話をそっくり伝えた。

「非番の日に六本木のキャバクラや白人トップレスバーで飲んでるんだったら、畑中は何か危いことをやってるな。村上組長にたっぷりと謝礼を貰って、わざと東京地検で隙を作ってやったのかもしれません」

「その疑いはあるよな」

「ええ、手錠と捕縄はまだ発見されてませんが、もしかしたら、担当看守の畑中は片方の手錠は甘く掛けたのかもしれないな。両手に前手錠を打たれてたら、とても早くは走れないですからね」

「そうだな。おまえの言う通りだったのかもしれねえ。とにかく、畑中のことをとことん

「洗え!」
「了解しました」
　平岩が電話を切った。
　矢吹はポリスモードを二つに折り畳んだ。ほとんど同時に、着信音が鳴りだした。発信者は金森だった。
「首藤会長から事情聴取したな?」
「それが会長には会わせてもらえなかったんですよ。部屋住みの若い衆たちから話は聞きましたが……」
「何やってるんだ。家宅捜索(ガサ)かけるって脅さなかったのかっ」
「一応、言いましたよ。でも、会長には取り次いでもらえなかったんです」
「おれたちはヤー公になめられたら、おしまいだぜ。おまえ、首藤の家(ヤサ)の近くにいるんだな?」
「会長宅の前にいます」
「だったら、覆面パト(メン)の中で待ってろ。すぐそっちに行く」
　矢吹は刑事用携帯電話の終了キーを押し、レガシィを発進させた。
　首藤会長宅は文京区千駄木(せんだぎ)三丁目にある。車を七、八分走らせると、会長宅に着いた。
　金森が矢吹に気づき、捜査車輛から素早く降りる。

会長宅はコンクリート造りの三階建てだった。階下は事務所になっている。二、三階が居住スペースだ。

矢吹は事務所に入るなり、陶製の傘立てを両腕で抱え上げた。花札に興じていた三人の若い組員が一斉にソファから腰を浮かせた。

矢吹は傘立てを床に力まかせに叩きつけた。陶器が砕け、数本の雨傘が舞った。

「本庁組対四課の者だ。首藤に取り次ぎがねえと、スチールロッカー、金庫、机の引き出しをいますぐ検めるぜ。短刀ぐらい見つかるだろうからな」

「少々、お待ちください」

二十六、七歳の男が慌てた様子で二階に駆け上がった。二分ほど待つと、着流し姿の首藤が階下に降りてきた。

「組対四課の矢吹だ。殺られた村上のことで訊きてえことがあるんだよ」

「わかった」

首藤が言って、三人の手下を二階に追いやった。それから会長はコーヒーテーブルの上の花札を払い落とし、矢吹と金森にソファを勧めた。

矢吹は首藤の前に坐った。金森が、かたわらに腰かける。

「村上が東京地検から逃げたことは恥じてる。三次の下部団体とはいえ、あいつは一家を構えたんだ。情婦が恋しかったんだろうが、組長のやることじゃない。みっともねえ話

会長が言った。重々しい口調だった。

「村上は理事会で、下部組織が吸い上げられてる上納金が重いって言ったらしいね?」

「ああ」

「会長は村上に何も言わなかったそうだが、常任理事のひとりが叱りとばしたって?」

「そうだったな。村上は理事になってから、ちょっと生意気になったんだ。それで、常任理事たちの反感を買ってしまったんだよ。村上が悪いな」

「会長は上野署の留置課の畑中って巡査を知ってるかい?」

「いや、知らんな」

「そいつは、村上の担当看守だったんだよ」

「おれがそいつを抱き込んで、村上の逃亡に手を貸したと疑ってるようだな。しかし、それは見当外れだ。村上が図に乗りはじめてたことは苦々しく感じてたよ。しかし、奴を始末したいと思うほど頭にきてたわけじゃない。ただ、要注意人物とは考えてなかったがね」

「どういう意味なんだい?」

矢吹は問いかけた。

「言いにくいことなんだが、村上は警察に接近しすぎてたんだよ。地元の上野署の連中に取り入ったただけじゃない。奴は渋谷署、新宿署、池袋署の暴力団係刑事(マルボウ)たちとも接触し

て、情報を集めてたんだ。常任理事たちの中には、村上のことを警察のイヌと極めつけた者もいる。所轄署だけじゃなく、本庁の幹部にも尻尾を振ってたようだな」
「そいつの所属は？」
「そこまではわからない。氏名までは摑んでないんだよ。村上は、その人物のために何か手を貸してたんじゃないのかね。もちろん、法律に触れることだ」
「村上がホセ・サントスというコロンビア人の大使館員とつき合ってることは知ってたかい？」
「配下の者から、そういう情報は入ってた。村上が南米からコカインでも買い集めてるのかもしれないと思って、ちょっと調べさせたんだ。しかし、麻薬を買ってる様子はうかがえなかったらしい」
「銃器を買い集めてたとは考えられねえかな？」
「そういった類なら……」
「別のルートで簡単にピストル、ライフル、短機関銃も入手できるってか？」
「おれの口からはコメントできない。うっかりイエスと言ったら、家宅捜索されることになるからな」
　首藤が薄ら笑いを浮かべた。
「それだけで、察しはつくよ。しかし、銃器を南米から密輸することは盲点だな。麻薬と

「そうなんだが、もう銃器はだぶつき気味だから、商売にはならんと思うよ」
「確かにな。けど、村上と親しい警察関係者が大量に集めた可能性もあるな。そうだったら、村上たち二人を葬ったのは、あんたたちの身内かもしれないぞ」
「誰かが数多くの銃器を押収したがってるとしたら、村上がホセ・サントスとかいう大使館員を抱き込んで、南米から世界各国の銃器を買い集めた可能性もあるな。そうだったら、村上たち二人を葬ったのは、あんたたちの身内かもしれないぞ」
「ああ、ひょっとしたらな」
矢吹は、隣の金森に目配せした。退散の合図だ。

4

貧乏揺すりが止まらない。
矢吹は自分の太腿を拳で打って、苦く笑った。職場の自席である。
村上が殺されたのは、四日前だ。部下の金森と平岩は朝から畑中巡査の自宅アパートの近くで張り込んでいる。張り込み場所は北区赤羽一丁目だった。
きょう、畑中は非番の日だ。矢吹は、村上の担当看守だった巡査が事件に関わりのある人物と接触するかもしれないと予想し、二人の部下に畑中の塒を張らせたのである。

もうじき午後七時になる。

金森から経過報告があったのは、午後三時過ぎだった。捜査対象者は正午過ぎに近所のスーパーマーケットに買物に出かけたきりで、その後は自分の部屋に引き籠っているという。動きはまったくないようだ。

畑中は今夜は外出しないつもりなのか。まだわからない。

矢吹は昼間、未亡人から借りてきた村上の名刺アルバムを繰りはじめた。三度目だった。分厚いアルバムには、夥しい数の名刺が貼られている。警察関係者の名刺は三十数枚あった。

本庁勤務の警察官は、たったのひとりしかいなかった。それは、組織犯罪対策部第五課第一銃器捜査班の郡司公啓班長だった。四十七歳で、職階は警部だ。

郡司は〝ガン・ハンター〟の異名を持ち、毎月のように十数挺の拳銃、自動小銃、短機関銃を押収している。

押収した銃器は、すでに三百挺を超えている。過去には前例がなかった。

郡司の手柄を妬む声も聞いている。冗談半分に、ネット・オークションで手に入れた真正銃を買い漁って、押収品にしているのではないかという噂が庁内で囁かれてもいた。

しかし、公務員が密かに銃器を買い求めるだけの金銭的な余裕はないはずだ。

三年前まで都内の所轄署で銃器や薬物の摘発に一貫して携わってきた郡司は、警察犬並

矢吹はピースを喫いながら、推測しはじめた。

郡司は第一銃器捜査班の班長の椅子を誰にも譲りたくないと考えているのか。そのためには、目立つ実績を上げなければならない。

そこで、義友会村上組の組長に相談を持ちかけたのではないか。村上は郡司に貸しを作っておいて損はないと判断し、外交官のホセ・サントスに各種の銃器を買い集めさせて日本に持ち込ませたのかもしれない。

そのことが発覚しても、日本の警察は外交官特権を持つ二等書記官を逮捕することはできない。それどころか、ホセ・サントスを捜査対象にしただけで、国際問題に発展しかねないだろう。

村上は引き取った拳銃、自動小銃、短機関銃を暴力団関係者の自宅やセカンドハウスにこっそり隠し、郡司警部に連絡をしていたのではないか。郡司は部下とともに銃器の隠し場所に急行し、ハンドガンやライフルなどを押収していたとは考えられないだろうか。

その疑いはありそうだ。問題は銃器の購入資金である。

村上が郡司に恩を売る目的で、身銭を切っていたのか。矢吹は一瞬、そう思った。しかし、村上は義友会の理事会で下部団体に課せられた上納金が重すぎると発言している。
の嗅覚があるのだろう。それにしても、押収した銃器の数が多すぎる。やはり、不自然だ。

金銭にシビアな男が銃器の購入資金を肩代わりするとは考えられない。となると、郡司自身が何らかの方法で銃器の代金を調達していたのだろう。

凄腕の"ガン・ハンター"である男は裏社会の顔役たちの弱みを押さえて、裏収入を得ていたのだろうか。そして、カンパさせた裏金で各種の銃器を買い集めていたのか。

しかし、そんな危ないことをしたら、いまに闇討ちにされるかもしれない。郡司は村上とつるんで、何か非合法ビジネスをしていたのではないか。考えられるのは、高級売春クラブだ。

女優並の美人たちを揃え、著名人たちのベッドパートナーにして、高額の遊び代をせしめる。客の男たちには内緒で、情事の一部始終をCCDカメラに収めておく。そうすれば、揉め事は未然に防げる。

ただ、客たちはそれぞれ権力者と繋がりがあるだろう。そう考えると、やくざまがいの裏ビジネスはリスキーだ。

賭博はどうか。郡司は村上に定期的に賭場を開かせていたのか。胴元がいかさまをやれば、かなりの額のテラ銭が転がり込む。

しかし、最近はサイコロ賭博も花札もすっかり廃れてしまった。その証拠に常盆がめっきりと少なくなった。

非合法の地下カジノで銃器の購入代金を捻出してきたのかもしれない。ルーレットに

しても、ポーカーやブラックジャックなどカードゲームにしても、勝負が早い。一晩で数千万円の金が動く。元手は、さほど必要ない。筋者なら、客も集められるだろう。

　短くなった煙草の火を消したとき、加門刑事がやってきた。

　矢吹は反射的に加門を睨みつけた。加門は意に介さなかった。矢吹の机の横にたたずんだ。

「畑中巡査の金回りがいい理由がわかりましたよ。巡査の父親が十カ月前に肝硬変で亡くなって、遺産の半分が未亡人に渡り、残りの半分は三人の子供が相続したんです。畑中は亡父の預貯金のうち、五百万を受け取ってました」

「臨時収入があったと畑中は言ってたんだが、そういうことだったのか。で、野郎はフランク・ミュラーの腕時計を買ったんだな?」

「多分、そうなんでしょう」

「ちょっと待てよ。高級腕時計を買って、非番の日に六本木で豪遊してたら、あっという間に五百万はなくなっちまうぜ」

「畑中充は、いつもひとりでキャバクラやトップレスバーに行ってたことを部下が確認しました。一軒で遣う金は四、五万だったそうです。ただ、気に入ったキャバクラ嬢には店に顔を出すたびに、ブランド物のバッグや装身具をプレゼントしてたようです」

「だったら、とっくに父親の遺産は遣い果たしてるはずだ」
「そうでしょうか。畑中巡査が借りてるアパートはだいぶ古いんで、家賃は1DKで四万七千円なんですよ。ふだんの暮らしぶりは質素だったらしいから、まだ亡くなった父親から相続した金は少し残ってるんじゃないのかな」
「だから、畑中が銭のために村上の逃亡を手助けした疑いは薄いってことを言いたいわけかい?」

矢吹は問いかけた。

「担当看守だった畑中巡査は、少なくとも金欲しさに村上の逃亡に協力したんではないでしょうね」
「そうは思えねえな。畑中はホステスたちにちやほやされて、もっと遊ぶ金が欲しいと思ってたにちがいねえ」
「矢吹さん、何か根拠があるんですか?」
「勘だよ、おれのな」
「ただの勘ですか」
「おれにあやつける気かよっ」
「別に絡んだわけではありません。畑中巡査が派手な遊び方をしてるからって、彼が村上の逃亡に協力したと思い込むことは早計でしょ?」

「偉そうなことを言うんじゃねえ。村上は東京地検で押送車に乗り込む振りをして、ずらかったんだぜ。わざと畑中が逃亡するチャンスを与えたにちがいねえよ」

「そうなんだろうか。仮にそうだったとしましょう。で、畑中が手を貸した理由は何なんです?」

「遊興費が欲しかったんで、村上の頼みを聞く気になったんだろう」

「こっちは、畑中巡査は村上の罠に嵌められたのではないかと思ってるんですよ」

「話がよくわからねえな」

「村上は上野署に留置された翌々日、愛人の百合香に下着類を差し入れさせてるんですよ。その晩、巡査はなぜか彼女の自宅マンションを訪ねてるんです」

「なんだって!?」

「畑中巡査が百合香の部屋を訪ねたことは間違いありません。マンションの居住者が三人、目撃してました。おそらく百合香に命じられて、畑中に色仕掛けで迫ったんでしょう」

「それで、畑中は村上の愛人を抱いちまった?」

「セックスはしてないと思います。しかし、衝動的にキスぐらいしてしまったんでしょう。畑中巡査が村上の逃亡に協力したとしたら、金銭欲しさからではなく、ハニートラップに引っかかりそうになった事実を脅迫材料にされたんでしょうね」

「密室での出来事だったんだ。畑中が色仕掛けに引っかかりそうになったかどうかは、はっきりしねえわけだ」

「ま、そういうことになりますね？　つまり、根拠はねえわけだ」

「だったら、おれの勘と同じじゃねえか。口幅ったいことを言うねえ」

「確かに矢吹さんが言う通りですね。軽率なことを言ってしまいました。謝ります。ただですね、こっちの推測はピント外れではないと思います」

「うぬぼれが強えな。もし読みが外れてたら、頭を丸めてもらうぜ」

「いいでしょう。それはそうと、何か新しい手がかりは摑めました？」

加門が訊いた。

矢吹の脳裏に郡司警部の顔が浮かんだが、無言で首を横に振った。

「そうですか。われわれの聞き込みで、殺された村上が叔父貴分に当たる戸張組の組長を警察に売った疑いが出てきたんです。去年の秋、戸張組は拳銃と自動小銃を併せて二十五挺ほど押収されたんですよ。裏付けは取れませんでしたが、戸張は村上に密告られたと思ってるようでした」

「そうかい」

「矢吹さんも戸張組長に会ってますね？　どうして、そのことをわれわれに教えてくれなかったんです？」

「深い意味はねえよ。そっちの班は支援チームだから、いちいち報告することもねえかなと思ったんだ」
「確かに、われわれは助っ人チームです。しかし、同じ事件を追ってるんですよ。密に連絡を取り合わなかったら、聞き込みを重複するような無駄が出ます」
「わかったよ」
「上野のパールホテルでページボーイが事件の前々日の夜、何者かに盗まれてたことが部下の聞き込みでわかりました。そのことは、もうご存じですか？」
「いや、初耳だな」
「犯人はページボーイになりすまし、ピッキング道具を使って一五〇五号室に侵入したんでしょう。上野署が捜査資料としてホテルから借りた事件当日の防犯カメラの映像を観せてもらいました。ページボーイに化けた犯人の顔は残念ながら、はっきりとは確認できませんでした。終始、うつむき加減だったからです」
「そうかい」
「動作は、さほど若々しくはありませんでした。多分、四十代だと思いますね。犯人と思われる人物は保身のため、どうしても村上の口を封じたかったんでしょうね。愛人も一緒に殺害したのは、自分のことを村上が洩らしてると考えたからだと思います」
「そうだろうな」

「村上が戸張組を警察に売ったとしたら、銃器の押収が謎を解く大きな鍵になるんじゃないのかな」

加門が歌うように言った。矢吹は表情を変えなかったが、度肝を抜かれた。悔れない。

「矢吹さんはどう思われます?」

「いま、考えてるとこだよ」

「そうですか。こっちは、銃器の押収に熱心な警察関係者が協力者だった村上の口を封じたのではないかと推測してます」

「誰か思い当たる奴がいるのか?」

「ええ、まあ。しかし、まだ確証を摑んだわけじゃありませんから、その人物の名前は秘しておきます」

「単なる勘でもいいから、そいつの名を教えてくれや」

「もう矢吹さんも見当はついてるんでしょ?」

「思い当たる野郎なんていねえよ」

「そうですかね」

加門が意味ありげに言って、刑事部屋から出ていった。手強い相手だ。早く捜査を進めないと、恥をかくことになる。

矢吹は机から離れ、隣接している組織犯罪対策部第五課第一銃器捜査班の部屋を覗い

た。郡司警部の姿は見当たらなかった。

矢吹は居残っていた若い刑事に断って、銃器摘発の事案簿を見せてもらった。

郡司班長が扱った事件は突出して多い。押収した銃器の大半は未使用だった。銃弾も新しかった。

「四課が拳銃密売組織をマークしはじめてるんですか？ 摘発のときは、わたしも噛ませてくださいよ。班長だけが手柄を立てて、われわれは少しも点数稼げないんですから」

「この班長は、異常なほど銃器の押収に熱心だよな？」

「そうですね」

「身内の誰かが海外旅行中に現地で誤射されたのか？ あるいは、国内で運悪く流れ弾に当たっちまったのかい？」

「そういうことはないと思いますよ。ただ、郡司班長は日本がアメリカみたいに銃社会になることを恐れてるんです。だから、〝ガン・ハンター〟と呼ばれるほど摘発に精出してるんですよ」

「立派な心がけじゃねえか。けど、それだけじゃねえと思うがな」

「どういうことなんです？」

「郡司公啓は班長としての面目を保ちたくて、銃器狩りをやってるんじゃねえのか？」

「当然、そういう気持ちはあると思いますね。でも、この国を銃社会にしてはいけないと

「それにしても、次から次に押収するもんだよな。ネット・オークションで入手した銃器を押収品にしてるんじゃないかって噂はともかく、暴力団と裏取引してるんじゃねえかと疑いたくなるぜ。郡司は組長連中に隠し持ってるピストルやライフルを出せば、構成員たちの小さな犯罪には目をつぶってやるとでも言ってんじゃねえのか?」

「そこまではやらないでしょう? ヤラセの銃器押収のことが発覚したら、それこそ身の破滅ですからね」

「まあな。けど、出世欲の強い奴は危ない橋を渡ってでも、上のポストを狙いたいんじゃねえのか。郡司班長がもっと成績を上げりゃ、そう遠くない日に五課の課長になれるだろうからな」

「そうでしょうけど」

「郡司は出世欲が強いんだろ?」

「ええ、まあ」

「だったら、何か裏技を使ってるな」

「裏技って?」

「邪魔したな」

矢吹は返事をはぐらかして、そそくさと廊下に出た。

5

 捜査対象者が動きはじめた。
 部下の金森から電話連絡があったのは、午後九時過ぎだった。マークしていた畑中巡査が数分前に六本木のトップレスバーに入ったらしい。
「その店の名は?」
「『ピーコック』です。東京ミッドタウンの斜め裏の飲食店ビルの地階にあります」
「おまえと平岩は、『ピーコック』の出入口付近にいるんだな?」
「そうです」
「そのまま待機してろ。すぐにそっちに行く」
 矢吹は電話を切ると、慌ただしく刑事部屋を出た。エレベーターで地下二階に降り、レガシィに乗り込む。
『ピーコック』を探し当てたのは、およそ二十分後だった。
 部下たちの乗り込んだマークXは、白人トップレスバーの十メートルほど手前に停まっていた。ヘッドライトは消され、エンジンも切られている。車内は暗い。
 矢吹は覆面パトカーを路肩に寄せ、路上に降り立った。金森が足早に近づいてきた。

「畑中に連れは？」

「いいえ、ひとりでした。店内で誰かと落ち合うことになってるのかもしれません」

「そうだな。おまえら二人は車の中で待機してろ。もし畑中が逃げたら、すぐ追ってくれ。いいな？」

「わかりました」

「車に戻れ」

矢吹は金森に言って、飲食店ビルに足を向けた。十一階建てで、外壁は白っぽい磁器タイル張りだった。

地階に通じる階段を下(くだ)られていた。店名は金文字だった。

奥から黒服の男が現われた。三十代の前半だろうか。面長(おもなが)で、細身だった。

「いらっしゃいませ。おひとりさまですね？」

「客じゃねえんだ」

「組関係の方ですね。みかじめ料でしたら、オーナーが一年分まとめて払ったと聞いてますが……」

「警察だよ」

矢吹は警察手帳を見せた。相手がにわかに緊張した。

「畑中充は常連客だな?」
「ええ、まあ。月に十回はお見えになりますから」
「いつも連れはいないのか?」
「そうですね」
「目当てのホステスがいるようだな?」
「フランス系カナダ人のカトリーヌさんが気に入ってるようですね。今夜も、彼女が畑中さんのお席についてますんで」
「そうか。畑中は、そのカトリーヌってホステスにだいぶ貢いでるんだろ?」
「よくわかりませんが、プレゼントはしてるみたいですね。でも、畑中さまは大手製菓会社の創業者の孫だという話ですから、お金には不自由したことがないんでしょう」
　黒服が言った。
　矢吹は笑いそうになった。ほとんどの警察官がプライベートでは身分を明かさない。相手に警戒心を持たれることが多いからだ。
　矢吹自身も酒場では、もっぱらサラリーマンで通している。もっとも筋者と思われることが少なくない。それにしても、畑中は見栄を張ったものだ。小物ほど自分を大きく見せたがる傾向がある。
「畑中さまが何かまずいことでもしたんですか?」

「いや、ちょっとした事情聴取だよ。ほかの客には気づかれないように畑中を店の外に連れ出すから、安心してくれ」
「ぜひ、そうしてくださいね」
 黒服の男が拝む真似をした。
 矢吹は店の奥に進んだ。正面のステージで乳房を剝き出しにした白人女性がポールを使って、妖しく踊っている。黒いTバックのパンティーが煽情的だ。
 ボックスシートは十四、五卓あった。客に侍っているのは若い白人ホステスばかりだった。半分ほど埋まっていた。日本人男性は総じて白人女性に弱い傾向がある。ことにブロンド美人には憧れが強い。
 アジア人や黒人はいない。
 矢吹も好奇心から一度、白人娼婦と遊んだことがある。しかし、期待外れだった。すぐに幻滅してしまった。
 肌理が粗く、両腕や背中は産毛で覆われていた。羞恥心もなかった。
 畑中は、ほぼ中央のボックスシートに坐っていた。
 隣にいる栗毛の娘はカトリーヌだろう。目鼻立ちは整っている。睫毛も長い。
 矢吹は畑中のテーブルに近づいた。畑中が顔を強張らせた。
「ちょっと訊きてえことがあるんだ。店の外に出てくれねえか」

栗毛のホステスが畑中に声をかけた。滑らかな日本語だった。畑中は黙ったままだ。

「あんた、カトリーヌさんだな?」

「ええ、そう」

「畑中から、だいぶプレゼントされたらしいね?」

「そうなの。畑中さん、わたしのことを気に入ってくれてるの。だから、いろいろよくしてくれてるの」

「畑中もおれもポリスマンなんだよ」

「それ、嘘でしょ!?」

カトリーヌが目を丸くした。

「嘘じゃねえよ。いま、出ます」

「わかりました。いま、出ます」

畑中が立ち上がった。カトリーヌは茫然としている。

「警察、呼んだほうがいい?」

「わたしが何をしたと言うんです?」

「いいから、立ちな」

「明日じゃ、まずいですか?」

矢吹は畑中に支払いをさせてから、『ピーコック』を出た。階段の途中で、畑中の腕を

「村上が逮捕された翌々日、組長の愛人が上野署に差し入れにやってきたな。その晩、おまえは百合香の自宅マンションに行った。そうだな?」

「えっ!?」

「ばっくれるんじゃねえや。おまえが百合香の部屋に入ったとこをマンションの居住者たちが目撃してるんだっ」

「そ、それは……」

「白状しねえと、損だぜ」

「行きました。村上に泣きつかれて、マンションにある百合香の全裸写真をこっそり取ってきてくれと頼まれたんです」

「しかし、それは村上の罠だったんじゃねえのか? 組長の愛人はおまえに色目を使って、素っ裸になったんじゃねえのか?」

「全裸じゃなく、ランジェリー姿でした。彼女はわたしに全身で抱きついてきて、唇を重ねてきたんです。大胆に舌を絡めてきたんで、反射的にディープキスをしてしまったんですよ。それから胸をまさぐり、ヒップも揉みました。しかし、百合香と男女の仲になったら、村上に仕返しされると思ったんで、そこから先には進みませんでした」

「百合香は、村上に担当看守に姦られそうになったとでも言ったんだろうな」

、

バク
ゲロ
か
や

「そうなんですよ。翌日、村上はそう言って、わたしを睨みました。こちらがどんなに否認しても、組長は疑ったままでした」
「で、村上は自分の逃亡に協力しろと迫ったんだな?」
「は、はい。協力しなかったら、組員にわたしを始末させると脅迫したんですよ。わたしはビビってしまって、あの日、検事調べが終わった直後に村上の手錠の片方を外したんです。それから地検の職員や押送車のドライバーにわざと話しかけて、村上に逃げるチャンスを与えてやったんです。ばかなことをしてしまいました」

畑中がうなだれた。

「協力した謝礼は、村上組の若頭から貰ったのか? それとも、上野のパールホテルで村上から直に手渡されたのかい?」
「謝礼なんか貰ってませんよ」
「ほんとだな?」
「ええ」
「キャバクラや白人トップレスバーで遊んでたのは、親父さんの遺産が入ったからだったのか?」
「そうです。臨時収入だったんで、フランク・ミュラーの腕時計を買って残った金で六本木のキャバクラや『ピーコック』に通ってたんですよ」

「相続したのは五百万だったよな？」

矢吹は確かめた。

「はい」

「遺産だけじゃ、お気に入りのホステスにブランド物のバッグや装身具を買ってやれねえだろうが？」

「…………」

「殺された村上はコロンビア大使館のホセ・サントス二等書記官に銃器を買い集めさせて、それを警察関係者に渡してたんじゃねえのか？ おまえは、その警察関係者が村上と百合香を始末したと見当をつけて、そいつから口止め料をせしめた。そうじゃねえのかっ」

「何もかもお話しします」

「素直になったか」

「わたしも警察官の端くれです。まだ少しは正義感が残ってますんで」

畑中が両腕を差し出した。

矢吹は畑中の腕を下げ、その背に手を掛けた。

階段を昇りきったとき、畑中が不意に肘打ちを見舞ってきた。エルボーは矢吹の顎を直撃した。矢吹はよろけた。

畑中が地を蹴った。

数秒後、無灯火のワンボックスカーがマル先の路面に落下した。

ワンボックスカーは、そのまま遠ざかっていった。矢吹は身振りで、二人の部下にワンボックスカーを追えと指示した。外苑東通り方向だった。

マークXが急発進し、すぐさまワンボックスカーを追いはじめた。加害車輛のナンバープレートは外されていた。

矢吹は畑中に駆け寄った。

畑中は身じろぎ一つしない。首が奇妙な形に捩れている。

矢吹は屈み込んで、畑中の右手首を取った。脈動は伝わってこなかった。

「それ以上、近づくなよ」

矢吹は群れはじめた野次馬に怒鳴って、事件通報をした。

本庁機動捜査隊と所轄署員たちが臨場したのは、十数分後だった。矢吹は顔見知りの捜査員に経過を伝えた。

現場検証が終わったとき、金森から連絡があった。畑中を轢き殺したワンボックスカーは、江東区東砂三丁目の荒川沿いの廃工場に入ったという。

「おれが行くまで、おまえら二人は様子をうかがっててくれ」

矢吹は指示し、レガシィに乗り込んだ。サイレンを響かせながら、江東区の廃工場に向かう。三十分弱で、目的地に着いた。工場街だった。

捜査車輛を降りると、平岩が駆け寄ってきた。

「金森さんは工場内に入りました。機械が取り払われた場所には、十数台のルーレットテーブルがあるそうです。それから、カードテーブルもね」

「そうか。で、廃工場の主は？」

「片山幹雄です。二年半前に工場は倒産してますね。犯歴照会しましたら、片山は拳銃の密造で二年前に起訴されて、七カ月前に仮出所したことが判明しました。検挙したのは、五課第一銃器捜査班でした」

「やっぱり、そうだったか。村上と百合香を殺ったのは、おそらく班長の郡司だろう」

「えっ!?」

矢吹は自分の推測を明かした。

「畑中を轢き殺したのは、片山って野郎だと思うよ」

「郡司警部は村上を使って、ホセ・サントスに各種の銃器を買い集めさせてたわけですね？」

「ほぼ間違いねえよ。郡司は廃工場に違法カジノを作って、荒稼ぎしてたんだろう。そ

金を銃器の購入資金に充ててたにちがいねえ。カジノの客は、村上に集めさせたんだろうな。畑中は郡司の悪事を嗅ぎつけ、口止め料をせびってたんだろう」
「郡司班長は保身のため、片山中を轢き殺させたんですね？」
「そうなんだろう。郡司自身はホテルの従業員になりすまして、パールホテルの一五〇五号室に忍び込んで、村上と百合香を殺ったにちがいない」
「そうだとしたら、郡司警部は村上の口を封じる目的で、逃亡を唆したんですね？」
「だろうな。それはそうと、廃工場には片山しかいないのか？」
「ええ、多分ね」
「金森が戻ってきたら、片山に任意同行を求めるぞ」
「はい」

平岩の顔が引き締まった。
十数分が流れても、金森は戻ってこない。矢吹は、金森の刑事用携帯電話を鳴らした。電源が切られていた。不測の事態に陥ったようだ。
「どうやら金森は片山に見つかって、人質に取られたらしい。おまえは外で待機してろ」
矢吹は平岩に言い置き、廃工場の敷地に入った。
広い車寄せにワンボックスカーが見える。フロント部分は破損していた。
矢吹は姿勢を低くして、工場に忍び寄った。潜り戸はロックされていなかった。ルーレ

ットテーブルやカードテーブルが並び、その向こうにパーティションで仕切られた部屋が見える。

矢吹は抜き足で、その部屋に接近した。ドアが細く開いていた。隙間から覗き込む。金森がロープで回転椅子に縛りつけられていた。その横には、五十年配の男が立っている。片山だろう。中肉中背だった。

矢吹はホルスターから、シグ・ザウエルP230を引き抜いた。スライドを引いたとき、背中に硬い物を押し当てられた。感触で、銃口とわかった。

「郡司だな?」

「そうだ。わたしはロシア製のサイレンサー・ピストルを握ってる。すでにスライドは引いてある。シグ・ザウエルを寄越すんだ」

「くそったれ!」

矢吹は言われた通りにした。

次の瞬間、背後で空気が揺れた。矢吹は後頭部をシグ・ザウエルP230の銃握(グリップ)で強打された。一瞬、脳天が露んだ。唸りながら、その場にうずくまる。

「中に入るんだ」

郡司が矢吹の腰を蹴った。矢吹は前のめりに倒れた。

「矢吹さん! おれ、失敗を踏んでしまいました。すみません!」

金森が謝った。

「仕方ねえさ」

「わたしが村上に頼んでホセ・サントスに銃器を買い集めさせたことは、立件できっこない。外交官には治外法権があるからな」

郡司が矢吹に言った。

「そうだな。けど、てめえがホテルマンを装って村上と百合香を殺ったことは立件できるぜ。パールホテルの防犯カメラの映像をマックスまで拡大すりゃ、てめえの面がはっきりとわかるだろうからな」

「はったりはよせ！　わたしは予めホテルの従業員を抱き込んで、十五階の防犯カメラは作動させるなと念を押しといたんだ」

「その相手は不審に思って、約束を破ったんだろう」

「狡い奴だな、あのホテルマンは」

「村上の逃亡に手を貸した畑中にいくら口止め料を払ったんでえ？」

「三百万だよ。畑中は、さらに五百万出せと言ってきた」

「際限なく強請られたんじゃ、たまらねえ。だから、てめえはそこにいる片山って奴に畑中を轢き殺させたんだなっ。それから、違法カジノのダミーのオーナーにさせてたんじゃねえのか？」

「否定はしないよ。どうせ矢吹と金森は始末するんだからな」

郡司がシグ・ザウエルP230の銃把から、マガジンクリップを落とした。それから、マカロフPbを片山に手渡す。

「この二人と外にいる若い刑事を始末してくれ」

「それは、ちゃんとやりますよ。でも、カジノの収益は今後は山分けにしてほしいな」

「いいだろう。片山、しくじるなよ」

「任せてください」

片山が胸を叩いた。郡司が部屋から出ていった。

その直後、金森が回転椅子ごと片山にぶつかった。片山が体をふらつかせた。

矢吹は起き上がって、片山を突き倒した。

片山が横倒れに転がった。手からサイレンサー・ピストルが零れ落ちた。反撃のチャンスだ。

矢吹は片山に覆(おお)い被(かぶ)さって、後ろ手錠を打った。

そのとき、平岩が部屋に入ってきた。郡司の片腕をしっかと摑んでいる。平岩の後ろには、加門が立っていた。

「加門さんが郡司警部の身柄(ガラ)を確保してくれたんですよ」

平岩が言った。矢吹は加門を見た。

「助っ人が余計なことをしたかもしれません。しかし、真犯人に逃げられたくなかったんですよ。勘弁してください」
「謝ることはねえよ。そっちが郡司を連行しろや」
「いいえ、四課のお手柄ですよ。後で、こっちの手錠を返してくださいね」
加門が言って、大股で歩み去った。
矢吹はほほえんだ。近いうちに加門と二人で酒を酌み交わしたくなった。
郡司が意味不明の言葉を発し、床に頽れた。
矢吹は無言で郡司に歩み寄り、顎を蹴り上げた。郡司がのけ反って、仰向けに引っくり返る。不様だった。
矢吹は冷笑した。

哀しい絆

1

茶柱が立っている。

しかも垂直に浮かんだ茎は、なんと二本だった。何かいいことがあるのか。

昔から、そう言い伝えられている。迷信だが、そうなることを願いたい。

五味純高は自宅の縁側に腰かけ、庭を彩る花々を眺めていた。

五月中旬の正午過ぎだ。

さほど広い庭ではない。十五坪足らずだ。三年前に他界した妻が丹精込めて育てた各種の花が毎年、律義に咲いてくれる。どんなに心を慰められたことか。

自宅は板橋区内にある。二階家で、間取りは4LDKだった。

五十八歳の五味は四日前から、この家で独り暮らしをしている。ひとり娘の梓が結婚

し、ヨーロッパに新婚旅行に出かけたからだ。
　二十七歳の娘が選んだ夫は、風鈴職人だった。梓よりも三つ年上だ。義理の息子は有名私大を出て、システムエンジニアになった。しかし、労働の歓びを感じられなかった。そんなことで、転職したのである。
　梓は幼稚園の先生だ。娘夫婦は当分、共働きをするらしい。そうしなければ、借りたマンションの家賃も払えないのだろう。
　五味は番茶を啜った。
　うまかった。なぜだか子供のころから、緑茶よりも番茶のほうが好きだった。香ばしさがたまらない。気持ちが安らぐ。
　五味は警視庁刑事部捜査三課に勤務している。同課は、主に強盗事件や偽札組織の捜査に当たるセクションだ。五味は警部補である。
　娘の挙式に合わせて、一週間の休暇を取っていた。あと二日半、のんびりと過ごせる。ショートホープをくわえようとしたとき、客間で固定電話が鳴った。五味は煙草を箱の上に乗せ、すぐに腰を上げた。
　背後の和室に入り、電話機のある場所に急ぐ。受話器を耳に当てると、旧知の加門刑事の声が流れてきた。
「梓ちゃんがお嫁に行ったんで、寂しいでしょ?」

「なあに、せいせいしてるよ。一緒に暮らしてるときは、女房以上に口うるさかったからな。ネクタイの結び方が緩いとか、寂しくて仕方ないんでしょう？　茶飲み友達を作ったら？」
「とか言ってるけど、飯を喰ってるときは新聞を読むなとかさ」
「おれを年寄り扱いしやがって。まだ還暦前だぜ。おれのことより、きみこそ早く身を固めろよ」
「独身は気楽ですから、当分、結婚する気にはなれませんね」
「困った男だ」
　五味は言葉を飾らなかった。もう長いつき合いだ。
　十七年前、ある所轄署の刑事課で加門と一緒になった。五味は新米刑事の加門の指導係を命じられた。加門は好青年だった。遠慮し合う仲ではない。五味は惜しみなく刑事の心得を伝授した。加門は呑み込みが早かった。一年後には、頼りになる刑事に成長していた。
　同僚だったのは三年弱だ。異動になっても、二人の交友はつづいていた。加門は周囲の者たちに五味のことを〝師匠〟と敬っているらしい。
　それでいて、五味には少しもおもねることはなかった。そういう人柄は好ましい。信用もできる。
「梓ちゃんのウェディングドレス姿は綺麗だったな。とても幸せそうな顔をしてました

「そうだったかな。おれはなんか照れ臭くて、まともに娘を見られなかったんだ。加門君、わざわざ梓の披露宴に出席してくれて、まともにいただいちゃって、ありがとうな」
「いいえ。こちらこそ、豪華な引き出物をいただいちゃって」
「あのガラス工芸、実は新郎の手作りなんだよ。風鈴職人で喰ってるわけだが、ガラス工芸家として何度も個展を開いてるんだ」
「そうだったんですか。それなら、そのうちプロのガラス工芸家になるつもりなんですね?」
「そういう夢は持ってるんだろうな。将来については多くを語らない男なんだが……」
「梓ちゃんの旦那は若いのに、ちゃんと自分のスタンスが定まってる感じですよね。梓ちゃんは、そういうとこに惹かれたんでしょう」
「そうなのかもしれないね。きみがもう少し若かったら、娘と一緒にさせたんだがな」
「確か梓ちゃんは、刑事が嫌いでしたよね?」
「そう。娘は寄らば大樹型の男や権力側に与する奴は、どいつも腰抜けだと軽蔑してる。刑事の父親に育ててもらったくせに、そういう憎まれ口をたたくんだから、親不孝な娘だよ」
「梓ちゃんの言った通りなのかもしれませんね。漢と呼べるような奴は、たいてい一匹狼

「ですから」

「そうなんだが、別におれは権力側に擦り寄ったわけじゃない。犯罪捜査に興味があったから、刑事になったんだ。加門君も同じだろう?」

「ええ、そうですね」

「話は飛ぶが、こないだの組長殺しの一件の犯人は組対五課第一銃器捜査班の郡司と知って、心底びっくりしたよ。彼は違法カジノで儲けた金で村上組長を使い、コロンビア大使館員に各種の銃器を集めさせて、それを押収してたそうだね?」

「そうなんですよ」

「ヤラセまでして実績を上げたかったなんて、どうかしてるな。キャリアに負けたくなったんだろうが、考え方が間違ってるよ」

「こっちも、そう思います」

「それにしても、きみが率いてる五係はちょっと点数を上げすぎだろう? ほかの連中にやっかまれるぞ」

「首謀者の郡司を割り出したのは、組対四課の矢吹さんなんですよ」

「えっ、そうなのか!? 先日、食堂で矢吹と隣り合わせになったんだが、彼は加門君のお手柄だと言ってたぞ。矢吹は狂犬刑事と陰口をたたかれてるが、きみのことは素直に誉めてた」

「矢吹さんは露悪趣味があるだけで、素顔は硬骨漢なんだと思いますよ。出世のことなんか少しも考えてない。だから、警察官僚にも臆することなく、言いたいことをはっきりと口にしてる。矢吹さんみたいな刑事がもっと増えれば、警察社会の腐敗も少しは喰い止められるはずです」

「だろうな。今回の事件も上層部は揉み消したかったんだろう、現職捜査員の不祥事だったわけだからね」

「そういう動きは一部にあったようですよ。しかし、矢吹さんが身内を庇うことはやめろと刑事部長を諫めて、記者会見を開かせたんです」

「鼻抓み者と敬遠されてる矢吹こそ、真の警察官だね。ドストエフスキーの言葉だったと思うが、善人ぶってる人間の多くは単なる偽善者で、悪人ぶってるアウトサイダーの中に真っ当な人間がいるってことなんだろう」

「そうなのかもしれませんね。そのうち、お宅に遊びに行きますよ。ひとりで夕飯を喰ってもうまくないでしょうから」

「気が向いたら、顔を出してくれ」

「ええ。また連絡します」

加門が電話を切った。

五味は受話器をフックに掛けた。その直後、娘の梓から国際電話がかかってきた。

「薫君と仲よくやってるか?」
「るそうだからな」
「わたしたちは大丈夫よ。それより、いまパリにいるの。それでね、少し前に洒落たハンチングを買ったのよ。父さんのお土産にね」
「それは気を遣っていただきまして」
　五味は苦笑して、少しおどけた。体毛が濃く、三十代の前半には額が大きく後退しはじめた。いまでは、すっかり禿げ上がってしまった。
「キャップや登山帽はたくさん持ってるけど、ハンチングは一度も被ったことないわよね?」
「ああ」
「ハンチングやベレー帽なら、レストランや喫茶店でも脱がなくていいんじゃなかったかしら」
「頭髪が薄いことで、特にコンプレックスは感じてない」
「かわいげがないわね。母さんが生きてたときは、植毛しようかななんて悩んでたくせに」
「もう澄子は、この世にいないんだ。色気も洒落っ気もなくなったな」
「駄目よ、そんなことじゃ。父さんはまだ五十代なんだから、再婚してもいいと思うわ」

「とんでもない娘がいたもんだ」
「半分は冗談よ。でも、ガールフレンドのひとりや二人はいたほうがいいわ。気持ちが若返るだろうし、細胞も活性化するんじゃない?」
「そうなんだろうが、いまさらって気もするな」
「人生八十年の時代なのよ。父さん、いまから老け込まないで」
「わかったよ」
「しっかり野菜を食べてる? スーパーで買ってきた惣菜や缶詰ばかりだと、栄養が偏っちゃうからね」
「わかった、わかった」
「それから、晩酌は二合までよ」
「おれに病気をさせないで、定年後は孫の子守りをさせる気だな?」
「ビンゴ! それじゃ、帰ったら、そっちに行くからね」
梓が通話を切り上げた。
五味は縁側に戻り、ふたたび庭の花に目をやった。ありし日の妻の姿が脳裏に蘇った。
非番の日、五味は縁側に坐り込み、土いじりをしている澄子とよく雑談を交わしたもの

あの世にいる母さんだって、きっと許してくれるわ。もっと洒落っ気を出して、未亡人たちをナンパしまくったら?」

だ。ジョークを口にすると、亡妻はさもおかしそうに笑った。明るい性格で、大病は一度もしたことがなかった。ろくに健康診断も受けなかったはずだ。

それが命取りになった。妻は自宅で心筋梗塞で倒れ、担ぎ込まれた救急病院で数時間後に息を引き取った。

しかし、意識はなかった。娘と集中治療室に駆けつけたとき、まだ澄子は生きていた。五味は苦労をかけた妻と別れの言葉を交わすこともできなかった。そのことが残念でならない。

年金生活に入ったら、夫婦で地中海沿岸を旅する計画を立てていた。せめてもの女房孝行のつもりだったが、それも夢で終わってしまった。

澄子は自分と一緒になって、幸せだったのだろうか。どうしても外せない職務で、娘の運動会には一度しか出されることは珍しくなかった。どうしても外せない職務で、娘の運動会には一度しか出かけていない。幼稚園や小学校の授業参観は、いつも妻任せだった。

俸給も安い。十数年の官舎暮らしは窮屈で、心が安まらなかっただろう。家賃の負担が軽かったので、いまの建売住宅を購入できた。とはいえ、二十年のローンがあった。家計は決して楽ではなかっただろう。それでも亡くなった妻は、愚痴ひとつ言わなかった。夫に尽くし、娘に愛情を注いだ。

唯一の息抜きが園芸だった。澄子は植えた季節の草花に必ず話しかけ、水や肥料をやっていた。

植物も子育てと同じで、心を込めて手をかけなければ、絶対に応えてくれる。亡妻は、いつもそう言っていた。

自分には過ぎた女房だった。五味は償いと感謝の気持ちから、庭の草花の手入れをしてきた。雑草はきちんと抜いている。それでも、うっかり花を枯らしてしまうことがあった。蕾を野鳥についばまれたこともある。

そのたびに五味は妻の遺影に手を合わせて、心の中で詫びた。体が動く限り、澄子の遺産である花々を育むつもりでいる。

五味は番茶を飲み終えると、茶の間に移った。

テレビの電源を入れ、チャンネルをNHKの総合テレビに合わせる。国会関係のニュースが終わると、事件報道が流れはじめた。野方署管内で傷害事件が発生したと報じられた。

その事件の被害者の唐木努は、よく知っていた。現在二十八歳の唐木は、六年前に逮捕した元強盗犯だ。犯行時、彼は運送会社のトラック運転手だった。

唐木は一つ上の遊び仲間の脇坂宗太と高円寺のパチンコ景品交換所に押し入り、現金五百万円を強奪した。二人は金を山分けすると、別々に逃走した。

半月後、脇坂は山梨県の石和温泉の旅館で逮捕された。豪遊した彼は、奪った金をほとんど遣い果たしていた。

その翌日、五味は都内のビジネスホテルに偽名で泊まっていた唐木を捕まえた。唐木は奪った金のうち、十数万円しか遣っていなかった。残りの金はスポーツバッグの中にあった。

二人は起訴され、それぞれ五年二ヵ月ほど服役した。

五味は半年前に唐木に会っている。彼らが仮出所したのは九ヵ月前だ。五味は仮出所後、孤独死した男女の遺品整理を請け負っている会社で働いていた。共犯者だった脇坂は定職には就いていない。パチプロと自称しているようだ。

テレビニュースによると、唐木は歩行中に何者かに金属バットで背後から肩を叩かれ、病院に担ぎ込まれたという。

いったい何があったのか。唐木は更生して、地道に生活していたはずだ。それなのに、なぜ暴漢に襲われることになったのか。

事件の裏に何かがありそうだ。野方署には顔見知りの刑事がいる。

五味は手早く着替えをし、家の戸締まりをした。車庫に回り、旧型のカローラに乗り込む。車体は濃紺だった。

整備を怠っていたが、エンジンは一発でかかった。フロントガラスは埃塗れだった。ウォッシャー液を噴き上げ、ワイパーを動かす。

前方は見通せるようになった。リアシールドの汚れが気になったが、そのまま車を走ら

せはじめた。

野方署に着いたのは、二十五、六分後だった。

五味はマイカーを来客用の駐車場に置き、二階の刑事課に直行した。旧知の鴨下晃希警部補は自席に向かっていた。四十四歳で、小太りだった。

五味は居合わせた刑事たちに会釈し、鴨下の机に歩み寄った。

「やあ、五味さん！　娘さんが結婚されたという話は聞いてますよ。後れ馳せながら、おめでとうございます」

「どうも……」

「きょうは何です？」

鴨下が問いかけてきた。

「テレビのニュースで、唐木努が何者かに金属バットでぶっ叩かれたことを知って、個人的に情報を集めてみる気になったんだよ」

「そういえば、六年前に唐木を検挙たのは五味さんでしたね？」

「ああ。ここ、いいよな？」

五味は、鴨下の隣の椅子に腰かけた。

「うちの課の若い奴らが臨場したんですよ。襲撃者はゴムマスクで面を隠してたというんです。体つきから察して、二十代だろうって話でした」

「そうか。現場は、どのあたりなのかな?」

「野方三丁目です。平和の森公園の裏通りで、沼袋西公園の少し手前の路上です。被害者は歩いてるとき、いきなり後ろから金属バットで叩かれたようです」

「怪我はひどいのかな?」

「左肩の骨にヒビが入ったみたいですが、二週間程度で退院できるそうです」

「それはよかった。入院先は?」

「高円寺南四丁目にある『杉並整形外科医院』です。病室は二階だったと思います」

「そう。で、唐木は犯人に心当たりがあると言ってるのかな?」

「いいえ、思い当たる奴はいないと言ったらしいんです。ひょっとしたら、担当刑事によると、唐木はきっぱりと断った。それが気に喰わなくて、えーと、昔の共犯者の……」

「脇坂というんだ、六年前の共犯者は」

「そうでしたっけね。その脇坂が唐木の素っ気ない態度に腹を立てて、ちょっと痛めつける気になったんじゃないのかな。若い奴らはちょっとしたことで、すぐキレますからね」

鴨下が言った。

「加害者は脇坂なんだろうか」

「唐木は仮出所してから、変わった会社で働いてるんだそうですね。ひっそりと死んだ身寄りのない老人の遺品の整理をしてるユニークな会社に就職したとか?」
「そうなんだ」
「若いのに、偉いですね」
「唐木の両親は彼が小二のときに離婚したんだよ。母親が再婚することになってたんだよ。
「父親はどうしたんです?」
「若い女と駆け落ちしたきり、未だに消息がわからないんだよ」
「お祖母ちゃんに育てられたんで、孤独な年寄りの気持ちがわかるんでしょうね。だから、孤独死した老人たちの遺品整理の仕事をやる気になったんだろうな」
「多分、そうなんだろう。唐木が二十歳のとき、祖母は亡くなってしまったんだ」
「そうなんですか」
「これから入院先に行ってみるよ。非公式の聞き込みだから、内密にしといてほしいんだ」
　五味は腰を上げた。

2

病室は相部屋だった。

四台のベッドが見える。『杉並整形外科医院』の二階だ。

五味は病室に入った。唐木は、右側の手前のベッドに横たわっていた。眠ってはいなかった。ヘッドフォンを付けて、ラジオを聴いている。

唐木が五味に気がついた。すぐにヘッドフォンを外し、目顔で挨拶した。

「テレビのニュースで事件のことを知って、様子を見に来たんだ。ひどい目に遭ったな。肩、痛そうだね?」

「まだ少しずきずきしてるんです。でも、たいした怪我じゃないんですよ。ご心配をかけて、すみませんでした」

「坐らせてもらうよ」

五味は円椅子を引き寄せ、すぐに腰かけた。

「ぼくがここに入院してることは、野方署でお聞きになったんですね?」

「そうなんだ。休暇中だったんで、自宅から来たんだよ」

「そうですか」

「おっと、いけない! 手ぶらで来てしまったな。何かお見舞いをと思ってたんだがね」

「お気遣いなく。五味さんには、いろいろお世話になってるんですから。六年前、五味さんに検挙されなかったら、いまごろ、ぼくはびくびくしながら……」

「唐木君、その話はよそう。同室者もいるからね」

「休憩室に出ましょう」

唐木がベッドのパイプに摑まって、上体を起こした。そのとき、小さく顔をしかめた。

「無理するなよ。まだ痛むんだろう?」

「平気です」

「それじゃ、少しだけ話を聞かせてもらおうか」

五味はベッドの防護柵を押し下げ、パジャマ姿の唐木の体を支えた。唐木がサンダルを突っかける。

五味は唐木に肩を貸した。病室を出て、近くにある休憩室に向かう。

L字形に長いソファが置かれ、大型テレビが据えてあった。誰もいなかった。好都合だ。二人はソファに並んで坐った。

「所轄署で聞いたんだが、犯人に心当たりはないそうだね?」

「ええ」

「どんなゴムマスクを被ってたんだい?」

「ゴリラのマスクでした。金属バットで不意にぶっ叩かれたんで、細かいことは憶えてません」
「犯行時、そいつはきみに何か言ったのか?」
「日本人なんか、どいつもくたばればいい。そんな意味のことを口走って、路地に逃げ込みました。逃げ足は速かったですね」
「犯人は外国人なのかもしれないんだな?」
「多分、そうなんでしょう。日本語のアクセントが少し変でしたからね。腕が浅黒かったな。東南アジア系の外国人なのかもしれません」
「そのこと、野方署の者には言ったのか?」
「いいえ、言いませんでした」
「なんで黙ってたんだ?」
五味は訊いた。
「犯人は日本に働きに来て、何か不快な思いをさせられたんでしょう。だから、日本人が嫌いになったんだと思うんですよ」
「そうなんだろうか」
「日本に出稼ぎに来てるアジア人は、たいてい貧しい家庭で育ったんでしょう。だから、たくさん稼げる日本に働きに来てるんだと思います」

「そうだろうね。それで、偽造パスポートで不正入国してでも、手っ取り早く稼ぎたいと考える男女がいるわけだ」
「そういう連中はよくないけど、真面目な東南アジア人もいるはずです。だけど、彼らは賃金なんかの労働条件がよくありません。露骨に東南アジア出身の出稼ぎ労働者を見下してる日本人もいます。だから、彼らが日本人を嫌う気持ちもわかるんですよ」
「きみは、犯人に捕まってほしくないと考えてるようだね？」
「大怪我を負わされたわけじゃありませんから、目をつぶってもいいという気持ちなんです」
「寛大なんだな」
「ぼく自身も恵まれた生い立ちじゃないんで、立場の弱い人間に冷淡になれないんですよ。それだから、つい同情してしまうんです」
「唐木君の優しさを甘いと言うつもりはないが、逃げた奴は犯罪者なんだ。どんな理由があっても、通行人を金属バットで殴りつけるなんてことは赦されない。それ相当の罰を受けるべきだな」
「ええ、そうですね。でも、心情的には犯人に捕まってほしくない気持ちです」
「そこまで犯人を庇うのは、ちょっと不自然な感じがするね。もしかしたら、きみは犯人に心当たりがあるんじゃないのか？」

「ありません、ありませんよ」

唐木が言下に否定した。狼狽はしなかった。

「そうか。脇坂はどうしてる? 仮出所した直後に彼と会ったと言っていたね」

「ええ。そのときは働き口を探してると言ってましたが、いまもパチプロめいたことをしてるみたいです。前科歴があると、なかなか就職できませんからね」

「確かに前科者を色眼鏡で見る者は少なくない。しかし、不貞腐れないで就職活動をつづければ、理解のある雇い主と出会えるかもしれないんだ。現に唐木君は、いまの会社に就職できたわけだからな」

「うちの会社の社長は全共闘の活動家だったから、公務執行妨害罪で二度逮捕されたことがあるんですよ。だから、犯歴があるぼくを正社員にしてくれたんでしょう。だけど、多くの会社経営者は元犯罪者とは関わりたくないと考えますからね」

「そういう現実があっても、自棄になっては駄目だよ」

「ええ、そうなんですけどね」

「脇坂は仮出所してから、吉祥寺の実家で暮らしてるんだったね?」

「もう実家にはいないはずです。三カ月ぐらい前に親父さんと大喧嘩して、勘当されたんですよ。いまは、つき合ってる女のワンルームマンションに居候してるみたいです」

「その彼女の名は?」

「えーと、若杉美咲だったと思います。ダンス教室でインストラクターをやってるらしいですよ」
「いくつなんだい？」
「二十六だったかな」
「その娘のマンションはどこにあるの？」
「五味さん、なんでそんなことを訊くんですか？」
「別に脇坂を疑ってるわけじゃないんだ。彼が本気で働き口を探してるんだったら、知り合いの中古車販売店の社長を紹介してもいいと思ったんだよ」
「そういうことだったんですか。ぼくは一度も行ったことがないんですけど、脇坂の彼女は桃井二丁目の『荻窪コーポラス』の三〇三号室に住んでるという話でした」
「そう。きみは、いまも蒲田にある会社の寮に住んでるんだね？」
　五味は確かめた。
「ええ。寮といっても、階下は倉庫になってるんですけどね。処分しにくい仏壇とか家族のアルバムなんかを保管してるんですよ」
「孤独死した方の家財道具は、リサイクルショップに払い下げてるのかい？」
「割に新しい家具や電化製品はね。でも、そういう物はめったにありませんから、ほとん

「遺品の整理を依頼してくるのは、故人の血縁者が多いんだろうな？」

「それが意外に少ないんですよ。ひっそりと亡くなった方たちはたいてい親兄弟とは何十年も疎遠になってますから、遺品や遺骨の引き取りを拒絶するんです」

「身内と何かトラブルを起こしたからなんだろうな、生前に。親兄弟の反対を押し切って結婚したとか、何か商売でしくじったとかね。ヤミ金に手を出したり、ギャンブルに狂って、周囲の人間に迷惑をかけた例もあるだろう」

「ええ、そうですね。血縁者に見捨てられた故人が多いことは確かです。だから、遺品整理の依頼人は故人の友人とか昔の同僚が圧倒的多数なんです」

「身内でもないのに、そこまでやってあげられる人間は尊敬に価(あたい)するな」

「立派ですよね。こういう世の中ですから、赤の他人の後始末をする人間はそうたくさんはいないはずです」

「だろうね」

「この国の政治家や官僚は、弱者のことなんかどうでもいいと考えてるんでしょう。ぼくらの仕事は本来、行政がやらなきゃならないことですよ。孤独死した人たちも元気で働いてたときは、それぞれ所得税や住民税をちゃんと払ってたわけですから」

「そうだね。一千兆円以上の借金を抱えてるにしても、国は高齢者や低所得者に冷たすぎ

「そうですよ」
「ところで、唐木君、きょうは仕事は休みだったのかな?」
「休みを貰ったんですよ。米田のおばあちゃんの具合が悪かったんでね。アパートを訪ねた後、ゴムマスクの男に襲われたんです」
唐木が言った。米田房子は、彼の血縁者ではない。八、九年前から唐木が面倒を見ている老女だ。現在は満七十八歳である。
身寄りのない彼女は六年半前まで、高円寺のパチンコ店景品交換所で働いていた。唐木と脇坂は、房子が雇われていたパチンコ店の常連客だった。そんなことから、唐木は房子を実の祖母のように慕うようになったのだ。
「米田さんは股関節が悪かったんだよな?」
「ええ、そうです。痛みがひどくなったんで、どうしても動作が鈍くなってしまったんですよ。それで、十三年も勤めた高円寺のパチンコ店を六年半前に一方的に解雇されちゃったんです」
「そういう話だったね」
「ぼくはパチンコ店の経営者の自宅を訪ねて、米田のおばあちゃんを解雇しないでくれと頼み込んだんです。でも、社長は聞き入れてくれませんでした。それで、新しい女性をパ

チンコ景品交換所で働かせはじめたんです」

「ああ、そうだったな」

「おばあちゃんはわずかな貯えと国民年金だけで喰い繋ぐことになってしまって、パートで稼いでた十万円は大きな収入だったんですよ」

「きみはパチンコ店のオーナーがあまりに薄情なんで、脇坂と景品交換所に押し入って、現金五百万円を強奪してしまった」

「は、はい」

「六年前の捜査で、交換所の従業員と店長は事件当日、六百万円の現金を用意してあったと証言した。しかし、きみら二人は五百万しか奪わなかったと主張したんだったね」

「事実、ぼくと脇坂が奪ったのは五百万円だけでした。二百五十万円ずつ分けて、別方向に逃げたんです。六百万円の金が交換所にあったなんて、嘘ですよ。店長か交換所で働いてた女性のどちらかが勘違いしたんでしょう」

「後日、女性従業員は店長から渡されたのは五百万円だったと証言を翻(ひるがえ)した。店長も、そうだったのかもしれないと言いだした」

「かっぱらったのは、五百万円だけです。脇坂が帯封の掛かった百万円の束を三つポケットに突っ込んで、ぼくがふた束奪ったんです」

「きみの供述通りだったんだろう。それはそうと、米田さんの具合はどうだったんだ

「持病の不整脈が出たんで、おばあちゃん、焦って、ぼくに電話してきたんですよ。でも、幸いたいしたことはなかったんです」
「それはよかった」
　五味は言った。
　そのすぐ後、唐木が笑顔になった。エレベーターホールに視線を向けている。五味は顔を小さく動かした。
　心配顔で歩み寄ってくるのは、米田房子だった。足は引きずっていない。すたすたと歩いてくる。
「米田さん、ちゃんと歩けるようになったんだな？」
「変形した股関節の骨を切除して、金属とポリエチレンでできてる〝人工関節〟を入れたんですよ」
「人工関節手術を受けたのは、いつなんだい？」
「ぼくが捕まる一週間ぐらい前です。おばあちゃんが辛そうに歩いてたんで、半ば強引にぼくが手術を受けさせたんです。新宿にある関東医大の整形外科でね」
「手術費用は、きみが払ったのか」
「ええ、そうです。といっても、奪った金で払ったんじゃありませんよ。手術費と入院費

の四十八万円は街頭カンパで集めたんです。パチンコ景品交換所から奪った金を治療費に充てたら、米田のおばあちゃんが悲しむと思ったんですよ」
「そうか、きみの話を信じよう。唐木君は山分けした二百五十万円のうち、十数万円しか遣（つか）ってなかったからな」
「テレビのニュースで、事件のことを知ったんだね？」
　唐木が米田房子に声をかけた。
「そうなのよ。びっくりしたわ。それでね、野方署に電話をして、ここに入院していることを教えてもらったのよ。努ちゃん、ベッドに寝てなくても平気なの？」
「平気だよ。肩の骨にヒビが入っただけで、折れちゃいないんだ。二週間ぐらいで退院できるってさ」
「そうなの。怪我が思ったより軽そうなんで、ひと安心したわ。心優しい努ちゃんを金属バットでぶつなんて、人でなしよ。早く捕まってほしいわ」
「どうぞ坐ってください」
　五味は立ち上がった。房子がまじまじと五味の顔を見つめた。
「あっ、あなたは刑事さんね？　努ちゃんを逮捕した方よね？」
「そうです」
「努ちゃんは仮出所してからは、ずっと真面目にやってますよ。服役中も毎月のように、

わたしに手紙をくれてたの。身寄りのないわたしのことを心配してくれててね。努ちゃん、根は善人なのよ。そんな子を金属バットで殴打するなんて、とんでもない犯人だわ。殺してやりたい気持ちよ。刑事さん、一日も早く犯人を取っ捕まえてちょうだい」
「管轄外なんで捜査には加われませんが、個人的に事件のことを少し調べてみます」
　五味は房子に言い、唐木に軽く手を振った。
　病室を出る。五味はナースステーションの前を回り込み、階段を下った。マイカーに乗り込み、事件現場に向かった。ほどなく目的地に着いた。
　五味は事件現場付近で聞き込みをしてみた。
　だが、犯行時前後に東南アジア系の外国人男性を見かけた者は誰もいなかった。唐木は、そのことを野方署の刑事には喋っていない。
　五味だけに打ち明ける気になったのは、なぜなのか。唐木はもっともらしいことを言ったのだろうか。そうならば、彼は何かを隠そうとしているのかもしれない。
　仮に加害者を知っているとしたら、どうして庇う気になったのか。それとも、犯人の仕返しを恐れているのだろうか。あるいは、犯人を警察が割り出したら、唐木は不利なことになってしまうのか。
　五味はそう推測しながら、カローラの運転席に入った。
　そのとき、さきほどからスクーターに跨がっている黒いフルフェイスのヘルメットを被

った若い男が気になった。聞き込みをしている間も、若い男は事件現場付近をうろついていた。

五味はルームミラーの角度を変える振りをしながら、スクーターのナンバーを読んだ。数字を手帳に書き留め、加門刑事のポリスモードを鳴らした。

待つほどもなく加門が電話口に出た。

「忙しいとこを悪いんだが、ちょっとナンバー照会を頼むよ」

五味はスクーターのナンバーを告げた。二分ほど経過すると、加門の声が流れてきた。

「そのスクーターの所有者は山崎数馬、二十六歳ですね。現住所は杉並区本天沼三丁目四十×番地です」

「そう」

「ついでに山崎の犯歴を照会してみたんですが、一年数カ月前に恐喝未遂で書類送検されてました。いったい何を調べてるんです?」

「実はね……」

五味は経緯を語った。

「唐木という被害者は五味さんの目を逸らしたくて、ゴムマスクを被った加害者は東南アジア系の男と言ったのかもしれませんね。そういう不審者を目撃した者は、ひとりもいなかったんでしょ?」

「そうなんだ。それに、もうひとつ引っかかってることがあるんだよ。強盗事件が発生したとき、店長と女性従業員は最初、景品交換所には六百万の現金があったと言ってたんだ。その後、五百万円しかなかったと証言を変えてるんだよ」
「犯人の二人は五百万しか奪ってないと供述したんですよね？」
「そうなんだ。加門君、どう思う？」
「もしかしたら、景品交換所には現金六百万円があったのかもしれない」
「消えた百万円は、女性従業員がこっそりくすねたのかね？ そして、店長に口止め料として五十万円やったんだろうか」
「二人が証言を翻したということですから、その疑いはありそうですね。そうでないとしたら、犯人の二人組のどちらかが相棒の目を盗んで、百万円を素早く盗ったんだろうな」
「そういう疑いを否定することはできないが、唐木君の人柄を考えると……」
「それなら、もうひとりの犯人が百万をくすねて、店長と女性従業員に数十万円ずつ口止め料を渡したのかもしれませんね」
「脇坂という共犯者なら、そういうことをやりかねないな。もう少し調べてみるよ」
「いつでも協力します」

加門が電話を切った。五味も終了キーを押した。

怪しいスクーターは、いつの間にか、消えていた。

五味は脇坂の居候先に行く気になった。エンジンを始動させ、カローラを走らせはじめた。

3

ワンルームマンションは三階建てだった。エレベーターは設置されていない。五味は三階まで上がった。

三〇三号室の表札には、若杉という姓しか掲げられていない。インターフォンのボタンを押しかけたとき、ドア越しに若い女の怒声が響いてきた。

「もう嘘つき男とはつき合ってられない。六年以上も前に知り合いに貸してた五十万が戻ってくるとか言ってたけど、その話は嘘だったんでしょ？」

「嘘じゃねえよ。そいつから五十万円返してもらえることになってたんだ。二、三週間後には必ず五十万を返済してもらう。美咲、もう少し待ってくれや」

「の都合で金の工面ができなくなったんだよ。先方

「宗太の話は、もう信じられない。いままで何度も騙されてきたのよ、わたしは。就職活動に必要だからって、わたしからスーツ代を持ってったでしょ？」

「ああ」

「でも、結局、そのお金はパチスロに遭っちゃったのよね」

「その件では、もう謝ったじゃねえか。スーツ代を元手にして二、三十万稼いで、おれも少しは生活費を入れたかったんだよ。けど、負けちまった」

「きれいごとを言ってるけど、あんたはヒモ男なのよ。わたしの部屋に転がり込んで、家賃も食費も一円も負担してない。光熱費だって、わたし持ちでしょうが！」

「美咲、もう少し待ってくれ。おれは必ずビッグになって、おまえを幸せにしてやる」

「定職に就きもしないで、どうやってビッグになるのよ？」

「おれはサラリーマン向きじゃねえんだよ。パチプロをめざすのもやめる。おれには商才があるんだ。そう遠くない日に、スポンサーが見つかるって。そしたらさ、これまでにない飲食店をやって、じゃんじゃん稼ぐ」

「宗太は根っからの怠け者なのよ。もううんざりだわ！　すぐに消えてよ、わたしの目の前から」

「美咲、おれはおまえにぞっこんなんだ。別れたくねえよ」

「わたしは迷惑してるの。早く出ていって！」

「仲よくしようや」

脇坂が同棲相手をベッドに押し倒した気配が伝わってきた。部屋の主はひとしきり抗っていたが、じきに静かになった。

単なる痴話喧嘩だったのか。だとしたら、いまインターフォンを鳴らすのは野暮だろう。五味は三〇三号室から離れ、階段の降り口に向かった。『荻窪コーポラス』の敷地を出て、斜め前に駐めてあるカローラに乗り込む。

五味は煙草を吹かしながら、時間を遣り過ごした。

二十分ほど過ぎたころ、前方から見覚えのあるスクーターが走ってきた。ライダーは黒いフルフェイスのヘルメットを被っている。さきほど事件現場で見かけた男にちがいない。

五味は体を助手席側に傾け、グローブボックスを開ける振りをした。そうしながら、山崎数馬と思われる男の様子をうかがう。

スクーターは『荻窪コーポラス』の塀の際に寄せられた。

男はヘルメットを脱ぎ、坐席を撥ね上げた。ヘルメットをボックスに納めようとしたとき、茶色っぽい物が覗いた。

それは、ゴリラのゴムマスクだった。唐木努を金属バットで叩いたのは、スクーターの男なのか。まだ確証はない。

五味は男の動きを目で追った。

山崎らしい男は馴れた足取りでワンルームマンションの敷地に入り、三階まで駆け上がった。『荻窪コーポラス』の歩廊は、道路側に面している。スクーターに乗っていた男は

三〇三号室の中に消えた。どうやら彼は、脇坂の遊び仲間か何からしい。

五味はカローラを三十メートルほどバックさせた。

脇坂は同棲相手と言い争ったとき、六年以上も前に知り合いに貸した五十万円を返してもらうことになっていたと語っていた。その話が事実だとしたら、金を貸した相手は唐木なのかもしれない。

五味は一瞬、そう思った。

しかし、唐木と脇坂は高円寺のパチンコ景品交換所から五百万円を強奪している。仮に五十万円の借金があったとすれば、唐木は犯行直後に返済しているだろう。

昔の捜査では、そうした事実は把握していない。唐木は仮出所後、脇坂から五十万円を借りたのだろうか。それは考えられない。現に脇坂は同棲中の若杉美咲に、六年以上も前に知り合いに五十万円を貸したと喋っていた。

五味は推測しつづけた。

唐木たち二人がパチンコ景品交換所で奪ったのは、五百万円だけだったのか。店長と女性従業員は最初の事情聴取の際には、景品交換所に六百万円があったと明言した。だが、その後、二人は被害額は五百万円だと証言を翻した。

最初の証言通りなら、百万円は紛失したことになる。店長や交換所で働いていた女性がくすねたとは考えにくい。そんなことをしたら、職を失うことになるだろう。

そう考えると、唐木が共犯者の脇坂の目を盗んで百万円をこっそり盗んだ疑いが出てくる。そして、被害店の店長と女性従業員を抱き込んで、強奪されたのは五百万円だったと偽証してもらった疑いもある。

店の売上金の管理や運転資金の運用をオーナーから任されている店長なら、被害額を実際よりも百万円少なくすることはできそうだ。むろん、何かメリットがなければ、そんなリスキーなことはしないだろう。

唐木はこっそり盗んだ金のうちの半分を店長に渡したのではないか。店長は景品交換所で働いていた女性従業員に五万円か十万円を手渡し、偽証することを頼んだのかもしれない。

脇坂は犯行時に相棒の唐木がこっそり百万円をくすねたことに気づいていたのではないか。仮出所後、金に不自由していた脇坂は唐木に揺さぶりをかけ、半分の五十万円を分け前として要求したのかもしれない。

しかし、唐木は百万円をこっそり盗んだことを否定し、要求を突っ撥ねた。そのことに腹を立てた脇坂が知り合いの山崎に唐木を襲撃させたのではないか。唐木に恐怖心を与えて、分け前を吐き出させようと企んだという推測はできる。

その筋読みが正しかったとしたら、一つだけ謎が残る。犯者と山分けした二百五十万円とは別に少しまとまった金が欲しかったのだろうか。唐木はどんな理由があって、共

こっそり百万円を手に入れ、いったい何に遣う気だったのか。そこまで考えたとき、五味の脳裏で唐木と米田房子の顔が交互に明滅した。

『杉並整形外科医院』を訪れたとき、唐木は犯行前に房子が関東医大で人工関節を埋め込む手術を受けたと語っていた。実際に房子が手術を受けたのは、強奪事件の後だったのではないか。

その通りだったとしたら、唐木は脇坂に覚られないようにして、うまく百万円を先に盗んだのだろう。彼は房子を自分の祖母のように慕っていた。いわば、疑似家族だ。

山分けした二百五十万円から房子の手術費と入院費を払ったことが発覚したら、相手が悲しむにちがいない。唐木はそう考え、どうしても〝汚れていない金〟で房子の治療費用を払いたかったのではないか。

しかし、彼自身は工面できなかった。やむなく唐木は共犯者の目を盗んで、百万円を密かに奪ったのではなかろうか。もちろん、細工の必要がある。

唐木は犯行後にパチンコ店の店長を訪ね、被害額は五百万円だったと偽証してほしいと頼み込んだのだろう。そのとき、とりあえず五十万円程度の謝礼を渡し、ほとぼりが冷めたら、自分の分け前の大半を店長に与えると約束したのかもしれない。

当時、捜査当局は店長の私生活も調べた。店長の茂原路夫は競馬にのめり込んでいた。ギャンブル資金欲しさに唐木の裏取引に応じたのではないか。

景品交換所で働いていた大串直子、当時五十四歳も生活は楽ではなさそうだった。十万円ほどの金を握らされて、被害額を偽ったとも考えられる。

五味は刑事用携帯電話を懐から取り出し、関東医大整形外科をコールした。身分を明かし、米田房子が人工関節手術を受けた日時を調べてもらう。

手術を受けたのは、唐木が逃亡して四日後だった。五味はポリスモードの終了キーを押しながら、暗い気持ちになった。唐木は犯行前に房子に手術を受けさせたと言っていたが、それは嘘だったことになる。

推測したことは、おおむね間違ってはいなかった。唐木は、家族のように接してきた房子に不正な手段で手術費用を調達したことを絶対に知られたくなかったのだろう。その気持ちが哀しく切ない。心根の優しさもわかる。

だが、唐木の思い遣りは独善的だ。稚くもある。そして、人としての道を外している。個人的には、過去の事件のことはもうほじくり返したくない。しかし、ここで目をつぶってしまったら、刑事失格だろう。

犯罪の真相を明らかにすることは警察官の義務だ。現実は直視しなければならない。

五味は、そう自分に言い聞かせた。

スクーターの男が三〇三号室から出てきたのは、それから間もなくだった。五味は、いつでもマイカーから出られる体勢を整えた。

男が自分のスクーターに近づいた。
 五味はカローラから静かに降り、足早に男に近づいた。気配を感じたらしく、相手が振り向いた。
「警視庁の者だが、きみは山崎数馬さんだな?」
「違うよ。おれの名前は鈴木だって」
「運転免許証を見せてくれないか」
「職務質問する前にさ、あんたが警察手帳を見せるべきなんじゃないの?」
「非番の日なんで、警察手帳は自宅に置いてきてしまったんだよ」
 五味は穏やかに言った。
「だったら、おれは捜査に協力しなくてもいいわけだ。だいたい、なんでおれが職質受けなきゃならないわけ? おれ、スクーターに乗るときはちゃんとメットを着用してるぜ」
「平和の森公園の裏通りで、きみを見かけたんだよ。唐木努が金属バットで背後から殴打された事件現場の近くだった」
「なんの話をしてるんだい? おれには、さっぱりわからねえな」
「山崎君、きみには検挙歴があるね。少し前に犯歴照会してもらったんだよ。知り合いの刑事にな」
「おれは鈴木だって」

「きみの現住所もわかってるんだ。それから、このマンションの三〇三号室に入ったのも、この目で見てるんだよ。部屋を借りてる若杉美咲という娘と脇坂宗太が同棲中だってこともわかってる」

「誰なんだよ、その二人は？」

「粘るね。脇坂は六年数カ月前に唐木と共謀して、高円寺のパチンコ景品交換所から現金五百万円を強奪した奴だよ。きみは脇坂の遊び仲間なんじゃないのかね？」

「知らねえよ、そんな名前の奴は」

男が言うなり、いきなり自分のスクーターを引き倒した。

倒れた弾みにシートが浮き、黒いヘルメットとゴリラのゴムマスクが路面に零れ落ちた。相手が蒼ざめた。

「きみは脇坂に頼まれ、そのゴムマスクを被って唐木努を襲ったんじゃないのか？」

「あんた、おれを犯罪者扱いするのかよっ。だったら、証拠を見せてくれ！」

「わたしと一緒に三〇三号室に行こう。きみの顔を見たら、脇坂も観念すると思うよ」

五味は相手の利き腕を摑んだ。

ほとんど同時に、手を振り払われた。男が背を見せ、全速力で逃げはじめた。五味は追いかけた。数十メートル先で、山崎と思われる男が急に立ち竦んだ。横道からコンテナトラックが飛び出してきたからだ。

五味は懸命に駆け、男に組みついた。相手が全身で暴れた。五味はやむなく相手の両足を払った。横倒れになった男の腹部を右の膝頭で押さえつけた。
「あんまり世話を焼かせるなよ。こっちは、もう若くないんだ。息が上がりそうだよ。山崎数馬だな?」
　五味は、
「…………」
「急に日本語を忘れちゃったか」
「そうだよ、山崎だ」
「脇坂に頼まれたんだな?」
「それは……」
「どうなんだっ」
「あんたの言う通りだよ。おれは脇坂さんによく奢ってもらってたんで、頼みを断れなかったんだ。唐木って奴には気の毒だったけど、脇坂さんに少し痛めつけてくれって言われたもんだから、金属バットで……」
「脇坂は唐木努から金を脅し取ろうとしたんだな? しかし、唐木は脅迫には屈しなかった。そうなんだろう?」

「詳しいことは知らないけどさ、唐木って野郎は六年前の事件のとき、脇坂さんの目を掠（かす）めて、百万円の束を一つだけ自分のパーカのポケットにこっそり入れたんだってさ。脇坂さんは何か事情があるんだろうと思って、見て見ぬ振りをしてやったらしいんだ」

「それで？」

「刑務所を出ても、脇坂さんはなかなか働き口が見つからなかった。実家にも居づらくなったんで、美咲さんの部屋に転がり込んだんだよ。そのとき、脇坂さんは唐木って奴に金を借りようとしたらしい」

「しかし、断られてしまったんだな？」

「そうなんだってさ。それで脇坂さんは百万をこっそり盗（ぎ）っといて、ばっくれてる唐木に頭にきたみたいだね。くすねた百万のことを警察に話すと脅しても、唐木は半金の五十万を出そうとしなかったんだってさ。だから、このおれに……」

山崎が語尾を呑み込んだ。

五味は山崎を引き起こし、『荻窪コーポラス』まで歩かせた。三階に上がり、三〇三号室のインターフォンを鳴らす。

応対に現われたのは、若杉美咲だった。きつい顔立ちだったが、美人と呼べるだろう。

五味は低い声で身分を明かし、奥にいる脇坂を呼んでもらった。

脇坂は山崎の姿を見ると、いきなり同棲相手の首に左腕を回した。美咲の喉（のど）を圧迫しな

がら、小さな調理台の横まで退がる。
 脇坂は部屋の主を屈ませてから、調理台の扉を開けた。素早くステンレスの文化庖丁を握ると、切っ先を美咲の項に突きつけた。
「二人とも、この部屋から離れろ! 言う通りにしねえと、この女を刺すぞ」
「脇坂、落ち着くんだ。少し前に山崎がおまえに頼まれて、唐木の肩を金属バットでぶっ叩いたことを吐いたんだ」
「うるせえ! とにかく、ドアから早く離れやがれ」
「お願いだから、言われた通りにして!」
 美咲の声が脇坂の語尾に重なった。哀願口調だった。
 五味は山崎の片腕を取って、三、四メートル後退した。すぐに三〇三号室のドアが乱暴に閉じられ、内錠が掛けられた。
 五味は片手で懐を探った。ポリスモードで事件通報するためだった。

　　　　　4

　電話で犯人を説得することはできなくなった。五味は溜息をついた。
　脇坂が携帯電話の電源を切ってしまったからだ。

そのとき、『荻窪コーポラス』の前に三台の捜査車輛が相前後して停まった。五味は三階の歩廊から眼下を見下ろした。

最初に覆面パトカーから降りたのは、野方署の鴨下刑事だった。すぐに刑事課の面々が車から出てくる。

事件通報をした相手は鴨下だった。この種の事件は刑事課が担当する。しかし、生活安全課の鴨下に仁義を切ったわけだ。

待つほどもなく鴨下が三階に駆け上がってきた。

「わたしに花を持たせてくれて、ありがとうございます」

「一応、仁義を切っただけさ」

五味は言って、経過を伝えた。むろん、唐木が不利になるような事柄は喋らなかった。

「こいつが唐木に怪我をさせた奴ですね？」

鴨下が山崎の利き腕を捩じ上げた。山崎が大仰に痛がった。

「唐木努を襲わせた脇坂に罪を認めさせようとしたんだが、まさか同棲相手を人質に取るとは予想もしなかったんだ。まだまだ未熟だな、わたしは」

「誰だって、そこまでは予想できませんよ。別に五味さんに落ち度はなかったんですから、そんなふうに思わないでください。五味さんのご活躍で、殴打事件はスピード解決できました。後は、うちの署の刑事課の連中に任せてください」

「ああ、よろしく頼む」
 五味は言った。
 その直後、刑事課の三人がやってきた。
 五味はリーダー格の捜査主任の藤代滋警部補に現場の状況を話した。藤代は三十代後半で、目が鷹のように鋭い。凄みがあった。
「脇坂は本気で人質の若杉美咲を刺す気はないんでしょう」
「いや、わからんぞ。このマンションは、もうじき包囲される。脇坂が追いつめられた気持ちになったら、一か八かで包囲網を突破しようとするかもしれない。そのときは、人質を浅く傷つけてでも、逃げ道を確保するだろう」
「確かに、そういうことも想定しておくべきでしょうね。『SIT』に出動要請したほうがいいんでしょうか?」
「それは、野方署で決めてほしいな」
 五味は答えた。
 『SIT』は本庁捜査一課の特殊班で、監禁事件の人質救出などに当たっている。『SAT』ほど一般的には知られていないが、射撃の名手揃いだ。
「山崎数馬に手錠打って、すぐ署で取り調べをしたほうがいいんじゃないの?」
 鴨下が藤代に声をかけた。

「ええ。鴨下さんのおかげで、刑事課はおいしい思いをさせてもらいました。そのうち、一杯奢（おご）らないとな」
「藤代、まだ安心するのは早いぞ。主犯格の脇坂は彼女の若杉美咲を楯（たて）にして、三〇三号室に立て籠（こも）ってるわけだからな」
「そうですね」

 藤代がそう応じ、かたわらの部下たちに目配せした。どちらも三十歳前後だった。ひとりが手早く山崎に前手錠を掛けた。もう片方は、山崎の背後に回った。
 山崎は二人の刑事に挟まれ、階段を下（くだ）っていった。

「脇坂、聞こえるか？」
 藤代がドア越しに呼びかけた。応答はなかった。
「わたしは野方署の藤代という者だ。おまえは、もう逃げられない。人質を解放し、部屋から出てくるんだ。いまなら、監禁未遂ってことにできるかもしれない」
「てめえらは信用できねえ」
 ドアの向こうで、脇坂が吼（ほ）えた。
「逃げられやしないんだから、素直になったほうが得だよ」
「黙れ！ 逃亡用の覆面パトカーを一台用意しろ。それで、数馬に運転させるんだ」
「山崎数馬は、もう署に連行された」

「数馬を呼び戻せ！　それからな、警官どもを全員、このマンションから百メートル以上離れさせるんだ」

「本気で逃亡を図る気なのか？」

「ああ。数馬に唐木を傷めつけさせたことで、また実刑喰らうことはわかりきってるからな。刑務所暮らしは、もう真っ平だ。刑務官は威張りくさってやがるし、古株の受刑者ども態度がでかい。それからな、服役してる連中の中にはゲイもいるんだ。寝込みを襲われて、尻を掘られたら、それこそ最悪だからな」

「人質は無傷なんだろう？」

「てめえ、話をはぐらかすんじゃねえ。おれの要求を呑む気はあるのかよ？」

「それは……」

「こっちの要求を無視したら、美咲の乳房を抉るぞ」

「自分の彼女にそんな惨いことをするなんて、人間じゃない」

「おれは犬でも豚でもねえ。れっきとした人間だよ。上から目線で物を言うんじゃねえよ」

「ちょっと言いすぎた。悪かったよ」

「とにかく、言われた通りにしな。いまから、三十分だけ待ってやらあ」

「脇坂、冷静になれよ。わたしを部屋に入れてくれ。話し合おうじゃないか。もちろん、

「丸腰で三〇三号室に入る」
「てめえの魂胆(こんたん)は見え見えだぜ。おれを説得する振りをして、組み伏せる気なんだろうが！」
「少し若杉さんと話をさせてくれないか」
「また、返事をはぐらかしやがって。てめえ、おれを小僧っ子と思ってやがるんだなっ」
「そんなことはない。人質の声がまったく聞こえないんで、安否(あんぴ)が気がかりなんだ」
藤代が言った。
「まだ刺し殺しちゃいねえよ」
「ほんとなんだな？」
「疑り深い野郎だ」
脇坂がせせら笑った。数秒後、部屋の主が悲鳴を放った。
「人質に何をしたんだ!?」
「おっぱいの裾野に庖丁の刃先を押しつけただけだよ」
「宗太の要求通りにして。そうしてください。わたし、殺されたくないんです」
美咲の声がした。切迫した声だった。
交渉の仕方が稚拙(せつ)だ。五味はそう感じたが、差し出がましい発言は控えた。
鴨下刑事も、藤代のやり方には疑問を感じている様子だった。しかし、刑事課の担当事(じ)

案である。口出しはしにくいのだろう。
　藤代が人質に言った。
「必ず救出しますよ、あなたを」
「どうやって、わたしを救けてくれるの？　宗太はわたしの片腕をむんずと摑んで、庖丁を突きつけてるのよ。警察の人たちが強行突破したら、きっと宗太はわたしを刺すわ」
「そんなことはさせません」
「させませんと言っても、救出の手段があるわけじゃないんでしょ？」
「なくはありませんよ」
「いい加減にして！　あんたたちは国民の税金で食べさせてもらってるんでしょ！　だったら、市民の命ぐらいしっかり護りなさいよ。そんなふうだから、警察は世間から信用されないんだわ。架空の捜査協力費で裏金を作ってるし、危いことをして懲戒免職になった悪徳警官が毎年何十人もいるんでしょ？」
「全国に約二十七万人の警察官がいるんです。中には、そういう不心得者もいますよ。しかし、そういう奴はごく一部です。大部分の者は命懸けで、社会の治安を保つ努力をしてるんです」
「だったら、わたしを無傷で保護してちょうだい」
「もちろん、そうするつもりです」

「頼りない男ね」

「脇坂、女性を人質に取るなんて、卑怯だとは思わないのか？」

「寝ぼけたことを言ってんじゃねえ。時間稼ぎをする気なら、美咲を血塗(まみ)れにしちまうぞ」

「一緒に暮らしてた女性を怯(おび)えさせるなんて、男じゃない。最低だぞ」

「この女には、もう飽(あ)きたんだよ。うぜえことばっかり言うようになったんでな。そろそろ別れてもいいと思ってたんだ」

「宗太、本気で言ってるの⁉ さっきは、わたしと別れたくないと言ってたじゃない？」

「とりあえず、そう言っとけば、おまえがおとなしくなると思ったんだよ」

「そうだったの。やっぱり、あんたはろくでなしだわ。人間の屑(くず)よ」

「なんだとーっ」

「や、やめてー」

美咲が逃げ惑(まど)う物音がした。すぐに床が鳴った。脇坂が人質を蹴飛(けと)ばしたらしい。美咲の泣き声が聞こえてきた。

「課長と相談して、本庁の『SIT』に支援してもらったほうがいいんじゃないか」

鴨下刑事がとうとう焦(じ)れたようで、藤代に提案した。

「みすみす『SIT』に手柄を譲(ゆず)ることには、なんか抵抗がありますね」

「刑事課だけで事件を処理できる自信があるのか?」

「全力を尽くします」

「藤代、ちゃんと質問に答えろ。自信があるのかと訊いてるんだっ」

「残念ながら、百パーセントの自信はありません」

「それだったら、本庁の力を借りるほかないだろうが?」

「生安課のみんなに助けてもらえば、野方署の刑事課で人質を確保し、脇坂を逮捕できると思います」

「思うじゃ、困るんだよ」

「『SIT』だって、百パーセント人質を救出できるってわけじゃないでしょ?」

「それは屁理屈だな」

五味は会話に割り込んだ。藤代がわずかに眉根(まゆね)を寄せた。

「まだ休暇中なんで口を挟む気はなかったんだが、これ以上、脇坂を刺激したら、悪い結果を招くだろう」

「鴨下さんが言ったように『SIT』に出動要請をすべきでしょうか?」

「そのほうがベターだろうね、人質のことを考えたら」

「しかし、桜田門の捜一(そういち)においしいとこ取りをさせるのは癪(しゃく)だな」

「そんなことを言ってる場合じゃないだろうが! 早く上司に相談して、『SIT』のメ

ンバーに来てもらえ」

鴨下が藤代を叱りつけた。藤代がたじろぎ、あたふたと階段を駆け降りていった。

「部外者が余計なことを言ってしまったな」

五味は禿げた頭に手をやった。

「いいえ。五味さんが言ってくれたんで、わたしも藤代に強く言えたんですよ。所轄では刑事課が花形セクションですから、ちょっぴり遠慮はあったんですがね。でも、このまま膠着状態が長くつづいたら、人質救出が難しくなりますでしょ?」

「そうだね」

「五味さん、脇坂はどうして山崎に唐木努を痛めつけさせたんでしょうか? 金を返してもらえなかったという理由で、そこまでやりますかね? ひょっとしたら、六年前の事件のことで、脇坂と唐木は何かトラブってたのかもしれないな」

鴨下が言った。五味は、どきりとした。

「どう思われます?」

「そうなんだろうか。そのあたりのことがよく見えないんだ」

「そうですか」

鴨下が口を結んだ。

五味は、ひとまず安堵した。やはり、心情的には唐木を庇ってやりたい。

『SIT』の隊員たちが現場に駆けつけたのは、小一時間後だった。およそ二十人の隊員は『荻窪コーポラス』の周辺を完璧に固めた。ワンルームマンションの真裏の民家の屋根に上がった隊員たちは、三〇三号室のベランダに音もなく移った。別のメンバーが脇坂を玄関に誘い寄せた。その隙に、ベランダから特殊隊員たちが室内に突入した。玄関ドアは挟あけられた。

前後を挟まれてしまった脇坂は観念した。部屋の主は無事に保護された。みごとなチームプレイだった。

五味はそこまで見届け、自分のカローラに乗り込んだ。高円寺のパチンコ店に向かう。脇坂が全面自供する前にやっておきたいことがあったからだ。

十分そこそこで、目的の店に着いた。

五味はマイカーを駐車場に置き、店のホールに足を踏み入れた。店長の茂原路夫は、じきに見つかった。六年前よりも、だいぶ老けている。競馬の借金が残っていて、生活に苦労しているのか。

「わたしのことは忘れてないね？」

五味は、茂原店長の耳許で囁いた。

「刑事さんでしょ？」

「ちょっと訊きたいことがあるんだ。店内では客の耳もあるから……」

「どうぞこちらに」

茂原が室内に立った。導かれたのは、奥にある事務室だった。人の姿は見当たらない。

事務机とソファセットが置かれている。

二人はコーヒーテーブルを挟んで向かい合った。

「六年前の事件のことなんだが、実際の被害額は六百万円だったんじゃないのかね?」

「えっ!?」

「事件後、唐木努に頼まれて、最初の証言を変え、強奪されたのは五百万だったと訂正した。裏取引の謝礼は五十万程度だったんだろうな。あんたはそのうちの五万か十万を景品交換所で働いていた大串直子に握らせ、被害額を五百万円だったと言わせた。そうなんじゃないのか?」

「………」

茂原は目を大きく見開いたまま、口の中で何か呟いた。その言葉は聞き取れなかった。

「ギャンブル資金が欲しかったのかな? そうだとしたら、ほとぼりが冷めてから、唐木から強奪金の半分ぐらい毟り取る気だったんだろう?」

「わたしは、そんなに欲深じゃありません。唐木努の人柄が気に入ったんですよ。事件があった翌日の晩、彼は店の横の暗がりでわたしを待ってたんです。そして、共犯者の目を盗んで先に百万円をくすねたことを打ち明けたんです」

「やっぱり、そうだったか」

五味は複雑な気持ちになった。自分の推測が間違っていなかったことは、刑事として面目は保てた。しかし、唐木の隣人愛のことを考えると、なんとも辛い気分に陥った。

「初めは、ふざけた野郎だと思いましたよ。よく話を聞いたら、唐木の生い立ちが気の毒になってね。それから、米田のおばあちゃんを家族のように大切にしたくなる寂しさも理解できたんですよ。刑事さんはご存じないかもしれませんけど、店のオーナーは米田のおばあちゃんを安い賃金で扱使ってたくせに、持病が悪化すると、無情にも解雇したんです。オーナーは相当な資産がありながら、すごくケチなんです。店長のわたしの年収さえ四百万に届かないんですよ」

「それは安すぎるな」

「わたしは二十代の半ばから、この店で働いてきたんです。店長になったのは四十歳のときでしたが、それからは少しでも売上がアップするよう努力してきました。しかし、オーナーは従業員を安く使うことだけしか考えてないんですよ」

「唐木君は米田房子の人工関節の手術費を工面したくて、犯行に及んだんだね？」

「ええ、そう言ってました。しかし、強奪金の中から手術費と入院費を払ったと米田のおばあちゃんに知られたら、すごく悲しむだろうし、本人も軽蔑されると思ったみたいですね。彼にとっては、米田のおばあちゃんが唯一の〝家族〟なんでしょう。おばあちゃんに

「それほど唐木君は、子供のころから家族の愛情に飢えてたんだろう。実の祖母が亡くなってからは支えがなくなったような気持ちになって、とても不安だったんだろうな」

「そんな時期に彼は米田のおばあちゃんと定食屋で偶然に一緒になったことで仲よくなったようです。もともと二人は顔見知りでしたんで、米田のおばあちゃんは唐木を自分のアパートに呼ぶようになったんでしょう。家庭の温もりを、おばあちゃんと過ごすことで心の渇きが癒されてたんだと思うな」

「そうなんだろうね」

「米田のおばあちゃんも人恋しかったんでしょう。だから、唐木を孫のようにかわいがったんだろうな。生きにくい時代だから、孤独な他人同士が疑似家族を演じたくなる気持ちはわかりますよ。ただ、唐木はまだガキですね」

茂原が言って、頬を緩めた。

「まだガキ?」

「ええ、そうです。彼が米田のおばあちゃんの手術代と入院費に回した金も、うちの店の景品交換所から盗んだ金なわけでしょ? 真っ当な稼ぎじゃないんだから、汚れた金になりますよね。だったら、共犯の脇坂と山分けした金で米田のおばあちゃんの手術代を払っても同じでしょ?」

「ま、そうだね」
「彼の犯行動機を聞いて、反射的に偽証してやると言っちゃったんですが、よく考えてみたら、理解できない部分もあったんです。唐木のおばあちゃんの手術代は、汚れた金に変わりがないのに、唐木はこっそりくすねた百万の中から費用を払ってやりたいんだと何遍も言ってたんです。つい意気に感じて、大串さんにも被害額は五百万円だったと最初の証言を変えさせたんだけど、唐木の言ったことはどこか矛盾してませんか?」
「脇坂の目を盗んで先にくすねた百万円も犯罪絡みの金だから、ダーティ・マネーだ。あんたが言ったように、ひとりよがりの論理ってことになるね。そのもっともらしい言い分は店長のあんたや大串直子に協力してほしくて苦し紛れに考えたことなんだと思うな」
「頭が悪いせいか、どうも話が呑み込めません」
「わたしの説明がまずかったんだ。おそらく唐木君は、自分がいずれ逮捕されることを想定してたんだろう。そうなれば、当然、警察に強奪金の遣い道を厳しく追及される。わたしが彼を押さえたとき、わずか十数万円しか手をつけてなかった。脇坂と山分けした二百五十万円の中から米田房子の人工関節手術の費用と入院費を五十万円近く払ったら、遣い道を吐かざるを得なくなるじゃないか」
「あっ、なるほど! 彼は米田のおばあちゃんに一切迷惑をかけないで、手術を受けさせてやりたかったんですね?」

「多分、そうだったんだろう。自分がまともに稼いだ金を手術代に回してやることがベストだったんだが、それはできなかった。そして、自分が捕まることを想定して、パチンコ景品交換所に押し入ったんだろう。唐木君は脇坂とつるんで、密かに先に百万円だけ盗んだにちがいない」

「さすがだな、刑事さん。唐木は米田のおばあちゃんが杖なしで歩行できるようになったのを見届けて、刑務所に行ったんですね」

「そうなんだろう。確認しておきたいんだが、あんたと大串直子は唐木君から口止め料の類(たぐい)は貰ってないんだね?」

「そんな金は、一円だって貰っちゃいませんよ。わたしは唐木の話を聞いて積極的に協力する気になったんで、大串さんに偽の証言をしてくれるよう頼んだんです。彼女も、ケチなオーナーにはいろいろ不満があったらしく、二つ返事でオーケーしてくれましたよ」

「そうだったのか」

「われわれ二人の偽証でオーナーに背任行為を働いたってことになるんでしたら、わたしだけを罰してください。大串さんは、わたしに偽証を強いられたってことにして……」

「わたしは職務で六年前の事件を再捜査してるわけじゃないんだ。唐木君が金属バットで殴打された事件に個人的な関心を持ったんで、ちょっと調べてみただけなんだよ。いまは休暇中なんだ。だから、所轄署に告げ口する気なんかない。手間を取らせたね」

五味は茂原に言って、店の駐車場に回った。

 カローラに乗り込み、『杉並整形外科医院』に急ぐ。五味は外科病院の二階に上がり、入院中の唐木を休憩室に連れ出した。並んで腰かけると、先に口を開いた。

「きみを金属バットで殴打した犯人は山崎数馬という名で、脇坂の遊び仲間だった。山崎は脇坂に頼まれて、きみを襲ったことを認めたよ」

「えっ」

「きみは昔の事件のとき、共犯者の目を盗んで百万円をこっそりくすねた。その金で、米田房子の人工関節手術の費用と入院費を払ってやった。脇坂は共犯者の裏切り行為のことをネタにして、五十万円を毟り取る気になった。しかし、きみは取り合わなかった。だから、脇坂はきみをビビらせるつもりで山崎を動かした。ここに来る前に茂原路夫に会ってきたんだ。きみの話に胸を打たれた店長は、店の被害額を六百万円ではなく、五百万円だったと嘘の証言をしたと認めたよ」

「そうですか」

 唐木がうなだれた。

「手術費を含む治療費は確か五十万円弱だったね。残りの金は、米田房子に上げたのかな?」

「そうです。生活費の足しにでもしてくれと言って、渡してやったんですよ。おばあちゃ

んは両手でぼくの手を握りしめて、涙声で何度も礼を言いました」
「そうか。脇坂は同棲相手を人質に取って、しばらく『荻窪コーポラス』の三〇三号室に立て籠ってたんだが、三、四十分前に現行犯逮捕された。野方署で彼は、山崎にきみを襲撃させたことを自白（ゲロ）うかもしれない」
「そうなったら、ぼくが脇坂の目を掠（かす）めて百万円の束をこっそり盗んだことも……」
「発覚するだろうな。脇坂が全面自供する前にきみが先に自首すれば、おそらく罪は軽減されるだろう。ただし、こっそりくすねた百万円を米田房子の治療費と生活費に回したことを明かす必要はあるだろうがね」
「それはできません。米田のおばあちゃんをがっかりさせたくないんです。百万円は逃亡中にぼくが遣（つか）ったことにします」
「まだ仮出所の身なんだから、実刑は免れないぞ」
「それでもかまいません。米田のおばあちゃんは、ぼくが汗水垂らした金で手術費用を払ったと信じてるんです。おばあちゃんを失望させたら、寿命を縮めることになるかもしれません」
「きみは生き方が無器用だね。しかし、いい奴だね。実刑判決が下（くだ）っても、一年数ヵ月の服役で済むだろう。仮出所する日までには、きみの塒（ねぐら）と働き口は決めといてやる。次は自分のために生き直してほしいな」

五味は正面を向いたままで言い、すっくと立ち上がった。背後で唐木が一礼する気配が伝わってきた。五味は振り向かなかった。階段の降り口に歩(ほ)を進める。
　殴打事件の裏を探(さぐ)ったことはよかったのだろうか。唐木に人生の辛酸(しんさん)を舐(な)めさせる結果になったことが哀しい。
　だが、まだ救いはある。きっと唐木は生き直してくれるにちがいない。
　五味は確信を深め、階段を下(くだ)りはじめた。

著者注・この作品はフィクションであり、登場する人物および団体名は、実在するものといっさい関係ありません。

注・本作品は、平成二十年五月、徳間書店より刊行された、
『刑事稼業 包囲網』を、著者が大幅に加筆・修正したものです。

刑事稼業　包囲網

一〇〇字書評

・・・切・・・り・・・取・・・り・・・線・・・

購買動機（新聞、雑誌名を記入するか、あるいは○をつけてください）
□（　　　　　　　　　　　　　　　）の広告を見て
□（　　　　　　　　　　　　　　　）の書評を見て
□ 知人のすすめで　　　　　□ タイトルに惹かれて
□ カバーが良かったから　　□ 内容が面白そうだから
□ 好きな作家だから　　　　□ 好きな分野の本だから

・最近、最も感銘を受けた作品名をお書き下さい

・あなたのお好きな作家名をお書き下さい

・その他、ご要望がありましたらお書き下さい

住所	〒				
氏名			職業		年齢
Eメール	※携帯には配信できません			新刊情報等のメール配信を 希望する・しない	

この本の感想を、編集部までお寄せいただけたらありがたく存じます。今後の企画の参考にさせていただきます。Eメールでも結構です。

いただいた「一〇〇字書評」は、新聞・雑誌等に紹介させていただくことがあります。その場合はお礼として特製図書カードを差し上げます。

前ページの原稿用紙に書評をお書きの上、切り取り、左記までお送り下さい。宛先の住所は不要です。

なお、ご記入いただいたお名前、ご住所等は、書評紹介の事前了解、謝礼のお届けのためだけに利用し、そのほかの目的のために利用することはありません。

〒一〇一‐八七〇一
祥伝社文庫編集長　坂口芳和
電話　〇三（三二六五）二〇八〇

祥伝社ホームページの「ブックレビュー」
http://www.shodensha.co.jp/
bookreview/
からも、書き込めます。

祥伝社文庫

刑事稼業　包囲網
けいじかぎょう　ほういもう

平成27年12月20日　初版第1刷発行

著　者	南　英男
	みなみ　ひでお
発行者	竹内和芳
発行所	祥伝社
	しょうでんしゃ

東京都千代田区神田神保町 3-3
〒 101-8701
電話　03（3265）2081（販売部）
電話　03（3265）2080（編集部）
電話　03（3265）3622（業務部）
http://www.shodensha.co.jp/

印刷所	図書印刷
製本所	図書印刷
カバーフォーマットデザイン	芥　陽子

本書の無断複写は著作権法上での例外を除き禁じられています。また、代行業者など購入者以外の第三者による電子データ化及び電子書籍化は、たとえ個人や家庭内での利用でも著作権法違反です。
造本には十分注意しておりますが、万一、落丁・乱丁などの不良品がありましたら、「業務部」あてにお送り下さい。送料小社負担にてお取り替えいたします。ただし、古書店で購入されたものについてはお取り替え出来ません。

Printed in Japan ©2015, Hideo Minami ISBN978-4-396-34166-4 C0193

祥伝社文庫の好評既刊

南 英男　**怨恨** 遊軍刑事・三上謙

渋谷署生活安全課の三上謙は、署長の神谷からの特命捜査を密かに行なう、タフな隠れ遊軍刑事だった――。

南 英男　**死角捜査** 遊軍刑事・三上謙

狙われた公安調査庁。調査官の撲殺事件の背後には、邪悪教団の利権に蠢く者が!? 単独で挑む三上の運命は!?

南 英男　**癒着** 遊軍刑事・三上謙

ジャーナリストが殺害された。国際的なテロ組織の関与が疑われたが、遊軍刑事・三上は偽装を見破って……。

南 英男　**捜査圏外** 警視正・野上勉

刑事のイロハを教えてくれた先輩の死。無念を晴らすためキャリア刑事は、先輩が携わった事件の洗い直しを始める。

南 英男　**手錠**

弟をやくざに殺された須賀警部は、志願してマル暴に移る。鮮やかな手口、容赦なき口封じ。恐るべき犯行に挑む!

南 英男　**特捜指令**

警務局局長が殺された。摘発されたことへの復讐か? 暴走する巨悪に、腐れ縁のキャリアコンビが立ち向かう!

祥伝社文庫の好評既刊

南 英男 **特捜指令 動機不明**

悪人には容赦は無用。キャリア刑事のコンビが、未解決の有名人一家殺人事件の真実に迫る！

南 英男 **特捜指令 射殺回路**

対照的な二人のキャリア刑事が受けた特命、人権派弁護士射殺事件の背後には……。超法規捜査、始動！

南 英男 **暴発** 警視庁迷宮捜査班

違法捜査を厭わない尾津と、見た目も態度もヤクザの元マル暴白戸。この二人の「やばい」刑事が相棒になった！

南 英男 **組長殺し** 警視庁迷宮捜査班

ヤクザ、高級官僚をものともしない尾津と白戸に迷宮事件の再捜査の指令が。容疑者はなんと警察内部にまで……!!

南 英男 **内偵** 警視庁迷宮捜査班

美人検事殺人事件の真相を追う尾津&白戸。検事が探っていた〝現代の裏ビジネス〟とは？　禍々しき影が迫る！

南 英男 **毒殺** 警視庁迷宮捜査班

強引な捜査と逮捕が、新たな殺しに繋がったのか？　猛毒で殺された男の背後に、怪しい警察関係者の影が……。

祥伝社文庫　今月の新刊

柴田哲孝
漂流者たち　私立探偵 神山健介
辿り着いた最果ての地。逃亡者と探偵は、何を見たのか。

はらだみずき
はじめて好きになった花
「ラストが鮮やか。台詞が読後も残り続ける」北上次郎氏

南　英男
刑事稼業　包囲網
事件を追う、刑事たちの熱い息吹が伝わる傑作警察小説。

長田一志
夏草の声　八ヶ岳・やまびこ不動産
不動産営業の真鍋が、悩める人々の心にそっと寄りそう。

小杉健治
美の翳（かげり）　風烈廻り与力・青柳剣一郎
銭に群がるのは悪党のみにあらず。人の弱さをどう裁く？

井川香四郎
湖底の月　新・神楽坂咲花堂
鏡、刀、硯…煩悩溢れる骨董に挑む、天下一の審美眼！

今井絵美子
忘憂草（わすれぐさ）　便り屋お葉日月抄
粋で温かな女主人の励ましが、明日と向き合う勇気にかわる。

原田孔平
浮かれ鳶（とんび）の事件帖
巷に跋扈する死の商人の正体を暴け！　兄弟捕物帖、誕生！

佐伯泰英
完本　密命　巻之八　悲恋　尾張柳生剣
剣術家の娘にはじめての試練。憧れの若侍の意外な正体とは。